火凤凰

巴金

火凤凰新批评文丛

陈思和 ◎ 主编

"无后"
——新世纪文学中的一个现象研究

李一 著

山西出版传媒集团
北岳文艺出版社

图书在版编目（CIP）数据

"无后"：新世纪文学中的一个现象研究 / 李一著 . 一太原：北岳文艺出版社，2017.1（2023.6 重印）

（火凤凰新批评文丛 / 陈思和主编）

ISBN 978-7-5378-5039-1

Ⅰ.①无… Ⅱ.①李… Ⅲ.①中国文学-当代文学-文学研究 Ⅳ.① I206.7

中国版本图书馆 CIP 数据核字（2016）第 305127 号

书名："无后" ——新世纪文学中的一个现象研究	著　者：李　一 责任编辑：高海霞	书籍设计：张永文 印装监制：巩　璠

出版发行：山西出版传媒集团·北岳文艺出版社

地址：山西省太原市并州南路 57 号　邮编：030012

电话：0351-5628696（发行部）　0351-5628688（总编室）

传真：0351-5628680

网址：http://www.bywy.com

经销商：新华书店

印刷装订：山西万佳印业有限公司

开本：700mm×1000mm　1/16

字数：232 千字　印张：15.5

版次：2017 年 1 月第 1 版

印次：2023 年 6 月山西第 2 次印刷

书号：ISBN 978-7-5378-5039-1

定价：55.00 元

本书版权为本社独家所有，未经本社同意不得转载、摘编或复制

前言

　　1990年代以来，人们普遍认为社会逐渐形成一个多元的文化格局，人们一边感受着多元所带来的自由，一边又为这新的自由所带来的平庸暗自惶惑。在这一时期，文学吸收并消化了充裕在1980年代的观念和激情之后，尝试着多种角度和方式探讨、分析当时人们的社会心理，众声喧哗。也就在这样一个多元的格局中，文学越来越边缘。世纪之交，技术在改变人们的日常生活的同时，也开辟了一个真正的人类新纪元，人与他人的关系以及人们对世界的想象与认知都在这个新纪元中翻开了全新的一页。在这一历史时期中，文学的表现力和影响力集中成为文学者思考和讨论的话题。

　　传统和现代真正成为新世纪文学内在的区分。大量的为我们所熟悉的延续自20世纪中国文学中的意趣旨意的作品，事实上在这一新的纪元中，以小说为代表，仍然向自17世纪以来的现代小说传统致敬。而同时另一些创作以科幻小说为代表，作家们不再将关注的兴趣放在人与人的具体关系上，而是开始想象作为一个类的存在人的抽象的处境。人与人具体的关系是自17世纪以来小说所表现的主题，几乎我们对人和世界所有的想象与理解都是通过具体的人与人的关系而得以呈现。在四百年左右的书写历史中，人与人的关系附和在具体的历史语境完成了经典化的呈现。而将人作为一种类的存在加以想象，想象人类与可能存在的外太空的关系，使得人与人的具体关系以及人性、人类历史等等问题获得了某种想象角度。相比较而言，就对人世的切入角度来说，前一种创作可以理解为传统的小说写作，后一种则是现代的、科技化的新的小说。

在19世纪以来我国的文化背景中，小说除了共享西方现代小说的审美和兴趣外，还有另一种独特的与我们现代性语境相关的先锋性传统。"五四"新文学从文学演进的河流中截出一条支流，它背负知识分子的现代家国梦想，成为新历史中的知识分子的道场。先锋性的传统和知识分子的道场在世纪之交的文化格局中逐渐分散、边缘，它们在小说的这一新历史纪元里再一次聚集起来，华山论剑。

总 序

为第二套《火凤凰新批评文丛》而作

去年，北岳文艺出版社社长、总编辑续小强先生来上海找我，希望我为出版社策划两套书，一套是贾植芳先生全集，另一套就是青年批评家文丛。对于前一套书我颇感兴奋，贾先生去世已经五年，再过两年就是他老人家的百年诞辰，北岳文艺出版社作为先生的家乡出版社，能够做此善举，是我极为高兴的事情。后一套书却让我多少有些感慨。小强先生希望我用"火凤凰新批评文丛"的名义来编这套书。"火凤凰"是我当年策划一系列人文批评丛书的品牌，但时过境迁，当初推出第一套"新批评文丛"已经是二十年以前的事情了。小强先生是"80后"的青年，他居然还能想到二十年前曾经在出版界发生过影响的一套丛书，希望能够接着这个出版道路走下去，激励今天的青年文学批评家。我觉得我没有理由谢绝他的这番好意。于是就有了这一套青年批评家的丛书。

我为此又特意翻阅了1994年出版的第一套"火凤凰新批评文丛"。前面除了有巴金先生的题词和任意先生设计的徽标以外，还有一篇徐俊西先生写的序言。序言里有这么一段话：据云，他们编辑《火凤凰新批评文丛》宗旨有二：一曰"在滔滔的商海之上"，建立一片文学批评的"绿洲"；一曰"文坛空气普遍沉闷的状况下"，弘扬当代知识分子的"人文精神"。徐俊西先生是我的老师，他这里所指的"他们"，就是我和王晓明两个策划者，这里所说的"宗旨"，肯定也是我们当时讨论的话题。但我现在一点也想不起来在哪篇文章里写过这样的话。我原先记忆里似乎为这套文丛写过一个卷头语，但现在翻阅一遍也没有找到，也许是我曾经写了，后来没有用上，只是给徐老师写序时做了参考。所以，徐老师文章里打了引号的那些意思，可以定论为我们当时筹办火凤凰学术著作出版基金、策划多种出版物的基本宗旨。

现在已经二十年过去了，我们整个文化工作在经济上是阔气多了，高校系统拨了大量的经费资助学术著作出版，各种文化基金、出版基金也都接受学术著作的出版补贴。所以现在高校里的青年教师要出一本书并不困难，但真正的困难还是存在的，我觉得最大的问题是当前一本文艺批评的著作能否产生它应有的社会影响和学术影响。这个问题直接影响到青年批评家的专业思想以及价值观。

1980年代，文艺批评是显学，尤其是1985年以后，文艺批评承担了很重要的社会功能。当时整个文学艺术正处于一个逐渐摆脱政治体制制约，开始自觉、自主、自在的审美阶段。所谓自觉是指文学艺术审美价值的内在自觉，自主是指创作主体独立的精神追求，自在是指文学艺术作品在文化市场上接受检验、寻求合理生存的社会效应。这是中国当代文学艺术创作的重要转变，对后来的文学艺术发展产生了深远的影响。那时人们在主观上还没有充分意识到这一点，而转变中的文艺创作需要理论支撑才能显现出它的合法性。1985年的方法论热潮正是适应这样的文化形势的需要而蓬勃开展起来，一批年轻人懂外语，面向世界，如饥似渴地学习、引进西方各种理论思潮，消解原来一元化的"文艺为政治服务"的戒律，与文艺创作互相呼应，对实验性、探索性、先锋性的文艺创作给以及时的解读。记得我当时在《上海文学》杂志上发表过一篇《谈现代主义思潮在中国演变》的文章，从"五四"前后谈到当下西方现代主义与中国文化传统相融汇的可能性。那时我读书并不多，论述也有点勉强，学术性是谈不上的，但是在一批作家中间引起过激烈反响。有一个朋友说，那不是你的文章写得好，而是他们（指作家们）需要你这样的说法。我以为这个朋友说得对，文学批评理论就是要在时代、文化发生转变的时候，及时发现问题和提出问题，通过解读某些创作现象来阐释事物发展的规律。这样的批评才会引起社会的关注，1980年代刘再复先生的一本《性格组合论》可以成为畅销书，在今天真是不可想象的。

这样一种文艺创作发展的需要，使文学批评的主体力量从作家协会系统逐渐转移到高校学院，一批研究现当代文学、文艺理论的大学教师逐渐取代了原来作协的文艺官员、核心报刊的主编。本来文艺批评应该有更大气象产生，但新的问题也随之而来，随着1990年代初的政治空气和经济大潮的冲击，学院里从事批评的青年教师们遭遇到双重压力。当时真正的压力还不在主观上，因为学院批评与政治权力保持相对距离，在主观探索方面仍然有一定的空间，但是客观上却遭遇了市场的挑战。出版业的萧条和倒退，迫使原先构建的批评家工作平台纷纷倒闭或者转向，出版人仿佛在惊涛骇浪里行舟，随时都有翻船的恐惧。不赚钱的学术著作，尤其是文艺批评论文集，自然无法找到出版的地方。学术研究成果既然不能转换为社会财富，必然会影响主体热情的高扬和自觉，导致对专业价值的怀疑。那时候高校考评体制还是传统学术型体制，青年教师如果不能顺利出版著述，其职称评定、福利待遇以及社会评价都受到影响。我在1993年策划《火凤凰新批评文丛》就是建立在这样的客观形势之上，所谓逆风行驶。我当时就想试试，到底是读者真的不欢迎文艺批评，还是出版社被市场经济大潮吓慌了手脚而不肯作为？我与一些受到人文精神鼓舞的出版社同道们一起分担了这个实验，实践下来的结果是好的，书虽然有了一些经费补贴，出版社不至于亏损，但是销售和宣传的结果，反而有所盈利，《文丛》最后几本的出版已经不需要资助了。我比较看重的是这套丛书里几位青年批评家的著作，如郜元宝、张新颖、王彬彬、罗岗、薛毅等几位青年才俊的论文集，如果说，这套丛书多少为作为全国批评重镇的上海批评队伍建设做过一点贡献，也就是不失时机地稳定了这批青年评论家的专业自信。后来几年里我又策划了《逼近世纪末批评文丛》（山东友谊出版社），继续做了这样的工作。

现在回过头来看，这套丛书的意义还是超出了我当时的期望，不仅仅是对几位青年朋友产生影响，也不仅仅是对上海地区的文学批评产生影响。续小强先生在二十年之后还想借重这个出版品牌来推动青年批评家著作的出版，就是证明之一。不过如我前面所说，现在青年批评家面临的问题，与当年的问题并不相同，批评的处境也不同。现在，关于要加强文艺批评的主流声音一直不断，大媒体报刊也相应地设立批评专页的版面，稿费据说不菲，在高校、出版系统申请出版批评文集的经费也不特别困难。那么，今天的困难在哪里？我个人以为，恰恰是前面提到的编辑"火凤凰"的两个宗旨中的一个：批评家作为知识分子独立主体的缺失，看不到文艺创作与生活真实之间的深刻关系，一方面是局限于学院派知识结构的偏狭，一方面是学院熏陶的知识者的傲慢，学院批评无法突破知识与立场的局限而深入到真实生活深处，去把握生活变化的内在规律，而是把时间精力都耗费在轰轰烈烈的开大会、发文章、搞活动、做项目等等，尽是表面的锦团花簇而缺乏深入透彻地思考生活和理解生活。其实，批评家最重要的是需要有宽容温厚的心胸、敏感细腻的感觉，以及坚定不妥协的人文立场，才能发现尚处于萌芽状态的新生艺术力量，与他们患难与共地去推动发展文学艺术。在我看来，今天我们面临文化生活、审美观念、文学趋势之急剧变化，一点也不亚于1980年代中期的那场革命性的转型，但是现在，文艺探索与理论批评却是分裂的，探索不知为何探索，批评也不知为何批评，以其昏昏使人昭昭，文艺批评怎么能够产生真正的力量呢？所以我今天赞同续小强先生继续编辑出版《火凤凰新批评文丛》，但所希望的，不在多出几本批评文集，更不在乎多评几个职称，而是要培养一批敏感于生活、激荡于文字、充满活力而少混迹名利场的新锐批评家。

这是我的愿望。写出来与青年批评家们共勉。

陈思和

2014年3月3日于鱼焦了斋

代 序

我零星读过李一博士的论文，注意到她命名和分析"新世纪文学"文本中的"无后"问题。李一在复旦大学获得博士学位后到苏州大学文学院工作，我们成为同事，因此有了比较多的学术交流机会。我常常听到她对一些作家作品的独到解读，思路之清晰，表达之干练，观点之新颖，给我不少启发。这样的特点也反映在李一的教学工作中，她是深受学生欢迎的老师。在李一的著作《"无后"——新世纪文学中的一个现象研究》付梓之前，细读了这部书稿，对她研究"无后"现象及相关问题的思路、方法、内容和观点有了比较充分的了解，以为是研究新世纪文学的重要成果。

对"文革"结束后文学阶段的命名，现在已经很少使用"新时期"这样的概念，依次分为"八十年代文学""九十年代文学"和"新世纪文学"。现在我们还不能充分地认为这些命名已经历史化了，对这几个阶段的表述也只是当下研究界约定俗成的初步共识。包括李一研究的"新世纪文学"，也还不是一个历史概念。"八十年代文学"的历史意义已经被充分认识，但1980年代文学延续下来的问题仍然未解，我一直认为1980年代是"未完成"的年代。"九十年代文学"在文学批评或者文学史论述中几乎是"不幸"的，它收到"八十年代文学"的压迫，很快又过渡到"新世纪"。其实，1980年代成名作家的重要作品大多完成于"九十年代"。因此，单一而非关联的研究，不仅无法解决阶段性的问题，更无法对近三十年的文学做出整体的把握。我提出应当通过"关联性"研究，梳理文学史一些重要问题的来龙去脉。与此相关，从什么角度或者层面进入文学史的内部至关重要，具体为研究者发现、命名和揭示问题的能力以及阐释问题的有效性（不能津津乐道于"伪问题"）。——我在这样的思路中看待李一关于"新世纪文学""无后"现象的研究。

关于"新世纪文学"的研究，可谓众声喧哗。李一如果没有自己的路径进入"新世纪"，那么她的所有论述只可能是对一些问题的重复阐释，在这一点上她是清醒的。在追踪研究1990年代以来特别是新世纪文学时，发现了"无后"这一现象。"无后"是一个针对作品中集中涌现的某种相似性情节设定逐渐概括出来的，带有比拟性质的后发的描述概念。长久地跟踪式阅读使李一发现，在一些1980年代文坛中成长起来的作家笔下，这一时期不约而同地出现了某种相似性的书写：这类小说中通过各类"父子"血缘、家族伦理故事框架，想象着一种不同于20世纪上半期"青春象征"中二元对立的新的"断裂"式情节虚构。而更为年轻的作家，又以另外的方式回应1980年代成名作家对"无后"的书写。李一对"无后"的界定，实际上已经隐含了她分析这一现象的框架，在和20世纪上半期文学史的关联中讨论新世纪的"无后"问题。

李一集中关注两个方面。其一，到底是谁的"无后"？她认为"无后"面对的是未来的问题，涉及实指与虚指，它有具体的实指，更有精神方面的虚指。李一的解释是，作为实指即生命没有后代，仅此而已，只不过一个事实；虚指则包括实指带来的一系列个人精神问题，以及由此可以升华、象征的文化传承的担忧。在李一的研究中，"无后"的重点是由实而虚。其二，当下的"无后"关涉历史与未来。在讨论"未来"的焦虑时，"无后"势必还意味在某种潜在的对于"过去"的思索。只有在"未来"与"过去"的双重意义上，"无后"的精神虚指才具有存在的合理语境。李一的这一理解，同时还包含了她试图采用的研究方法。

在李一看来，"无后"这一现象从它生成的语境来看，"无后"

首先是一种审视历史的兴趣，它所涉及的所有小说都建立在某种关于历史的叙述之上。李一对《少年中国说》进行了再解读，认为梁启超文中并举呈现的"老""少"的二元对立结构，不仅将中国传统文化观世方法中那条自然生命链条打断，而且否定了生命链条一环一环的历史连续性中所蕴含的自然历史生命能量的接续和传递，它实践的是一种来自现代视角的"断裂"的观照方式。由此引发晚清之关于"少年"的"历史想象"，晚清——民国之时的"现代民族想象"。李一将现代文学中以"对立"为基本模式的"父子"书写，视为上述"断裂"的反映。她认为20世纪上半期的现代文学出现了两种"父子"书写：一种为讲求家族连续的、并无特殊历史思想寓意的情感性书写，它意在表达着某种真实动人的普通的自然情感；另外一种则是从《少年中国说》到"青年"而后所诞生的某种现代性虚构，它以"父子"隐喻着新旧二元，通过情状化二元对立，进而表现有关现代家国未来的想象和时代的风貌。李一分析道："中国传统文化中的一条来自自然血脉的'生命链'文化被'现代'所打破，一并被破坏的还有这条'生命链'所代表的超稳定的文化结构，由是文学中才抽象出来的以'父子'代表二元文化的对立，以至生成超越稳定文化结构之外的一个带有断裂性的'父子'文化书写结构。"对20世纪上半期"父子"书写文化结构的历史阐释，构成了李一讨论"新世纪文学"之"无后"现象的基本参照，而"青春象征"则是李一考察"新世纪"文学"无后"现象的最重要维度。

李一想要叙述的这一历史无疑是"宏大"的，但如何处理是困难的。她显然意识到这一点，因而宏观着眼，微观落笔，将论述集中在人物关系的转化方面，由此透视历史的沉浮。她对五十年代、六十年代、七十年代文学中的"父子"关系都做了简要的分析。五十年代是"青春象征"书写最为淋漓尽致的时期，"革命"成为考察"父子"书写结构的关键词，而"父"与"子"也被赋予了不同的政治内涵。六十年代、七十年代则是"青春象征"极端发展的年代，"文革"结束后乐观主义的"青春象征"终于因青年生命自带的鲁莽、幼稚和冲动而被批判，最终被取消。在这样的历史叙述中，因为"后"在"父子"结构中的"革命"性的变化，"无后"这一概念也就呼之欲出。李一思考的问题是：

在此乐观的"青春象征"被取消之后，被复合了两种中国现代文学书写上的"父子"观照（即连续的和断裂的）为何却继续在那条连续的血脉生命链条上，出现"父子"之维的"无后"呢？如果这是一次新的"断裂"，那么差异何在？李一的回答是：

在一些1980年代文坛中成长起来的作家笔下，这一时期不约而同地出现了某种相似性的书写：这类小说中通过各类"父子"血缘、家族伦理故事框架，想象着一种不同于20世纪上半期"青春象征"中二元对立的新的"断裂"式情节虚构。有意味的是，这一代作家正好是已落幕的、具有强烈的"青年象征"性的"青春文学"中的最后一代，他们在终结了1980年代文学中的青春性后，集体开创了1990年代更为多元、平稳和丰富的又一个文学历史时期。他们假借的文学情节模式同为现代文学中常用的"父子"家族血缘传递故事。他们所着重表达的同样是一种"断裂"。不同的是，在20世纪上半期以青年象征社会希望的这种写作潮流中，"断裂"具有理想性和革命性，它是一种主观的愿望，即打破旧的世界秩序开创新的美好的现代文明社会，是用一种家族书写隐喻社会理想的方式。而此时的这些作品中，作者在与历史相似的情节模式中，颠倒了情感的着意点，原本的"儿子"视角变成了作者对"父"所代表传统的、历史的、延续的叹惋，同时原来文学中主观的断裂隐喻如"儿子出走"在这里变为通过书写血脉传递的一种"无后"的境遇，表达作者对于某种历史延续性的集体性焦虑。

这样的论述中，自然还留下了进一步思考的空间：在这样的历史转换之中，小说家的世界观究竟发生了怎样的变化并影响到他们对"父子"关系的认识；在意识形态影响之外，小说观念的变化是否是再次"断裂"的一个原因；这样的转换是否表明当代中国人与人的关系发生了巨变，等等。

李一对"无后"现象的历史论述建立在对文本的深入解读基础之上，她不是从概念出发确立"父与子""老年与少年"的紧张关系，而是从文本内部的结构中阐释这样一种紧张关系的形成，这使她避免了大而无当的论述。当"无后"成为一种分析视角时，李一对不少作家作品有可圈可点的解读。李一认为贾平凹《秦腔》中所谓的"无后",即小说创造了一个类似怪婴等表示生命承继出现问题的意象,并以此生成对某种文化、理想、现实的焦虑、恐惧、绝望之感。"由此,没有肛门的婴儿作为一个文学意象,它在文本中或可视作对文化和乡土未来命运的一种隐喻。"清风街上这一代里最优秀的一对男女生出了一个没有肛门的婴儿,以"仁义礼智"为代表的上一代人则逐一告别生命、退出历史,清风街的整体性的衰败不可避免。莫言《丰乳肥臀》中的上官金童,某种意义上是所有人生命能量最后羽化而成的硕果,但是他的家族似乎所有人都比他对历史有力量。结果是,上官金童送走了所有的人,他的生命能量得以了被动的保全,而后走到了一个"新"的时代。李一认为:"小说的真正的隐喻意义在这里,即在结果,而非过程。但难题在于,'结果'仍然是空白的,充满了想象的空间。这是莫言在对历史观照中出现的'无后'意象。"对一段时间颇有争议的《上海宝贝》,李一也提出了自己的看法。李一认为"青春文学"的核心是如何处理青春期能量的闲置,这就对1990年代中后期的《上海宝贝》提出了挑战:"《上海宝贝》之前,几乎所有涉及青春期性苦闷的作品,都可以瞬间将这种生理性的苦闷转嫁于精神上,且精神上有所投靠,有所解决和升华,如1920年代郁达夫的作品和1980年代张贤亮的作品。可历史到了20世纪末,青春没有了依托,它重新成为基因突变中被严密筛查的对象,所以在性的问题上,小说必须对此时'无用'又'旺盛'的性做出处理。《上海宝贝》在这个问题上,呈现了一代青年无名的焦虑。"这是一种学理的而非道德的评论。

这本书也是李一自己内心的独白,即便不是"精神自叙传"。从文本与现实世界的关联看,"无后"或许是更为普遍的现实问题,不管是李一这一代,还是我们,都在遭遇"无后"和相关问题的困扰。置身小说文本和文化现实中的李一,在文化谱系上无疑暂时处于"子"的位置,她和历史、文本构成了对话关系。当她把"无后"也解释为精神方面的虚指(实指带来的一系列个人精神问题,以及由此可以升华、象征的文化传承的担忧)时,她自己其实也是小说文本中的一个人物,她对所有问题的追问实际上成为她个人与历史、现实对话的一部分,并且呈现了她自身的精神处境。李一对"无后"现象的历史追问,在有意无意中梳理了自己的思想资源,表明了她对历史的认识,这种认识虽然还不具备复杂性,但能够衔接历史不仅从一个侧面打通了文学史阶段之间联系,而且也让自己处于"有根"状态。李一分析此时的历史语境时,发现了我们的真正处境是:"我们看到的并不是'思想'的多元,而是某种经济生活所刺激的单一物欲对于整个社会语境的冲击和挤压。'无后'的意思与其说是'多元',不如说是'未明'。"她把当下的文化现实表达为"未明",也在一定程度上与现实保持了距离。

在观察这一问题时,我特别在意的是,在对文化现实的认识基本相同的情形下,李一如何解读和她年龄相仿的这一代作家的作品。正像她所意识到的,与这个传统断裂真正休戚相关的是以被称为80后为主体的一代人。因而,她对这些年轻作家的解读,也在很大程度上回应上一代作家对"无后"的焦虑。李一对"无父"和"孤独"的解读,在很大程度上为我们理解这"陌生的一代"提供了启示。在分析了张悦然短篇小说《一千零一个夜晚》的叶澎后,李一比较了张悦然与上一代作家的不同:"这显然是在另一种书写中回应贾平凹等'无后'的精神隐喻。在莫言笔下,人人那澎湃的生殖欲望和生殖能力,在这里,都已消耗、退化。张悦然的这些作品从对历史的焦虑到历史寻找的失望,而后在'无父'这个开始只是小说人物情感上的某种预设,发展为确确实实精神上的无所依靠。由此'无父'必然导致'无后',甚或说,在'无父'的精神中,'后'已经不具备讨论的前提,因为在父与子之间的'我'的自然生理功能没有了精神的关照,已经面临着严重的自我萎缩和自我退化。"当李一揭示了"无父"这一现象时,她残酷地说白了文化现实中几代人的精神状态。

李一对郭敬明《小时代》三部曲的分析直接与"我们这一代人的精神处境"相关联,"郭敬明的《小时代》三部曲终于在拉长的篇幅中,为我们这代人看似没来由的孤独做了历史的注解。"李一注意到,早在《小时代》之前,这种情感状态实际上已经被张悦然、笛安等人开始触碰,只是它始终以一种莫名的面貌作为主人公的身份存在，大量的中短篇小说都没有足够的体量来真正地围绕这种情感处境有兴趣地呈现。我们看到的只是很多以青春为视角的年轻作家，对于这种孤独本身的玩味，它既没有成为一个问题，同时也没有被放置在历史与时代中得到追问，所以这类作品中弥漫着莫名的惆怅。这种情况的产生"除了与写作者没有足够的思考和认识笔下这种实际上是此时我们这一代特有的孤单有关，还与整个现代小说在20世纪以来从具体的个人转向抽象的个体这一潮流有关，正是在这种文学的大历史潮流下，年轻的写作者才急于在自我一代身上寻找人类和人性的书写意义，更为重要的原因可能在于这代人对于时代的兴趣严重缩水。"李一于是能够贴着这一代人与时代的真实关系解读《小时代》的意义："在几个年轻男女的友情、爱情书写中，不自觉地写出了真正困扰在这代写作者笔下的孤独情感。这种孤独带给一代人的敏感、极端、胆怯才是郭敬明小说中关于友谊和爱情的真正诠释。它也许改变不了我们这代人'陌生'的面目，但有可能让我们自己彼此看见。"这样的理解，并不反对一些人对"大时代"的执着，但说明了"小时代"为何存在又怎样存在。历史在延续中断裂，断裂又成为关涉未来的一种方式。在这样的脉络中，我们都可能会产生自己的焦虑、孤独和无助。"无后"的情绪也许还会弥漫，现实也许更加"未明"，如何才能彼此看见，已非一代人的问题。——因此，我们仍然需要对话。在现在的学术秩序中，年轻一代学者的声音常常会被淹没，或者被轻视。或许因为自己是理想主义者，我也不免对一些事物持有悲观情绪，但在李一和他们这一代青年学人的文章中，我读到了她和他们对文学与世界的理解，读到了与我们这一代学人不一样的气息。

王尧

目 录

辑一 / 001

中国现代文学书写中的青春象征 / 004
新世纪文学中"无后"现象的来源 / 026
"无后"现象的历史语境 / 041

辑二 / 049

论贾平凹笔下的"无后"意象 / 052
"无后"作为一种视角对余华《兄弟》的解读 / 062
论"无后"意象在莫言创作中的出现 / 074
阎连科创作对于"无后"语境的某种回应 / 086
婴儿的隐喻和无父的预设 / 098

辑三 / 111

两种"青春"书写
——以《上海宝贝》和《1988 我想和这个世界谈谈》为例 / 115

困扰于身份：
郭敬明《小时代》三部曲与我们这代人的历史处境 / 134
张怡微论 / 144
笛安论 / 152
不彻底的写作
——评《南方有令秧》 / 161
中国的贝阿特丽切
——1980年代以来中国文学中出现的一个"姐姐"形象研究 / 175

附录：迟子建研究三篇 / 191

尖锐的性别对抗和深沉的人生悲凉
——浅析迟子建的《逝川》 / 193
由"灯"开启的隐喻世界
——解读《花牤子的春天》 / 201
从"原点"虚构来考量迟子建小说创作中的人物形象 / 212

后记 / 225

"无后"这个现象,是我在追踪研究1990年代以来文学时,针对作品中集中涌现的某种相似性情节设定逐渐概括出来的一个带有比拟性质的后发的描述概念。长久地跟踪式阅读使我发现,在一些1980年代文坛中成长起来的作家笔下,这一时期不约而同地出现了某种相似性的书写:这类小说中通过各类"父子"血缘、家族伦理故事框架,想象着一种不同于20世纪上半期"青春象征"中二元对立的新的"断裂"式情节虚构。

　　到底是谁的"无后"?"无后"面对的是未来的问题,它有具体的实指,更有精神方面的虚指。作为实指即生命没有后代,仅此而已,只不过是一个事实。虚指则包括实指带来的一系列个人精神问题,以及由此可以升华、象征的文化传承的担忧。在讨论"未来"的焦虑时,"无后"势必还意味着某种潜在的对于"过去"的思索。在"未来"与"过去"的两重意义上,"无后"的精神虚指才具有了存在的合理语境。

　　如何理解和评价"无后"文学现象?从这一现象生成的语境来看,"无后"首先是一种审视历史的兴趣,它所涉及的所有小说都建立在某种关于历史的叙述之上。小说通过个人化的线索展开对历史的梳理,进而呈现出有关文化的、民间的关于现代性追求的反思。在这种新历史语境中,"无后"对历史的世纪性反思,从某种角度上来说,是对1980年代中期寻根思潮的一次情感回应,也是对1990年代写作中的民间倾向和民间理论的实践。

中国现代文学书写中的青春象征

欲言国之老少，请先言人之老少。老年人常思既往，少年人常思将来。惟思既往也，故生留恋心；惟思将来也，故生希望心。惟留恋也，故保守；惟希望也，故进取。惟保守也，故永旧；惟进取也，故日新。惟思既往也，事事皆其所已经者，故惟知照例；惟思将来也，事事皆其所未经者，故常敢破格。老年人常多忧虑，少年人常好行乐。惟多忧也，故灰心；惟行乐也，故盛气。惟灰心也，故怯懦；惟盛气也，故豪壮。惟怯懦也，故苟且；惟豪壮也，故冒险。惟苟且也，故能灭世界；惟冒险也，故能造世界。老年人常厌事，少年人常喜事。惟厌事也，故常觉一切事无可为者；惟好事也，故常觉一切事无不可为者。老年人如夕照，少年人如朝阳。老年人如瘠牛，少年人如乳虎。老年人如僧，少年人如侠。老年人如字典，老年人如戏文。老年人如鸦片烟，少年人如泼兰地酒。老年人如别行星之陨石，少年人如大洋海之珊瑚岛。老年人如埃及沙漠之金字塔，少年人如西比利亚之铁路。老年人如秋后之柳，少年人如春前之草。老年人如死海之潴为泽，少年人如长江之初发源。此老年人与少年人性格不同之大略也。任公曰：人固有之，国亦宜然。

玛志尼者，意大利三杰之魁也。以国事被罪，逃窜异邦，乃创立一会，名曰少年意大利。举国志士，云涌雾集以应之，卒乃光复旧物，使意大利为欧洲之一雄邦。夫意大利者，欧洲第一之老大国也，自罗马亡后，土地隶于教皇，政权归于奥国，殆所谓老而濒于死者矣，而得一玛志尼，且能举全国而少年之，况我中国之实为少年时代者耶？堂堂四百余州之国土，凛凛四百余兆之国民，岂遂无一玛志尼其人者。

造成今日之老大中国者，则中国老朽之冤业也；制出将来之少年中国者，则中国少年之责任也。[1]

梁启超的《少年中国说》在20世纪初将"老年"与"少年"首次构成一种对立，进一步将其隐喻到家国民族的想象之上，生出"少年想象"，这是"五四"新青年的重要历史前身。《少年中国说》将"少年"一说提出，使其成为当时中国传统到现代历史转型期的重要社会象征。如学者宋明炜所言："在梁启超吟唱出'少年中国'的赞歌之后，多少代中国知识分子、作家、政治家都选择'青春'这一符号来寄托他们对政治革命、文化变革、民族复兴和美好生活的渴望"。[2]

有意思的是，我们的传统文化并没有如此显见的"少年—老年"二元对立参照。宗法社会里，在传统文化以及具体的生活方式中所形成的农业伦理，它强调的是一条连续的生命链，事实上，这条生命接续的链条不仅没有断过，而且始终在"父—子—孙"的血缘传递线条上成就历史。《列子·汤问》中的《愚公移山》所呈现的画面：父亲打算将没有完成的"事业"传给儿子，儿子终其一生还可以继续传给孙子，父父子子祖祖孙孙如此就形成一条来自自然生命链上的社会发展链条。《淮南子》中所描述的关于涂山氏化石的故事，涂山化石石裂而生启，其中一说是大禹治水之后，启结束禅让制，建立夏朝。在今天读来，这种延续的信仰非常强大，涂山化为石头后，石头缝里也要"生"出一个儿子，以继续父亲的"事业"，并且有所发展。《红楼梦》一百二十回本的"兰桂齐芳"，贾宝玉出家，但他还是留下一个儿子，帮他承担重振家业的责任。这条朴素的生命链条，代表了传

---

[1] 梁启超：《少年中国说》，《清议报》第三十五册（1900年2月10日），见《梁启超选集》李兴华 吴嘉勋编，上海人民出版社1984年版，第122—126页。

[2] 宋明炜：《现在中国的青春想象》，见《批评与想象》，复旦大学出版社2013年版，第4页。

统中国的一种重要的观世方法,它讲求历史的自然延续,信任和依赖这条自然的生命线。这条生命链在前一个历史语境中,非常稳定,没有断过。《少年中国说》里并举呈现的"老""少"的二元对立结构,不仅将中国传统文化观世方法中那条自然生命链条打断,而且否定了生命链条之一环一环的历史连续性中所蕴含的自然历史生命能量的接续和传递,它实践的是一种来自现代视角的"断裂"的观照方式。

《少年中国说》中"少年"的意象想象,一定程度上来自于现代性的世界语境,如此才在"少年"的社会想象之中,出现了"青年"这一个更具有明确社会情感指向的新的历史词语。钱穆先生曾考证:"青年二字,亦为民国以来一新名词。古人只称童年、少年、成年、中年、晚年。……而犹必为新青年,乃指在大学时期身受新教育具新知识者言。故青年二字乃民国以来之新名词,而尊重青年亦成为民国以来之新风气。"[1]有关由《少年中国说》而引发的晚清之关于"少年"的"历史想象",其在晚清至民国之时,激起了古老中华民族异常突兀的"现代民族想象"。再次回溯我们的传统文化,有关对于青春的赞扬,曾在唐代有过一段短暂而灿烂的历史时期,无论是"前不见古人,后不见来者"的历史此刻的"骄傲",还是"狂夫富贵在青春,意气骄奢剧季伦"的少年豪气,这种不同于中国其他历史阶段的、对于青春之美的大肆赞扬,其并不否定"老年";它实际上也没有形成一种观念上的对立,而只是将其作为一种生命阶段的美好来加以特别抒发。而"青春"具化到载体上,落实为具体的作为人的"少年",并进一步生发出"青年"一说,则是千百年来未有之事。其中观念意义上的冲突和对立,正是"现代"的特殊历史思维对于传统的一次"断裂"。

在这个产生了"青年"意识的时代里,文学书写应声而出,诞生了一种以"对立"为模式的极富现代意味的"父子"情节观照。这种

---

[1] 钱穆:《中国文学论丛》,生活·读书·新知三联书店2002年版,第26页。

所谓以"对立"为基本模式的"父子"书写,并不排斥继中国传统文化而来的朴素的、以描写"连续性"和展示自然人伦中的"亲情",包括后代对于前辈的敬仰、尊重的"父子"书写。两种关于"父子"关系的不同的书写,在文化符号的意义上发生了疏离。

至此,我们的现代文学出现了两种"父子"书写:一种为讲求家族连续的、并无特殊历史思想寓意的情感性书写,它意在表达着某种真实动人的普通的自然情感;另外一种则是从《少年中国说》到"青年"而后所诞生的某种现代性虚构,它以"父子"隐喻着"新旧"二元,通过情状化二元对立,进而表现有关现代家国未来的想象和时代的风貌。

作为一种对立而诞生的现代意义上的"父子"文化符号书写,显见的,它来自于从《少年中国说》而起,从晚清至民国以来的"少年"想象这一历史语境中逐渐确立的"青年即希望"。简而言之,这种应声而出的新的"父子"书写,其背后的思想和价值支撑即一种青年即希望的"青春象征"。

"彼幽闲贞静之青春,携来无限之希望,无限之兴趣,飘然贡其柔丽之姿于吾前途辽远之青年之前,而默许以独享之权利。嗟吾青年可爱之学子乎,彼美之青春,念子之任重而道远也,子之内美而修能也,怜子之劳,爱子之才也,故而经年一度,展其怡和之颜,饯子于长征迈往之途,冀有以慰子之心也。纵子为尽瘁于子之高尚之理想,圣神之使命,远大之事业,艰巨之责任,而夙兴夜寐,不遑启处,亦当于千忙万迫之中,偷隙一盼,霁颜相向,领彼恋子之殷情,赠子之韶华,俾以青年纯洁之躬,饫尝青春之甘美,浃浴青春之恩泽,永续青春之生涯,致我为青春之我,我之家庭为青春之家庭,我之国家为青春之国家,我之民族为青春之民族。斯青春之我,乃不枉于遥遥百千万劫中,为此一大因缘,与此多情多爱之青春,相邂近于无尽青春中之一部分空间与时间也。""青年之自觉,一在冲决过去历史之网罗,破坏陈腐学说之图圉,勿令僵尸枯骨,束缚现在活泼泼地之我，进而纵现在青春之我，扑杀过去青春之我，促今日青春之我，禅让明日青春之我。一在脱绝浮世虚伪之机械生活，以特立独行之我，立于行健不息之大机轴。[1]

新文学的第一个十年，李大钊的《青春》或可作为虚构作品之前的一次对于梁启超《少年中国说》的回应，"青春"以更为具体的名义，要求"青年""自觉"以开创明日家国之希望。而后1920年代则有冰心的《斯人独憔悴》[2]与《秋风秋雨愁煞人》。这两篇小说一边通过父子两代的冲突，展示当时青年一代的意识觉醒，一边则借人生理想与包办婚姻的对立，提出"出路"的问题。同为冰心的《最后的安息》和《是谁断送了你？》，则是从年轻女子的生存处境出发，展示了旧礼教之下她们悲凉的人生命运。庐隐的《海滨故人》以几个青年女子隐秘的内心情感生活，拉开了她们对于未来新时代的向往。1920年代的新文学观照内容逐渐在扩大，之所以仅仅引述到这几篇短小的作品，只意在突出从如李大钊《青春》等开始，"青春"之观念是如何通过具体的文本虚构创作落实到"青年"的生存处境之中，并且形成"社会问题"的。

围绕"青年"的现代性书写在1930年代至1940年代变得成熟而激烈。巴金的《家》，用长篇的容量完整描写一代青年由"家"而来的社会困境，通过爱情铺演，展示他们不同的人生选择和相似的人生烦恼：

有着黑漆大门的公馆静寂地并排立在寒风里。两个永远沉默的石狮子蹲在门口。门开着，好象一只怪兽的大口。里面是一个黑洞，这里面有什么东西，谁也望不见。

---

[1] 李大钊：《青春》，《新青年》第2卷1号，1916年。
[2] 有意味的是，"斯人独憔悴"恰好出自杜甫《梦李白》中的"冠盖满京华，斯人独憔悴"。尽管在唐代的历史时期中，有关对于"青春"的歌唱之于杜甫时，已经式微，但是在他怀念李白的诗句中，仍有着对那种青春生病阶段的豪迈不羁的一种情怀在内。此处，冰心借其为小说篇名，在具体的语意之外，总令人想起有关"青春"的情感。

一种新的感情渐渐地抓住了他,他并不知道究竟是快乐还是悲伤。但是他清清楚楚地知道他离开家了。他的眼前是连接不断的绿水。这水只是不停地向前流去,它会把他载到一个未知的大城市去。在那里新的一切正在生长。那里有一个新的运动,有广大的群众,还有他的几个通过信而未见面的热情的年轻朋友。

——巴金《家》

两代人的冲突即是新与旧的鲜明对立,彼此互不相容。"旧"则代表着中国千百年来那条延续、连绵不绝的生命链条,以及它对于青年人的压抑和束缚,此时在青年人为社会未来希望的时代里,其更意味着对于社会未来希望的拒绝和扼杀。正在觉醒的年轻一代通过对旧的大家庭背后所隐藏的专制、封建思想与行为等的发现与揭露,强调他们必须出走,出走是这些觉醒了的年轻人的唯一出路。

年青的人们,是在这种家宅里,感觉到腐烂底尖锐的痛苦的;那些淫秽的、卑污的事物是引诱着年青人,使他们处在苦闷中。当风暴袭来的时候,他们就严肃地站在风暴中,明白了什么是神圣的,甘愿毁灭了。当他们有了寄托,发现广漠的世界与无穷的未来时,他们就有力量走出苦闷,而严肃地宣言了。

——路翎《财主底儿女们》

"父子"书写真正铆钉在梁启超《少年中国说》中的"老年"与"少年"之对立,并且这种对立不再是静止的,而是切实地爆发出互相斗争的行动。"青年"代表着先进的社会力量,寄托作家的希望,其正是要通过斗争,以"出走"而离开落后的"封建"大家庭,去寻找光明。"出走"的这些"青年"走到了哪里?

随着1950年代的到来,中国现代社会在转型和建设过程中又一个特殊的历史建制开始,新的主流意识形态开始以20世纪从未有过的强硬态度影响和干预着文学中那些二元对立思想倾向的表达。以王蒙1956年发表的《组织部来了个年轻人》和杨沫1958年出版的《青春之歌》来看，此时曾在"家"的牢笼中斗争和痛苦的青年们，已然悄悄地脱离了"家"的二元对立文化场域，单独以"青年"为文化符号，展示新时代已脱离"家"模式之新旧对立的年轻人身上所代表着的光明与进步的力量。在"父子"二元对立的结构中，代表着旧的、需要被批判的"父"在《组织部来了个年轻人》这里转化为青年人林震所面对的官僚主义者刘世吾等人。模糊朦胧的、旧的、不合理的在这里具化为具体的体制上的官僚主义。首先，观念中的"旧"，在1950年代被进一步落实和规定。其次，相比较而言，三四十年代的文本中的"新"是以一种模糊的未来希望存在于青年人的自信中，它几乎没有任何实指，它的线索仍然在自《少年中国说》而启的家国未来想象上。在这一时期的《青春之歌》确定了这种所谓的代表希望和进步的"新"——它就是林道静寻找到的"党"。换言之，在这一历史时期，"党"成了这些寻求真理的青年人真正的思想武器和价值指引。从此，"青年"为之赴汤蹈火。历史于此，"新旧"二元皆被具体化了。这是中国文学20世纪的一次重要转变。叙事模式的转换，即由"家"为靶子的新旧时代对立书写到以青年的进步力量为既定答案的光明书写，它蕴含了中国现代文学的一个重大问题，即青春之象征意义的再次具化和发展。从文学史中的作品来看，曾经出走的高觉慧和蒋少祖来到了这里——青年开始被"意识形态"所规训。

至此，我们或可对现代文学生成这样一种理解：我们的现代文学中以"青年"为具体的文学形象，以"青年即希望"的文学象征，以"青春"为情节内驱力，在世界性的现代语境中，生成一种"青春文学"。青年形象的确立，则是这一青春文学的第一个历史阶段。

第二个阶段则可看作为"青春文学"的被规训时期。在这一历史时期中，"青年"仍然被视作是社会的希望，青年形象身上的希望象征意义仍然存在。不同于前一个时期里有关"青春"的无所目的的未来希望象征以及青年"出走"的激情书写，此时一批相关作品中的"青年"形象则是以一种既定的社会意识形态里的具体对象为塑造原点，即曾经出走的他们，走到了一个确定的社会"意识形态"中，并且以其"青年"的形象和"青春"的精神为这个"意识形态"展开服务，以呈现此时的"光明"。

蔡翔先生在研究1949年到1966年间文学时曾写道："在1949—1966年的中国当代小说中，我们可以读到大量有关'青年'的描写和叙述，这些描写和叙述构成相关的文学想象。这一想象，当然来自中国革命具体的历史实践，正是由于无数青年的加入甚而献身，中国革命才最终得以获得胜利。因此，在某种意义上，我们甚至可以说，中国革命的历史，实际燃烧的就是青年的激情，而围绕这一历史的叙述和相关的文学想象，也可以说，就是一种'青年'的想象。而在另一方面，正是'青年'这一主体的介入和存在，才构成了这一时期小说强烈的未来主义特征。……这一主体性，既指涉'青年'这一社会群体，同时更是'革命'和'国家'的文学隐喻，因此，这一主体性的诉求，同时也是政治的诉求，也因此，作为主体而被建构起来的'青年'，同时即是一政治主体。这一主体，不仅是历史的，同时更是未来的。""因了'少年'的支持，'中国'以及相关的政治和社会运动，却又更多地指涉个人，本身也被自然化、道德化乃至合法化，并形成强大的情感的或者道德的感召力量，甚至一种'青春'形态。""实际上，许多的小说，无论是柳青的《创业史》，还是赵树理的《三里湾》；无论是周立波的《山乡巨变》，还是王汶石的《黑凤》，都在不同程度上借助于'青年'的这一群体形象，来完成'社会主义改造'的重大叙事。正是在这些小说中，青年被重新定义为未来、希望、创造，而且指涉新的中国，老年也再次被描述为传统、保守、四平八稳，并且和旧有的社会秩序一起，被视为缺乏转变为现代工业国家的内在动力。"他进一步指出："一百多年来，梁启超的'少年中国'始终是最为重要的想象中国的方式之一，甚至构成了中国政治的'青春'特征，一种面向未来的激进的叙述乃至行为实践。这一想象方式，乃至表述方式，也同样进入了中国的革命政治以及相应的文学叙述。只是，'革命'在动员青年的同时，也在不间断地规训青年，包括规训青年的爱情和性。"[1]

显然，在如上的考察中，"文革"前"青年"和"青春"的象征仍然在，只是如本文讨论的1950年代王蒙等小说时所指出的，当时"青年"的具体象征已经较1940年代《财主底儿女们》有重要的不同。在20世纪上半期的中国文学中，"青年"的象征从鲁迅到巴金、路翎再到王蒙、杨沫，具有一个发展的过程。在同样的象征未来与希望之下，"青年"从最早的一种坚定但没有具体答案的希望象征，发展为有所"答案"的希望方向，且在这个确定的"答案"中，"青年"受到规约和教育。文学史曾如此描述[2]：

梁斌《红旗谱》中的"运涛、江涛、大贵、二贵等第三代青年，在共产党的引导下，一开始就是觉醒的农民，他们是作为革命的主流力量出现的"。

对于《青春之歌》里的林道静：

作家有意不断地暴露了这位小资产阶级知识女性的弱点，而这正是她之所以需要不断改造的依据，她的心理对这一帮助、引导完全没有疑虑或排斥、反感，恰恰相反，林道静与这些内心崇拜并渴望的人物总是不期而遇，并从他们那里不断地获取思想情感转变的资源与动力。这一情境自然预示并规定了林道静的角色归属，她最后成为共产党员，并因此完成了思想改造的过程，成为凯旋式的英雄。

宗璞在《红豆》中表现的是：

革命青年应该坚持正确的政治道路而放弃个人情感。因此，江玫是带着检讨和反省的姿态回忆自己的情感历史的。

---

[1] 蔡翔：《革命/叙述 中国社会主义文学——文化想象（1949—1966）》，北京大学出版社2010年版，第125—143页。

[2] 严家炎：《二十世纪中国文学史》下册，高等教育出版社2010年版，第79—104页。

这种规约，更明显的则如在严家炎先生主编的文学史中曾引用到的有关姚文元对于《红豆》的批判：其"留给我们的主要方面不是江玫的坚强，而是她的软弱，不是成长为革命者后的幸福，而是使我们感到了一种无可奈何的痛苦，仿佛参加了革命以后就一定得把个人的一切都牺牲掉，仿佛个人生活这一部分空虚是永远没有东西填补得了的。"[1]

众所周知，抗战改变了20世纪上半期中国文学的格局：解放区、国统区、沦陷区三大板块展示出不同的风貌，其又各有发展的历史渊源，日后随着国家的统一，解放区文学的意识形态基本上是以强势的力量规约着整个文坛。我们所看到的1950年代、1960年代文学中"青春"象征之于巴金、路翎创作的变化，在1940年代的解放区文学已开始。蔡翔先生所讨论的1949—1966年文学，以及"文革"十年的样板戏和"潜在写作"，是解放区文学对文坛规约的历史呈现。

且看1942年《在延安文艺座谈会上的讲话》即知："《讲话》以革命仍然面临着艰巨的任务立论，指出在这个前提下，当前文艺工作的中心'基本上是一个为群众与如何为群众的问题'。在'文艺为什么人'这个根本问题上，毛泽东实际上是按照各阶级对于'革命''民族解放'的意义这一逻辑进行排序的：'第一是为工人的，这是领导革命的阶级''第二是为农民的，他们是革命中最广大最坚决的同盟军''第三是为武装起来了的工农即八路军新四军及其他人民武装队伍的，这是战争的主力''第四是为小资产阶级的，他们也是革命的同盟者，他们是能够长期地和我们合作的'。"[2]《讲话》明确了文艺的工作性质和服务性质，规定了它的表现方向和情感取向。曾经写过《莎菲女士日记》的丁玲，此时写出了《在医院中》。相比莎菲女士大胆的人性探索，《在医院中》的陆萍是一个有所归属

---

[1] 姚文元：《文学上的修正主义思潮和创作倾向》，《人民文学》1957年第11期。

[2] 毛泽东：《在延安文艺座谈会上的讲话》，"此处引自1943年10月19日出版的《解放日报》。本文在收入1953年的《毛泽东选集》时经过了修改"。转引自 严家炎：《二十世纪中国文学史》（下），高等教育出版社2010年版，第325页。

和有身份的革命者形象，她有着明确的信仰即"延安"和党，她坚定地为抗战服务，在思想"武装"的前提下，她同一切的落后势力展开斗争。"九十年代以来，一些敏锐的批评家注意到，《在医院中》连同《组织部》，显示了'五四'新文学到'当代文学'，在叙事'编码'系统转变上的重要'征候'。进入延安所开启的'当代文学'，'五四'所界定的文学的社会功能、文学家的社会角色、文学的写作方式等等，势必接受新的历史语境（'现代版的农民革命战争'）的重新编码。这一编码过程，改变了二十世纪后半叶中国文学的写作方式和发展进程，也重塑了文学家、知识分子、'人类灵魂工程师'们的灵魂。（1997，黄子平）"[1]重现编码的过程，也正如程光炜先生在研究1980年代文学时，所言的"给出答案"[2]，即它给那些出走的诸如高觉慧和蒋少祖们一个明确的答案，或许也可以说，那些一个个离开家的逆子们，走到这里来了，于是陆萍的烦恼不再是父亲与家族，而是投身革命事业后具体的不合理、不完美之处。

以上展示了意识形态在这一时期对于"青年"形象的规训，以及对于"青春"的某种"处理"。紧接着，这一文学发展的脉络，1970年代末出现的相关作品中，一种新的情感生出，本文将其称为这种"青春文学"的第三个时期，即衰微期。

以上展示了意识形态在这一时期对于"青年"形象的规训，以及对于"青春"的某种"处理"。紧接着，这一文学发展的脉络，1970年代末出现的相关作品中，一种新的情感生出，本文将其称为这种"青春文学"的第三个时期，即衰微期。

具体来说，从1970年代末开始，"青年"突然以一种需要"忏悔"的形象出现，如王蒙1978年发表的短篇小说《最宝贵的》中的蛋蛋。王蒙在1950年代曾以长篇《青春万岁》歌咏青春的力量和未来，

---

[1] 洪子诚：《"组织部"里的当代文学问题——一个当代短篇的阅读》，见王德威、陈思和、许子东：《一九四九以后——当代文学六十年》，上海文艺出版社2011年版。

[2] 程光炜：《文学讲稿："八十年代"作为方法》，北京大学出版社2009年版，第311页。

而此时在《最宝贵的》中却是以一位中年父亲就儿子十年前（十五岁）的一次带有严重政治性的撒谎行为要求这个青年人进行道德和灵魂上的忏悔。有意思的是，前者是以有力量、无畏风雨和考验的一面得以歌颂和描写青春的，而后者却是以自身的幼稚而需要审视和反思青春的。在后来1980年代的知青文学中，青春和青年的形象悄然卸下20世纪上半期那样的象征意义重担，除了如朦胧诗等对于青春的自我书写之外，这一历史时期的青年形象和声音更侧重于历史的控诉，于是青春和青年这一对社会的象征在文学中逐渐被降格为普通却也珍贵的生命阶段。具体如梁晓声的《今夜有暴风雪》，作品虽充满青春激情，但其中的青年只是作为青春这一生命阶段的承载者而已，小说中并没有在这些形象上附加强烈的社会希望象征。在卢新华的《伤痕》里，青年和青春的忏悔情绪非常浓烈，青年因青春自带的幼稚、鲁莽行为和王蒙《最宝贵中》蛋蛋十五岁的"轻信"所带给亲人的无法弥补的伤痛如出一辙。也正是在这篇小说中，我们可以看到现代文学自1920年代以来建议的以"父子"二元对立为社会新旧矛盾写照的模式，在这里悄然回归常态的家族亲情。在紧接其后的改革小说中，社会可以依靠的角色悄悄地转变为中年人物。以《乔厂长上任记》中的乔光朴为代表，他们身上的利落、果敢、正直和道义，以及强烈的社会责任感，使其成为这一时期文学中一类理想化的人物形象。

我们当然可以在1980年代的文坛中轻松地找到对于青春的歌咏和热爱，但是在整个20世纪中国文学如此的观照之下，彼时的青春、青年已然被放置在一个比较低的位置了，甚至说它在悄然地回归到一种自然状态中，而非自梁启超《少年中国说》而掀起的社会希望之象。

更有意味的是，就在我们追踪青春书写的转变时，此时对于青春的主流的审视已然在采用一种"中年"的眼光。如卢新华的《上帝原谅他》[1]：

---

[1] 卢新华：《上帝原谅他》，《上海文艺》1978年，第11期。

我不能认为他这样的年青人只是简单地受蒙蔽,老实说,我看他就是'四人帮'的社会基础。老李,你想想,咱们象他们十五六岁的时候,已经懂多少事啦,送情报被敌人抓住,打死都不肯透一个字、出卖一个同志,可他倒好,野心家、阴谋家来篡党夺权了,他竟和他们一起里应外合,来革他革过命的老子的命,批判他老子,平常家常话儿,谈点张春桥的问题,被他听到了也抖出去,为他们供应材料,结果我受批判不说,还连累了其他同志。

尽管小说中也有如此笔墨,如:

不过,作为你的老战友,我觉得有必要提醒你,就是家庭问题与社会也是密切联系着的,要想到,我们这一辈人总是要入土的,中国的前途和未来还是在他们年青人身上,所以,要帮助他们成长,改正错误,而把他们丢在一边总不是个法子。

问题并不在于具体的青年,青年人仍然富有激情,只不过"青春"的强烈社会象征,此时却因其自带的幼稚、鲁莽、轻信而被否定和取消。

当时很多作品中"青年"或是被要求忏悔,或是自觉忏悔的情节,主要针对/回应的是"文革"事件。也就是说,在"文革"中,与"青年"和"青春"有关的一些内容,发生了重要的变化。"其实,《班主任》引起的轰动,与其特定的意识形态倾向紧密相连。这部以班主任张俊石为正面一方,青年学生宋宝琦、谢惠敏为反面一方的故事,彻底颠覆了'文革'的政治理念。青年的位置与'文革'的政治理念有关。'文化革命'不是政治革命,也不是经济革命,按毛泽东的理解,旧的政治制度与经济结构中不可能产生出真正的革命者。在'文化革命'中,革命的主体是一代新人。革命的目标是造就一代新人,来实现共产主义理想。所以在'文革'中,作为旧的政治经济结构依附物的知识分子首当其冲遭受冲击。《班主任》改变了知识分子作为'被改造对象'的身份,知识分子变成了启蒙者,而那些使知识分子蒙难蒙羞的'革命小将'重新变成了受教育者。"[1]更为有意思的是，"刘心武1975年12月在人民出版社出版的中篇小说《睁大你的眼睛》是一部描写少年英雄故事的典型的'文革'小说，讲述了小学五年级学生方旗带领一帮小伙伴以北京胡同为战场与阶级敌人、旧资本家郑传善做斗争的故事。写《睁大你的眼睛》的时候，刘心武对方旗这样入小心红的'革命少将'充满了敬意和赞美，但在不到两年后发表的《班主任》中，方旗却变成了谢惠敏。"[2]

不仅如此，许子东在其研究当代文学的青年文化心态时，也曾就这一当时时代的"青年"自觉忏悔心态，回溯自新中国成立以来的发展轨迹，从而描述为五个阶段："一、1949年—1966年，走向'文革'时期。是现在文学中的青年思潮，以歌颂'火红的青春'为主色调，表现青年人都愿意改造自我以追求革命。二、1966年—1976年，'文化大革命'时期。……那些以文学名义出版的政治宣传品既鼓动了青年人的激烈情绪，也在某种程度上记录了红卫兵心态的一些表面痕迹。三、1976年以后，'伤痕文学'阶段。抗议'革命'对青年人的伤害，哭诉青年一代在'革命'中的委屈痛苦，构成这一时期文学的主要内容。……四、1979年以后，文学中的青年主题从申诉转向申辩的重要而又微妙的变化，进入了一个青年人追求个性解放同时又苦苦请求社会理解的时期。在青年人焦急请求社会、家长及恋人理解的愿望后面，其实隐含着一种想证明自己无罪的文化动机——本文认为，这种想证明自己无罪的文化心态影响、制约甚至支配着近十年来大部分的青年文学创作。五、1985年以后，出现了'寻根文学'。'寻根文学'虽然口号含混、似乎名大于实，却标志着青年人在'文革'后重新寻找文化自信心的一种努力，标志着年轻人以审判怀疑别

---

[1] 李杨：《重返"新时期文学"的意义》，转引自洪子诚、程光炜编：《重返八十年代》，北京大学出版社2009年版，第5页。

[2] 李杨：《重返"新时期文学"的意义》，转引自洪子诚、程光炜编：《重返八十年代》，北京大学出版社2009年版，第6页。

人来摆脱被审处境的一种文化姿态。"[1]

"文革"之后，社会对于青年的看法转变了，慢慢地青年成为因鲁莽和无知、轻信而需要教育的一批人，由是占主流话语的转为中年人，无论是《最宝贵的》中的父亲，还是《上帝原谅他》中的父亲，在现代文学中他们第一次获得历史合法性，以"父"的角色成为时代的正义代表。而这代"中年人"的"合法性"源自于"文革"。文学史如是解释谌容的《人到中年》："她坚韧不拔、敬业奉献的精神，凸显了'文革'后一个突出的社会问题——即'中年'问题。由于历史欠债太多，这代知识分子身负重担、超负荷地运转在各自的工作岗位上，她们伟大、坚毅的精神，既是对'文革'浩劫的无声批判，同时也唤起了当时广大读者心灵上的强烈共鸣。"[2]这种对于中年的肯定和时代抱愧，在以前是闻所未闻的，它背后暗示着时代大风貌的改变。

同时，1980年代青年写作中的青年自我形象具有多重的自由探索意义，在一个没有既定家国未来象征的书写时代，或者说在一个以中年（经历过历史考验和伤痛）为合法性的时代，青年的书写展开了对自我生命阶段的内外审视：无论顾城1970年代末的《一代人》，还是陈村灵动、抒情的青春书写。有意味的是，在之后所谓的"寻根文学"于那个时期以较为群体的面貌为我们的研究提供了一个新的入口："为什么写'寻根文学'的都是知青作家，而1980年代文坛上影响力唯一可以与知青作家抗衡的'五七族'根本不需要？'五七作家'为什么能够毫无障碍地走向日常生活，走向人性，走向资本主义，而知青一代人仍然会觉得'生活在别处'，在新世界中感到迷茫和绝望——在许多人被这个时代裹挟着前行的时候，仍然有人发觉这不是我们要的世界！他们要的比这个世界能给予他们的多得多。这与

---

[1] 许子东：《当代文学中的青年文化心态——对一个小说人物心路历程的实例分析》，《上海文学》1989年，第6期。

[2] 严家炎：《二十世纪中国文学史》（下），高等教育出版社2010年版，第248页。

'五七'一代人与'知青'一代人的知识谱系以及他们在1980年代不同的政治地位又有什么关系？能否将知青的这些作品视为'精神重建'的一次努力？"[1]1940年代的政治意识形态规约给予了青年象征一个"答案"，经过"文革"的巅峰之后，具有社会意义的这样的文学象彻底破碎。由是，一代青年人开始寻找新的梦。这个梦与青春的自然生命有关，与未来有关，也与当时正在形成的一种因经过浩劫而逐渐建立的中年价值观和眼光有关，即一方面是如许子东先生所分析的来自"文革"后的某种莫名压力，以至这一时期年轻人的创作总摆脱不了心理上的要求理解和原谅；另一方面则是青年人在一个所谓"新时期"而展开的对于未来之梦的重现构建。

我是和叔叔在同一历史时期内成长起来的另一代写小说的人。我和叔叔的区别在于：当叔叔遭到生活变故的时候，他的信仰、理想、世界观都已完成，而我们则是在完成信仰、理想、世界观之前就遭到了翻天覆地的突变。所以，叔叔是有信仰，有理想，有世界观的，而我们没有。因为叔叔有这一切，所以当这一切粉碎的同时，必定会再产生一系列新的品种……而我们，本来没有，现在没有，将来也不会有。

"我一直以为自己是快乐的孩子，却忽然明白其实不是。"

叔叔的故事的结尾是：叔叔再不会快乐了。我讲完了叔叔的故事后，再不会讲快乐的故事了。

—— 王安忆《叔叔的故事》

1990年代初与此相关还有另外一条书写的线索，如韩东、朱文等作家的创作。伴随着八十年代末文学中青春气质的落幕，他们开始放弃人物形象身上被附加的强烈的社会"理想性"，强调所谓"个人"生活，从日常生活的低地表现庸常人生中的某种真实。

我叫倪可，朋友们都叫我CoCo（恰好活到90岁的法国名女人可

---

[1] 李扬：《重庆80年代：为何重返以及如何重返》，见《重返八十年代》，北京大学出版社2009年版。

可·夏奈尔CoCo.Chanel正是我心目中排名第二的偶像，第一当然是亨利·米勒喽）。每天早晨睁开眼睛，我就想能做点什么惹人注目的了不起的事，想象自己有朝一日如绚烂的烟花噼里啪啦升起在城市上空，几乎成了我的一种生活理想，一种值得活下去的理由。

——卫慧《上海宝贝》

　　年轻的写作者，在这部小说里大肆发挥都市的物质气息，而寄居都市中的年轻男女却是以生命本能的贫弱为面貌，他们俨然是一种末世颓败的生物，毫无生命力可言，更无法谈及理想和信念。它没有以堕落去探索堕落，也没有尝试野心和进取，它躲避一切社会关系，试图表现日复一日重复而隔绝的生活事实。自此，文坛上的青年象征完全消失了，同时消失的还有1980年代的青年形象和最后的集体的梦与理想。

　　"文革"给了"青年"一个犯错误的时代机会，"青春"自带的鲁莽、幼稚、轻信、偏激，在经过1940年代到1960年代的意识形态规训之后，终于在"文革"时期，以其"身体力行"的社会实践行为，上演了一场无理性的集体疯狂闹剧，展示了青春时期生理荷尔蒙具有的爆炸性破坏作用。从文学角度关照，有趣的一幕是，此时历史的合法性从"青年"转移到"中年"，更有意味是新建立历史合法性的"中年"，恰好是1940年代到1960年代文学中的那代青年，即如《上帝原谅他》中父亲所说的："来革他革过命的老子的命"，也就是说这一代人在其青年时代建立的历史合法性，在经过"文革"的时候，遭受到更年轻一代的历史冲击，而后进入1980年代，他们重新夺取了其历史的话语，进而批评和教育"文革"中曾经充当红卫兵等的年轻人。

　　总体而言，"五四"新文学到1940年代是"青春文学"发生和发展期；1940年代到1960年代是这种文学精神的一次内在转变，从而其中关于"青春"之希望的精神内核，在特定的意识形态规约下，最终爆发了现实行为上的荷尔蒙的大破坏，使得"青年"的历史使命走向一种极端，最终折射到文学上，造就这种文学的衰微命运；"文革"结束以后，"青年"的历史地位马上发生改变，无论是自觉的还是被动的，当时的一代青年人都在作品中有种欲求理解和认可的精神渴望。

需要指出的是，"五四"语境中"青春"和"青年"象征的流行并不等同于创作手法上断裂式的父子对立情节的广泛被采用。事实上，父子二元对立式的书写，在现代文学的发展中，从未成为主流。仅从"父子"的情节结构来说，这种充满历史寓意的二元结构对立书写可能与苏俄文学有着一定的关系。巴金在《家》曾写道：

觉慧也拿着《前夜》坐在墙边一把椅子上。他虽然翻着书页，口里念着：

爱情是个伟大的字，伟大的感觉……但是你所说的是什么样的爱情呢？什么样的爱情吗？什么样爱情都可以。我告诉你，照我的意思看来，所有的爱情，没有什么区别。若是你爱恋……

一心去爱。

觉新和觉民都抬起头带着惊疑的眼光看了他两眼，但是他并不觉得，依旧用同样的调子念下去：

爱情的热望，幸福的热望，除此之外，再没有什么了！

我们是青年，不是畸人，不是愚人，应当给自己把幸福争过来！

一股热气在他的身体内直往上冲，他激动得连手也颤抖起来，他不能够再念下去，便把书阖上，端起茶碗大大地喝了几口。

觉慧读的正是屠格涅夫的《前夜》。屠格涅夫的另一部著作《父与子》与本文所讨论的这个带有社会隐喻性的情节结构关系更为直接。尽管《父与子》展示的社会冲突内容是俄国农奴改革法令颁布前后，"各阶级协调一致的幻想已经消散，革命民主主义者同自由主义者两个阵营间的鸿沟"[1]，且"父"与"子"的矛盾也不是发生在家庭中的父、子两代人之间，但其原有题词中有：

年轻人对中年人："你有内涵而没有力量。"

中年人对青年人："你有力量而没有内涵"。[2]。

也就是说，屠格涅夫在《父与子》里，提供了一种中年/老年与青年，这种单纯自然生命的不同代际能量背后包含了社会时代演进的历史象征可能。

可是在尼克拉，却有一种并不会虚度这一生的感觉，他眼看着儿子长大起来了；在巴威尔，跟这相反，他仍然是一个孤寂的独身者，如今正踏进了暗淡的黄昏时期，也就是那是追悔类似希望、希望类似追悔的时期，这个时候青春已经消逝，而老年还没有到来。[3]"你父亲是个好人"，巴扎罗夫说，"可是它落后了，他的日子已经过去了。"[4]

"这就是我们现在的年轻人！"巴威尔·彼得罗维奇终于开口说，"我们的下一代——他们原来是这样。"[5]

同时，《父与子》也在这个历史演进的过程中，提供了一种文化象征，即青年在社会改革中代表着"新"的力量。

如上这种以"青春象征"为价值支撑的、充满文化二元符号对立的中国自现代文学以来才新出现的"父子"书写，此时伴随着1970年代末"青年"忏悔情绪的出现，而逐渐回归到了前文所指出的两种"父子"书写中的、不同于意在展示对立的另一种常情中的"父子"书写。但也不纯然是那种只关涉亲情人伦以及相关的感情书写，它毕竟经过了

---

[1] 陈燊：《前夜 父与子 译本序》，见屠格涅夫《前夜 父与子》，丽尼 巴金译，上海译文出版社2007年7月版，第9—10页。

[2] [英]以赛亚·柏林：《俄国思想家》，彭淮栋译，译林出版社2001年版，第328页。

[3] 屠格涅夫：《前夜 父与子》，丽尼、巴金译，上海译文出版社2007年版，第217页。

[4] 屠格涅夫：《前夜 父与子》，丽尼、巴金译，上海译文出版社2007年版，第232页。

[5] 屠格涅夫：《前夜 父与子》，丽尼、巴金译，上海译文出版社2007年版，第243页。

大半个世纪的相关文化积淀，故而更近似一种复杂的代际书写，即在亲情的伦理束缚中，有限度地探索两代人不同的思想来源与现实处境。以王蒙的《活动变人形》为例，小说中写作者的"我"其实是以倪藻（1934年生）的视角对于其父倪吾诚（1910年生）一生的"审视"。无论是倪吾诚的出生、成长还是留洋、婚姻、教职等等，写作者都不是单纯地将其作为纪念性质的回忆，而是带有了审慎的思考态度，且最后也没有给出明确价值判定。我们在倪吾诚的身上看到了20世纪上半叶文学中曾经正面书写的那一代风貌，如他宣扬孩子就是明天的希望、相信科学、鼓励年轻人等等，但也同样看到了如此一个崇拜胡适、向往自由恋爱的人在现实家庭里的懦弱和失责。此时，这些曾经的观念和思潮在一个具体的载体即倪吾诚身上被其儿子一代人打量。有意味的地方还在于，倪藻一代人所不同于父辈的重要之处，是其曾经接受过了某一种意识的规训，如"倪藻生气了，他与父亲辩论起来，一个有出息的人会这样吗？毛主席说，内因是变化的根据，外因是变化的条件，你怎么永远没完没了地强调客观呢？"[1]只是王蒙的书写，没有将"打量"和"审视"的眼光与这种意识形态的历史规训结合起来。所以似乎倪藻就是在成长中、于历史中，自然而无意地但又是有距离地"审视"父亲。甚至在某种意义上，其"审视"的目的性也不明显。最后只有这样一段话：

  这究竟是什么呢？在父亲辞世几年以后，倪藻想起父亲谈起父亲的时候仍能感到那莫名的震颤。一个堂堂的人，一个知识分子，一个既留过洋又去过解放区的人，怎么能是这个样子的？他感到了语言和概念的贫乏。倪藻无法判定父亲的类别归属。知识分子？骗子？疯子？傻子？好人？汉奸？老革命？堂吉诃德？极左派？极右派？民主派？寄生虫？被埋没者？窝囊废？老天真？孔乙己？阿Q？假洋鬼子？罗亭？奥勃洛摩夫？低智商？超高智商？可怜虫？毒蛇？落伍者？超先锋派？享乐主义者？流氓？市侩？书呆子？理想主义者？这

---

[1] 王蒙：《活动变人形》，人民文学出版社1987年版，第308页。

样想下去，倪藻急得一身又一身冷汗。

"审视"的背后，面对父亲的离去，一种情感上的思念悄然流露。也就是说，在1980年代的小说中，即便是"审父"，"父子"之间的冲突对立也已经减弱，二者之间黏稠的文化和血缘关系却在加强，其中激烈的一种"弑父"冲动已然因失去了之前的"青春"希望象征而只剩下荷尔蒙的自然生理冲动。此时"父子"之间的关系，不同于20世纪上半叶里所谓的承认血缘关系，否定文化关系，而是首先承认着文化关系的现实存在，而在血缘上有所"出走"的"冲动"。

反观"五四"时期而来的"父子"书写，它发展到上世纪末的青年形象，在"父与子"的问题上，其勾勒了一条20世纪现代文学史的线索或者说现代文学的发展轨迹。最早的"父子"现代书写中，父亲于新文学作品中以儿子所反抗的对象出现，父亲的存在全为表现一代觉醒了的年轻人追求个性自由、人生幸福的要求和决心。在对于个体自由和幸福的现代追求中，青年们从思想上走向了现代社会想象性建构中的民主、平等思潮，而面临着国难危机又使他们走向革命，获有了"信仰"。因此，父亲的形象也转换为青年们所憧憬的"进步""革命""信仰"的对立面。此时"父与子"的书写并未停止，如在对农民的书写中，它以拥有了共产主义信仰的一代"子"农民来对比老一代没有思想武装的农民。这条路发展到极端便是"文革"中"红卫兵"狂热躁动的形象，这个形象里，"父子"关系中所有的伦理和血缘纽带被破除干净，而与此同时在血缘和伦理之外建立起与"党"的绝对信仰关系，即从"父权""父法"中斗争而出的儿子们，如今又落入了新的绝对权威之中。于是"文革"中，以阶级敌人和叛徒为由，现实的"弑父"开始上演。由此，"青春"从其对于旧体、旧制的反抗优势转向对于专制和集权的崇拜境地。这也在某种根本的意义上，宣告了中国大半个世纪青春崇拜和青年寄予的失败。至此，才有了"文革"结束后忏悔的青年形象。而这一路走下去，经过了1980年代一代青年写作者的探索之后，与青春有关的一切在1990

年代只留在了历史叙述的回忆中。没有了对于青春的肯定和寄予，丧失了在一种先进理念支持下的对于"父"文化符号背后的既定权威和体制的质疑与反抗，所谓"父子"二元象喻中的对立立场，也随之消亡，其隐约还有的，不过是类比意义上，来自青春荷尔蒙的某种对于即成体制的"父法"的零星抗争而已。这种抗争，在没有"青春"的信念之下，显得毫无归属。

　　于此，当文学进入1990年代的时候，这种曾经的"父子"书写早已消失，而其中的"青春"价值也几乎完全转换，以"青年"象征一种社会希望的"青春文学"最终走向了衰落。

新世纪文学中"无后"现象的来源

"无后"这个现象，是我在追踪研究1990年代以来文学时，针对作品中集中涌现的某种相似性情节设定逐渐概括出来的一个带有比拟性质的后发的描述概念。长久地跟踪式阅读使我发现，在一些1980年代文坛中成长起来的作家笔下，这一时期不约而同地出现了某种相似性的书写：这类小说中通过各类"父子"血缘、家族伦理故事框架，想象着一种不同于20世纪上半叶"青春象征"中二元对立的新的"断裂"式情节虚构。有意味的是，这一代作家正好是已落幕的、具有强烈"青年象征"性的"青春文学"中的最后一代，他们在终结1980年代文学中的青春性后，集体开创了1990年代更为多元、平稳和丰富的又一个文学历史时期。他们假借的文学情节模式同为现代文学中常用的"父子"家族血缘传递故事，他们所着重表达的同样是一种"断裂"。不同的是，在20世纪上半叶以青年象征社会希望的这种写作潮流中，"断裂"具有理想性和革命性，它是一种主观的愿望，即打破旧的世界秩序，开创新的美好的现代文明社会，是用一种家族书写隐喻社会理想的方式。而此时的这些作品中，作者在与历史相似的情节模式中，颠倒了情感的着意点，原本的"儿子"视角变成了作者对"父"所代表传统的、历史的、延续的叹惋，同时原来文学中主观的断裂隐喻如"儿子出走"在这里变为通过书写血脉传递的一种"无后"的境遇，表达作者对于某种历史延续性的集体性焦虑。

具体来说，"无后"作为新世纪第一个十年中的一个文学现象加以提出，主要出自新世纪第一个十年文学中包括《秦腔》《风雅颂》《兄弟》《生死疲劳》《蛙》在内的几部重要长篇，这些作品尽管在各自的文本中展开不同的历史叙述和现实书写，但对"当下"却分享着某种相似的、不明朗的文学情感。这几部作品的阅读直感都是历史大，现实小，历史写得实，现实铺得虚。这种不约而同地将不确定放在小说结尾部分（即小说在采取大历史的宏观叙事手法，以某种特有的情节传统为轴线，贯穿过去和现在并展望未来时，颠覆了传统故事/小说对于现在/此时的确定性表述，而将确定性转向过去，与此同时，对此时充满批判，并生成对未来无解的焦虑）的写法，即由确定写向不确定的方式，颠覆了读者的阅读习惯，造成一定程度上阅读的无解和无法完成。

一

将20世纪文学以一种"青春象征""青春文学"作为观照并加以描述，它可以给予"无后"现象的出现和存在某种历史发展的合理性解释。所谓"无后"的现象，在中国现代文学史上，是否存在一个具体的、实在的静态参照？

"无后"所涉及的情感隐喻曾经在1930年代茅盾的长篇小说《子夜》中出现过。中国现代文学或者更为准确地说是"五四"新文学到1930年代时逐渐走向成熟，它诞生了巴金的《家》、老舍的《骆驼祥子》和茅盾的《子夜》等经典的文学作品。这三部小说看似对于本文所讨论的"无后"现象都有涉及，诸如高觉新的妻子瑞珏生产而死（《春》中，这个小孩也没活下来），虎妞难产而死等。但是这两个事件之于小说的意义在于，它是作者对当时那个黑暗社会的控诉，情节/事件的解释力到此而止。看似与所谓"无后"相关的两个情节，在这两部作品中并没有进一步深化为某种具体的、修辞性的情感隐喻。茅盾的《子夜》则不同：主人公吴荪甫的"没有生育"事实显然在茅盾的笔下隐藏着一个带有暗示性的隐喻。吴荪甫这个人物本身很有力量，如茅盾总在强调他特有的"尖利"目光，小说中他强大的控制能力不单单表现在对于工厂，还表现在家庭中，他与吴老太爷十年的斗争以及对于像四小姐、七少爷等年轻人所摆出的家长态度。我们从文本中还可看到这个人物的生理欲望同样强大。可就是这样一个中年的、有能量的男人，他与年轻的妻子没有小孩。

> 可是三十年前，吴老太爷却还是顶括括的'维新党'。祖若父两代侍郎，皇家的恩泽不可谓不厚，然后吴老太爷那时却是满腔子的'革命'思想。普遍于那时候的父与子的冲突，少年的吴老太爷也是一个主角。如果不是二十五年前习武骑马跌伤了腿，又不幸而渐渐成为半身不遂的毛病，更不幸而接着又赋悼亡，那么现在吴老太爷也许不至于整天捧着《太上感应篇》罢？然后自从伤腿以后，吴老太爷的英年浩气就好像是整个儿跌丢了；二十五年来，他就不曾跨出他的书斋半步！二十五年来，除了《太上感应篇》，他就不曾看过任何书报！二十五年来，他不曾经验过书斋以外的人生！第二代的'父与子的冲突'又在他自己和荪甫中间不可挽救地发生。而且如果说上一代的侍郎可算得又怪僻，又执拗，那么，吴老太爷正亦不弱于乃翁；书斋便是他的堡寨，《太上感应篇》便是他的护身法宝，他坚决地拒绝了和儿子妥协，亦既有十年之久了！
>
> ——茅盾《子夜》

我们在《子夜》中又触碰到了"五四"新文学以来文学中显见的有关"父子"冲突的内容。那么在吴老太爷和吴荪甫的"父子"两代人身上，我们看到显然是捧着《太上感应篇》的前者在于历史此时的溃败，以及作为儿子的吴荪甫现时的有力形象。先不论吴荪甫自己在"父与子"生命链条上的传递，而看他眼中当时的年轻一代：四小姐和七少爷的孱弱已经不肖多说，那么包括妻子林佩瑶在内的范博文、杜新箨、张素素等人呢？从书中写到"五卅运动"纪念节当天各人的表现就可以看出，这是一群无力的、与未来社会发展希望无关的、耽溺于幻想和浮华生活的年轻人。

吴荪甫没有孩子的情节，在这条线索上似乎就具有了隐喻的意味。我们或可以把它解读为：它隐喻着上海民族资本企业的未来无望。吴荪甫个人能量越是强大，其所面临的局面越是紧张，作为隐喻的那种情感就越是浓烈。

茅盾的《子夜》在20世纪上半期的中国现代文学中，提供了一个"无后"的历史静态参考。在这部小说中，吴荪甫没有孩子一事从具体的情节上升而后演化为一种现实的时代隐喻，这个隐喻又是确定的，即它所隐喻的对象是上海的民族资本主义。虽然在茅盾那里或者说在那个时代的文学中，这一隐喻还不能称其为一个文学现象，它仅在《子夜》中有所具体的情感暗示，但其所提供的这种文学的修辞手法即是如今文学具体历史语境中"无后"现象的历史参考。

二

20世纪中国现代文学催生出一种青春文学，它形成了自己的"青春象征"。以这种来自"五四""青年"时代才出现的、新的以书写二元对立为基本情感模式的"父子"内容贯穿整个20世纪中国文学的发展脉络，其以具体的故事模式的转变，折射着这种青春文学的不同发展阶段；"青春象征"则是真正成就和支撑20世纪中国现代文学出现的此青春文学之价值内核，且它在不同意识形态和社会主流思潮的不同处境，决定了"父子"书写的具体呈现和发展流变，它的消失势必带来青春文学的衰微。既然此种自梁启超《少年中国说》到李大钊《青春》所开始形成的一个"青年"时代里诞生的青春文学，其经过一个世纪的发展流变，在1990年代已经呈现衰微的态势，相应地诞生于此青春文学中的特殊的"父子"书写也逐渐丧失它曾经独特的对立文化价值立场，而回归传统的"父子"自然人伦书写。为何在研究新世纪十年文学时，提出"无后"之说呢？

"无后"从字面意思上理解，即可知它仍然是在"父子"这一书写维度上对具体时间范围内的文学作品进行的观照。中国传统文化中的一条来自自然血脉的"生命链"文化被"现代"所打破，一并被破坏的还有这条"生命链"所代表的超稳定的文化结构，由是文学中才抽象出来的以"父子"代表二元文化的对立，以至生成超越稳定文化结构之外的一个带有断裂性的"父子"文化书写结构。这一书写结构的核心支撑正是所谓的"青年"时代里建构起来的"青春象征"。经过1960年代至1970年代的极端发展之后,乐观主义的"青春象征"终于因青年生命自带的鲁莽、幼稚和冲动而被批判,最终被取消。随之这一特殊的"父子"文化书写结构,也就退出了历史的舞台。事实上,在1980年代至1990年代里的"父子"书写呈现的是复杂的、复合了两种"父子"文化结构的(即一种超稳定文化结构和被打破的、断裂的文化结构)文学书写。"无后"正是在这种复合了的"父子"书写背景之上,纠合具体时代的新情感,而生成的一种时代隐喻。

也就是说,"无后"的重要参考维度还是中国现代文学书写中独特的、具有浓重现代意味的"青春象征"。在社会主流思想以"青春"为未来之希望象征的书写时代里,"父子"断裂于中国传统的一条完整而连续的生命链条文化心理,形成对于"青春"的载体者"子"之历史的乐观放大,而相应地暴露"父"的历史落后性,表现"子"之于原本超稳定文化结构里"父"的心理反抗与行为斗争。在此乐观的"青春象征"被取消之后,被复合了两种中国现代文学书写上的"父子"观照(即连续的和断裂的)为何却继续在那条连续的血脉生命链条上,出现"父子"之维的"无后"呢?"青春"在1970年代末和1980年代初集中出现被倒置的"父子"书写,即当时的"父"反过来批评和审查"子",其中无论是"父"的历史合法性的获得还是"子"的历史合法性的丧失都重合在"文革"这一历史事件之上。时至于此,"父子"已经从一种二元文化符号具化为具体时代事件处境之中具体家庭里边的生命个体。在这个意义上,才有20世纪上半期两种"父子"书写的一次融合:既承认血缘和文化的连续性同时,也表现着两代人不同的成长与处境;在表现两代人之间的矛盾和差异时,描写延绵不断、割舍不绝的人伦亲情。

以艾伟的长篇小说《风和日丽》(2009年)为例,这一时期中国文学在"父子"问题上又呈现出有意味的历史的、此时的新解。在这篇小说中我们可以找到两种"父子"书写的情感叠合,且它在常态的一种所谓来自连续的生命链条上的"父子"情感书写中,出现了被断裂截取的文化符号上的"父子"线段之后的生命传递。有意思的是，经过了拓展之后的文化伦理空间，其书写的中心仍然是20世纪两种"父子"书写中的"子"。直观地看，其展示的结构是于前一个"父子"，"父—（子父）—子"。其更多关注的是需要证明的血脉情感认同和历史精神认同，其通过的是处于"子"一方的行为斗争。于后一个"父子"，则侧重于通过"子"生命的出现以及消失，而建立一个被拓宽的更大的"父子"结构。小说给我们传统的两代的父子结构加入一个符号化的第三代，使得话语的主角即原本的儿子成为一个文化结构中的中间者。在这个被拓宽的父子结构中无法否认人伦亲情，也不回避"子"对于"父"来说显见的重要意义，由此这一结果具有了反思性。曾经单一的"父子"文化符号对立书写中的"子"，"设身处地"地在具体的生命故事中走近血缘的上一端"父"。在这个三代的具有文化意义的家庭结构模式中，作品表达的重点在于中间者与父辈的情感关系。带有这样的情感意图，小说通过对"父"一辈的想象性虚构，呈现出此时中间者一代对于历史新的思考。而其中最为年幼的一辈，基本上在文本结构中只是一个符号化的存在。

《风和日丽》首先写出了作为自然生命链条中，生命传递对于生命本身的重要性，这种重要性会影响到生命的此刻和此生，而这个生命延续的链条在20世纪的中国一度被高调地断裂；其次这部小说中的"父子"虽然暗含着情感和文化的符号意义，但是关于角色已经具化在具体的情节中；更为重要的是，它展示了一个具体的青年人如何经过"父子"的故事，在其"中年"的人生阶段，在具体的时代中获得了"此时"的历史合法性。"父"已不是抽象符号意义上"父"，他身上带有两个时代的历史合法性，即1940年代到1960年代和"文革"结束后"归来"的双重建构。很显然，此时的父亲的"儿子"即为文学史中那个曾在1950年代、1960年代以"青春象征"对抗"父"来响应当时的意识形态中的"光明"指引的青年形象，也是经过"文革"沦为1970年代末、1980年代初的被批评的一代青年人中的某一个，同为1990年代的历史语境中"父"则最终离他而去的中年人。这个中年人面对"新世纪"所代表的一个新的历史时期的到来时，因父亲和父辈的离去以及儿子生命的断送，他/她倍感孤单，更有种对未来时代现实的隔膜，他/她对正在来临的种种新的时代状况丧失打量的兴趣，从而走向历史的回忆。这个中年人所面对的现实时代以及其对于历史与现实情感呼应着同时期的很多小说。

　　这一时期的长篇小说面对历史与现实情感时，形成某种合谋与共鸣，有意思的是，它们几乎都是借用自然的生命延续问题隐喻/暗示有关某种传统的历史终结。如贾平凹小说《秦腔》中的第三代，即夏风和白雪的小孩牡丹先天没有肛门；余华《兄弟》下部中也充满了类似身体书写的阉割；莫言《生死疲劳》名为"蓝千岁"的孩子充满了历史记忆，却无法正常生活下去。这些不仅有缺，且先天意味着生命衰竭的书写设置直接关涉的是——作家从一条历史的生命链条暗合具体的历史发展过程所展开的对于某种具体历史情境的共时书写。在这个意义上，相关的作品如阎连科的《风雅颂》以及莫言的《蛙》，共享了此刻的"中年"观照。同时期的作品里徘徊着一个中年人，那个人就是《风和日丽》中的那个"儿子"，历史的观照视角已经从"父与子"转而聚焦在一个新的介于历史的"父"与现时的"子"之间的一个"中年"生命存在。这一视角在中国现代文学发展史上的独特之处在于他们面对"父"的问题上呈现出相似的对于历史认同的迫切希望"延续"的情感，而对于未来发展的"子"则表现出前所未有的焦虑。

　　在20世纪上半期"父子"书写最为典型、集中的语境下，无论是巴金的《家》还是老舍的《骆驼祥子》其都有着溢出两代人的笔墨，作家关注的主体同样有生育的现实处境，只是在当时的作品中，生育一事全然不构成主人公体认现实时代的情感问题。无论他们有无孩子，或者孩子是否可以成活，都与作品具体的时代写照和作品中主角的现实生活情感没有直接的联系，更不论以这样的情节设置呈现为某种情感上的焦虑。在这些作品中，"孩子"根本不在写作者的情感关注中心上，它不过是具体故事中的某个具体事实。而新世纪这几部作品中的"焦虑",更为确切地说,是"本体"自身的焦虑。

显然,曾经有"青春象征"的时代里,"父子"维度以"子"为历史合法性作为书写的视角时,书写绝不会遭遇如此的"焦虑"处境。在"青春象征"的时代里,"青春"本身的力量异常强大,所以"青春"之后的问题在"青春"的光环里很难有机会得以顾及。而此时的"焦虑"可能正是由于在"青春象征"消失以后,某种历史合法性在经过了1980年代后突然降落在1990年代以来的社会思潮发展,被搁置起来。

经过如此梳理"无后"现象发现,"无后"已不是字面上的没有孩子这层意思,尽管它仍离不开"父子"维度的参照与"青春价值"时期的比对,但其所着意的是"中年"本体的自我焦虑。这种焦虑与历史有关,与现实更直接相关。中国文学所面对的正是其曾经高扬的"青春价值"消逝之后,文学书写的思想支撑问题。如果将中国20世纪的现代文学整体视作一种青春文学的话,那么此时的"无后"暴露的是,告别青春文学之后,中国文学正在面临的思想能源问题。

三

以一种历史的线索看,"无后"的文学现象事实上是对一种社会文化的反思潮流的回应。它通过与现代性"断裂"恰好相反的书写模式审思"断裂"。这种反思、对话行为依赖的是文本中那个中年身份的人。而这个/代/类人并不是第一次进入作品,他们最开始是在1970年代末以一种忏悔者青年形象出现的。

1970年代末以来,文学中出现了一种青年忏悔的形象和情感,随之逐渐发展而来的即是曾经激荡20世纪上半期的"青春象征"的消亡以及与此同时所形成的迥异于前时期的"中年"价值观。由是,"弑父"立场得以支持的"青年"优胜价值被否定和代替,这一立场也终于落幕,中国文学20世纪"父与子"的现代书写相应发生了变化。也就是说,"父与子"的书写,从一种文化寓意上激烈的二元对立,还原为家庭伦理、血缘范畴中的具体亲情书写。

八九十年代这一书写维度已然消失了它的文化和思想立场，伴随着青春价值的消逝，同青春书写和青年塑造一样，逐渐回归到自然的本意状态。本以为没有了强烈立场的这一血缘和伦理书写在更长的历史时期内，将会落入家族记忆书写中。引起本文注意的是，新世纪第一个十年中几部重要的作品都相约在这一落入自然维度的血缘书写上出现了一种类似阉割的隐喻。就如以托马斯·曼的《布登勃洛克一家》为参考，伴随着布登家族在一个新到来时代中的一步步的衰落过程，与老布登勃洛克在历史上升期中所展现的野心和能量相比，他的后代都在生命能量上走向衰落。而"无后"现象所观照的这几部共时场域中的小说，展示的是一个已经或者说正在到来的陌生时代中，那些在上一时代中成长起来的成熟生命遭遇到了伦理阉割的威胁。所谓的"阉割"也即生命能量上的问题，即在一个新的时代中，新的生命没有蓬勃之象，那是否在暗示一个时代内部生命能量的萎缩。这个生命背后有着"父与子"的历史维度参照，即现实的他们在历史的"父子"维度中恰好是那个"子"。曾经在"父子"维度上习惯以叛逆者和否定者出现的"子"，现在却在潜在的"父子"维度（即涉及的作家皆是从1980年代成长而来，其参与了文坛上一个"父子"维度的消失，其曾经是在大文化"父子"维度中的年轻的"子"，而一个新的书写历史时期，成就了其中年的声音和笔墨，故其可以在中年的书写中前所未有地再次咀嚼"父子"维度中曾经被否定的"父"和曾经出走的"子"或那些忏悔的"子"）中，展示"中年人"的"无后"。"潜在的""父子"维度，关涉的是，在20世纪上半期的现代"父子"书写参考中，现实已具备了成为又一轮历史的"父子"关系中的"父"的人们，即也是曾经一轮"父子"关系中的"子"的人们，此时没有出现的以"父"为角度的现时的"父子"书写维度。在整个20世纪中国的现代"父子"维度书写中，此时这一角度是前所未有的。在一个"父子"文化立场对抗维度早已消失的时代，合该已经成为历史上法定的"父"文化符号代表的中年写作者们，仍然以"子"的乔装，在回首他们的"父"时，首次涉及他们的后代，然而也许正是出于此时的一种文化和历史隐喻，他们呈现的是"无后"。

如果说20世纪的"父子"维度书写，是现场的、直接的，青年人所表达的确定的否定情绪的话，"无后"是在一个"潜在的""父子"维度中，以既成合法性的"中年人"的视角在新的历史现实中，审视历史的"父子"维度，并对其做出中年视角的一种现时回应。

"无后"问题的发现还得于新世纪的几部描写中年思考者特殊的孤独和无助状态的小说。这些小说中确有一个中年人的形象、眼光和由此带来的感受，但这个中年人并不是单纯地处在生命中年这样的自然状态中的人，他有着紧张的精神生活背景或者处境，且因其特殊的精神要求而与现实生活的所谓"新世纪"当下环境显示出异常突兀的背离状态。这些作品中另一个重要因素是它们无一例外都在强调着"新世纪"以来中国的种种现实生活，或者也可将这个范围继续扩大一点到1990年代以来的当下生活。在这两个观照的条件下，小说中的某些特殊的设置似以一种混沌的状态呈现着某种被遮蔽的精神焦虑。所谓的特殊设置，即在如上的环境铺写中，如此一个精神焦虑的角色事实上在更大、更为普遍的意义上，遭受着来自大自然的拒绝。在强调了如此一个角色之后，他同样必须首先维持普通人意义上的现实生活，从这一层次来说，人到中年在无奈地送别一位位父辈时，却面临着血缘另一端的终止。那么在普通生活的意义上也即前文所言的那条自然的生命链来说，如此即意味着血缘的受阻。小说的虚构意义，使它一开始就具有了超出具体小家庭的范围，直指到一个大家族的血脉传递之可能。而这样的情节设置在小说中其实不是针对一个普通家族意义上的个体而言，对于作品中的带有精神生活要求和特征的人来说，这样的问题天然隐含或者隐喻着某种更为抽象的精神意义。这种抽象意义的被隐含，则是"无后"作为一种创作现象被提出的可能。

"无后"这一现象在一个文学的历史维度中，恰恰又涉及了具体作家的中年身份。"中年"天然包含着自然生命的中年问题以及写作探索的"中年时期",是"无后"具有研究空间和意义的前提。在有关"无后"想象和提出之前,它已然关涉作品中具体人物的生命处境和生存处境,以及他们在具体的问题上具有的精神表达空间,这个表达的潜在空间与作家本身的精神思考正好同步。所以"无后"在经由具体作品的呈现、组合、呈现之后,它更为重要的关涉意义可能不仅在于作家对于当下时代的思考、判断,以及情绪焦虑,更有可能在父与子的问题上对话整个20世纪的中国现代文学。

在中国历史上,"五四"时代某种意义上是一个"儿子"诞生的时代。从"打倒孔家店"的意义来说,新文化运动以"抨击孔子为历代君王所雕塑之偶像权威"[1]的思想在文学上的表征即是一种对于"父权""父法"的反抗和对于自由、独立的追求。有意味的正是这种"父子"的关系,成为一个时代的反抗模型。正是与"儒家"成教后对于中国人伦等方面的长久塑造、规约有关。从"父子之伦"开始,治家与治天下统一。相应地,反抗专制也从反抗"家"的权威开始。"五四"新文学时代的小说中对于家的"出走"是进步青年的必要途径,且由追求自由恋爱而引发的家庭"父子"矛盾也是那个时代青年的共同境遇。从这个角度上,"父"以一种文化符号凝聚了一代又一代青年的反抗情绪,其弥漫在中国现代文学中,除了文学创作中直接的反抗和斗争姿态。不妨说,"父子"关系的文学书写是中国特殊历史情境中的现代意识[2]的文学表达。作为符号的"父亲",已然成为中国现代文学中的一个象征性情结。

有关文化对立上的"父子"书写维度,在1970年代末以后,渐渐模糊起来,仿佛再次回到一种常态的情感和题材书写之中。中国现代文学也在又一个特殊的历史时期中,走入一个相对稳定和具有连续

---

[1] 李大钊:《自然的伦理观与孔子》,见《李大钊选集》,人民出版社1959年版。
[2] 张新颖:《20世纪上半期中国文学现代意识的基本状况》,见氏著《20世纪上半期中国文学的现代意识》(修订版),复旦大学出版社2009年版。"主要指的是以现代主义的文化思潮和文艺创作为核心的思想和文学意识。""凸现身处中国自身的历史情境之中的中国主体的思想文化和文学反应。"

性的"中年时期"[1]。具体而言，它具有两个层面：从文学的历史发展来看，这是一个"从'五四'新文学运动浩浩荡荡出发的少年情怀和青春主题，经历了革命话语时代的自我异化和裂变之后，其主流文学进入中年阶段"。这样一个阶段里，"物质主义的社会反过来质疑文学青春时代的幼稚、鲁莽和偏激。于是，'五四'新文学的启蒙运动和精英主义受到了质疑，知识分子的广场意识渐渐被时代消解"。作为一种生命形态的观照，它可以看作为"文学生命进入中年状态以后的自我调整，以求获取未来的生命的发展"。[2]作家方面，"在'五四'新文学传统里，文学潮流变化非常激烈，差不多十年为一个周期，必有一代新人产生，话语中心由此发生转移。这对作家而言，好处是成名早，一般在二十出头就写出了传世之作，反过来看，其对文坛的影响力也短，一般也是一二十年左右。鲁迅走上文坛后实行过一次成功转型（由'五四'作家转而为左翼作家），在文坛上活跃的

---

[1] "中年时期"是陈思和教授近年对比两个新世纪（即20世纪初期与21世纪第一个十年）文学所提出的文学史理论。它将中国现代文学比拟为一个生命形态，进而讨论了晚清到新世纪头十年这个巨大的现代区间里中国文学的某一整体形态发展脉络，并传神地把握了百年现代文学中一以贯之的知识分子精魂历程，为现代文学（本文所指的现代文学是与古代文学相对的，用现代白话语言表达现代情感的文学，故不在"现代文学"与"当代文学"等模糊的文学史概念中盘横，而对具体的时代将明确指出，如新世纪十年文学指的是2001年到2010年间的创作。）以一种生命形态的发展来观照20世纪以来的中国文学发展，尝试讨论当下文学从"少年情怀"到显露中年特征时候面临的危与机。先生在《从"少年情怀"到"中年危机"——20世纪中国文学研究的一个视角》，（《探索与争鸣》2009年第5期）一文中写道：伴随着"文革"之后，"中国社会结束了'青春期'，逐步进入了告别理想、崇尚实际的'中年期'"，文学也展示出一种中年特征："以中年作家的创作为主体，作家逐渐形成自己的成熟风格和对社会的稳定看法。他们不再以理想主义为动力，而是沉入民间大地，履行独立的批判功能，同时也存在着隐患。"有关"中年"的表述，在陈思和教授之前，1990年代诗歌界已有敏锐的感觉（有关于此，陈教授在他的《从"少年情怀"到"中年危机"——20世纪中国文学研究的一个视角》，一文中也有详细的论述）。但将"中年"这一状态真正切入到中国现代文学史研究视野中的，是陈思和教授通过将中国现代文学初期的"青年主题"与"少年情怀"与1980年代以来的文学创作相互对比，并整体观照，才得以完全。这一文学史的观照方法和理论，成为本文讨论新世纪十年文学的重要理论支持。

[2] 陈思和：《萍水文字》，上海文艺出版社2011年版，第105页。

时间也只有十八年。其他作家很早就写出了成名作，但文坛风气一变，他们就不再受到关注，影响力也渐渐减弱"。"1990年代以后的常态文学不一样，文坛风气有一个比较稳定的发展阶段，这就为当代作家提供了一个相对有利的环境，作家们在各个时期都可以写出有影响力的作品。贾平凹、莫言、王安忆、张炜、韩少功、林白、阎连科、张承志、苏童、余华等等，这一代作家的幸运，就在于当他们以先锋姿态走上文坛以后，当代文学在市场经济刺激下转型为常态了，去工具化的当代文学拥有了较为稳定的生命力，不再为社会剧变而血脉贲张。他们成为文坛的中坚力量。在整整三十年的文学跋涉中，他们获得了时间的优势，每隔几年都能拿出新的作品，传递出他们与这个时代的血肉关系。阅历增长、经验积累、人到中年意味着成熟。而他们的前辈却几乎没有中年"[1]。

由上有关"中年时期"的讨论，围绕的是"自'五四'发轫以来的文学传统和文学主流"[2]，而有关"父亲"情绪的书写恰好也是在这个传统和主流之中。所以在以"青春时期"和"中年时期"为对比的文学史发展观照中，其中对"父亲"这一来自"五四"先锋的情感书写在文学逐渐进入一个平稳、成熟的"中年期"时，具有其特殊的研究价值。

到底是谁的"无后"？"无后"面对的是未来的问题。它有具体的实指，更有精神方面的虚指。而作为实指，即生命没有后代，仅此而已，只不过一个事实。而虚指则包括实指带来的一系列个人精神问题，以及由此可以升华、象征的文化传承的担忧。在讨论"未来"的焦虑时，"无后"势必还意味在某种潜在的对于"过去"的思索。"未来"与"过去"的两重意义上，"无后"的精神虚指才具有了存在的合理语境。

从"后"涉及的精神方面来说，首先，作品中，这是一个孤零零

---

[1] 陈思和：《萍水文字》，上海文艺出版社2011年版，第3页。
[2] 陈思和：《萍水文字》，上海文艺出版社2011年版，第108页。

中年人的形象，而且这个中年人的生活状况在其根本的地方出现了问题。在具体的个人身上，这个问题在于他的自然生命遭遇了意义的虚无威胁。大自然的生生不息规定了作为一个正常生命，它必须保持血脉的不断传递，以此作为生命在时间意义上的延续和保证。如上规定之下，大自然才给予大地旺盛的生命力。这个意义上来说，生命力即是被生育所创造，也是因其而得到保证。当某个个体其生育能力和权利的被取消，虽不足以影响群体，但是个体在大自然的此项规定（某种意义上，这是最高规定）中，无可逃避意义的虚无焦虑。人物必须为被中断了的生命另寻合法的解释，其需要一个更高的存在以弥补一个自然生命的缺失。"中断"的不只是单个个体的血缘，而且是自这个个体而上一条本来自然流淌的生命之流。被中断的个体面临又一种来自"父亲"那条血脉河流的现世焦虑，如此"过去"与"未来"以"无后"的现实处境在个体的"父亲"和个体无法合自然之法成为新的"父亲"之间形成一个张力。这一张力别于个体青春时代的"父子"视角，也没有先前从文化二元对立而来的符号书写，只是就血缘和伦理发问，又缘其"父"身上天然的历史记忆，使得书写因历史而带有一种形而上的思考意味。个体所谓由存在而上的精神之上，还有更大的发自个体但面向群体的文化传承意义，故"无后"的问题始终是在作品中的具体个体身上开始分析，其讨论具有整体性的语境，这里的个体在实践了大自然的规定之后，他同样是文化隐喻中群体的合成体。曾经以儿子的眼睛看"父"和此时以虚拟的"父"的眼睛看曾经的"父"在同一个体上产生历史的张力。"父子"二维的问题，从少年的"子"到中年的"子"，在此"中年人"角色之中得以拓展。

　　也就是说有关"无后"到底无谁的"后"这个问题，首先与这个中年人有关。尽管我们反过来从个体生命以及大自然对人的设定等等角度肯定自然生命里生育延续的重要性，可单纯从个体角度来说，不得不承认在一个文明高度发展的社会里一方面"后"主要是一种精神性关系，另一方面我们也无法高估"后"真正在于个体生命中的精神意义。那么这就涉及这个中年人的第二个特征，他是一个追求精神生活并对社会、时代问题抱有兴趣的知识分子的形象。所以"无后"的"后"是从自然生命引申为一种社会性的整体性生存感受。"无后"就是通过这个思考者而发出的对某种整体性、延续性的忧虑。建立在小说具体的情节语境中的"无后",不落在具体的事实层面,它讨论的是人精神性的体验。

为什么会有这样的焦虑感?再以茅盾1930年代的《子夜》来说。吴荪甫的形象在20世纪中国现代文学里不算完全意义上的一个青年人形象,至少不是我们在同时期巴金作品中看到的觉民、觉慧这样生命阶段的青年人,他偏于中年人。吴荪甫尽管处境复杂、艰难,但我们仍然能在这个人身上看到一种"英雄"的气质。虽然茅盾通过吴荪甫个人生活境遇中的一种"无后"情节,隐喻为对于当时上海民族资本之"无后"也即无望的情感隐喻,但作家对于这个人物的处理,还是有力的,甚至我们从林佩瑶的段落中可以找到这样的笔墨:

这多年以来,她虽然已经体认了不少的'现实的真味',然后还没足够到使她知道她的魁梧刚毅紫脸多疱的丈夫就是二十世纪机械工业时代的英雄骑士和'王子!'[1]。

回过头来审视本文提及的新世纪以来的这几部作品,这些中年人身上已然没有以前有关青春的信仰和希望,同时,在此时的历史处境中,他们寻找不到像吴荪甫身上的那种力量,如此在一些文本相似的情节设置问题上,本文才从作品中具体的"无后"情节设置也即如《子夜》中吴荪甫的"无后",以及这一设置背后所暗含的情感隐喻,转而关涉到作家的"无后"时代隐喻,进而在文学史至此所呈现的中年人的"自我焦虑"情感上,提出作为新世纪十年一个文学现象的"无后"。

---

[1] 茅盾:《子夜》,长江文艺出版社2010年版,第53页。

"无后"现象的历史语境

"无后"是出现在新世纪初的一种有历史维度所指的文学现象。从文学的历史角度来看,"无后"是对现代文学中的"父子书写"和青年象征的一种反思与回应。20世纪以来的现代文学在"父与子"的文化书写维度中,经历了从"五四"新文学以来的"青春象征"到1980年代开始的"中年眼光",相应地文学中的那个曾经象征社会未来希望的理想"青年形象",在"中年眼光"下从1970年代末1980年代初的历史忏悔者逐渐到有父亲的"儿子",其身上附着的理想光芒逐渐散去。"文革""伤痕"之后,一个民族在文学中开始反省它曾经半个多世纪的"青春崇拜"和历史寄寓,于是青年人不再作为"希望之象",此时文学中的某些历史性叙述以幼稚、冲动的青年特质补充、丰富着之前较为单一的青年形象。与此同时社会的中流砥柱则转变为那些中年人,一种新的历史语境悄然生成。

文学史提供了"无后"的历史解释,而"无后"的兴趣和观照点指向的是文学此时的历史语境。"无后"象征的突兀表现在从曾经在"父子"二维书写中,以儿子的视角审视、批判和反抗父亲的青年形象,转变为中年人对正在逝去的"父辈"那种不舍和依赖,和对于"父辈"身上所代表着的传统文化和智慧、品质的想象和肯定,且以"怪婴"等相似的情节设定来表达对于一个正在来临或者已经来临的、迥异于记忆中"父辈"时代的新历史时期的恐惧。为什么会恐惧?我们的现代文学曾经诞生了一个理想青年,如1930年代曹禺的《雷雨》中的周冲,一个纯洁、善良、几近完美的青年形象,这个理想青年正是对"青年象征着社会希望"的直接应和。我们在现代文学的很多作品中都可以看清晰地看到这位理想青年的面貌，听到他的内心声音。文学中的这个理想青年代表着一种对社会的期待，可是这样的形象在世纪末以来的文学作品中几乎消失了，我们在此时的所有作品中都难以找到一个可以期待的理想青年。贾平凹在《秦腔》中只有对夏天义一辈老人的追随，而没有写出令读者可以期待的任何一个青年人物，如果说小说中原本有可以期待的人物那就是夏天智的儿子夏风，可作为村里第一个大学生他在作家笔下实则精神平庸、碌碌无为，最后作家就让这样的人物生下了一个没有肛门的婴儿。从这个角度来说，"无后"实则是在一个新的历史语境中，面对某种理想性退却而呈现的紧张、焦虑。

诗歌告别1980年代，与其说是向某一个年代的告别，不如说是向某一种精神的告别。

食指和北岛相差一岁，却代表了两个完全不同的时代。前者的宣告是"相信未来"；后者的回答是"我不相信"。从相信到不相信，从肯定到否定，从追求到幻灭的不同时代的替换。

"在没有英雄的年代里，我只想做一个人。"

失去了灵魂和血脉的诗，充斥着私人性的吟咏，充其量只是个人的小小悲欢的玩味；驱逐了崇高感之后，诗也最后丧失了大胸襟和大抱负，那么，20世纪寄寓中国新诗的，还有什么呢？[1]

显然，我们已经从青春期写作进入了中年写作。1989年夏末，肖开愚显然，我们已经从青春期写作进入了中年写作。1989年夏末，肖开愚在刊载于《大河》上的一篇题为《抑制、减速、开阔的中年》的短文中明确提出了中年写作。我认为，这一重要的转变所涉及的并非年龄问题，而是人生、命运、工作性质这类问题。它还涉及写作时的心情。

---

[1] 谢冕：《诗歌理想的转换》，见王家新、孙文波编，《中国诗歌：九十年代备忘录》，人民文学出版社2000年版，第241页。

中年写作与罗兰·巴尔特所说的写作的秋天状态极其相似：写作者的心情在累累果实与迟暮秋风之间、在已逝之物与将逝之物之间、在深信和质疑之间、在关于责任的关系神话和关于自由的个人神话之间、在词与物的广泛联系和精微考究的幽独行文之间转换不已。[1]

现代文学与中国的现代性几乎同步。从现代文学的历史生成来看，现代文学的诞生、争鸣和政治化伴随着的是19世纪以来中国现代国家的想象和建设行为。文学和国家的因缘关系如以梁启超的新文学理论作为关系的开始，那么1940年代毛泽东《1942年延安文艺座谈会上的讲话》则可标志为二者重要的历史缔结点，自1970年代末"文革"结束，伴随着现代中国，现代文学也进入了一个新的历史时期。总体看来，这一时期社会生活的重心由政治和意识形态逐步转向经济领域，发展经济并以经济建设国际强国成为这一历史时期的主流。此时的世界性大环境也逐渐从战争走向政治的对话与经济的合作。经济生活复苏了人们被遮蔽和压抑的日常生活空间，刺激了人们对于生活的巨大兴趣与欲望。在文学上，经过1970年代末到1980年代初短暂的话语过渡，以寻根思潮和文学为代表，很快地文学就对社会生活重点转移所带来的新问题表现出某种紧张与焦虑。

寻根文学"作为一个文学事件，指的是始于1984年12月在杭州举行的《新时期文学：回顾与预测》的回忆提出的命题，以及会议参加者后来对这一敏体的阐释。参加者主要是以'知青作家'为主的中青年作家、批评家，如韩少功、李陀、郑义、阿城、李杭育、郑万隆、李庆西等"[2]。今天来看，当时围绕"寻根"话题的则是那一代作家、批评家对正在开始的文学的"无名时代"的审美性回应，他们敏锐地发现了文学新的世界性语境，并显然感受到新时代语境对于文学生活阵阵的冲击力。1980年代末到1990年代初，随着社会经济制度

---

[1] 欧阳江河：《89后国内诗歌写作：本土气质、中年特征与知识分子身份》，见《中国诗歌：九十年代备忘录》，王家新、孙文波，人民文学出版社2000年版，第184–185页。

[2] 参见洪子诚：《中国当代文学史》，北京大学出版社2010年版，第349页。

的继续转轨,"传统意识形态的格局也相应地发生了调整,知识分子原先所处的社会文化的中心地位渐渐失落,向社会文化空间的边缘滑行。但要探究这种变化的根源,除了经济因素之外还有一些不容忽视的政治文化方面的事实背景,知识分子的社会理想激情受到一而再地挫败以后,一方面难以很快地重新获得明确统一的追求方向和动力,另一方面也暴露了精英意识自身浮躁膨胀的缺陷。来自这两方面的原因促成了90年代初基本的文化特征:'五四'传统中的知识分子启蒙话语受到质疑,个人性的多元文化格局开始形成以及出现了知识分子在精神上的自我反省"[1]。回应这一文化格局的既有《叔叔的故事》《动物凶猛》《活着》等充满精神探索的篇章,也有《一地鸡毛》《烦恼人生》等转向日常生活空间的创作尝试。自1990年代中期以来,我们看到了被文学史家评为"多元"时代的不同样式、类型、风格的小说作品,社会生活逐渐以自己的面貌同步呈现于小说中而不是像以前那样被统领于一种视角、观点和声音之下。

所谓的1990年代形成的"多元文化格局"到底多了什么"元"?显然,"无后"现象包含对文学史提到的这一自1990年代以来的"多元文化格局"反思与质疑。"多元"消解了原本的严肃的社会思考,它带来思想自由的同时恰恰也在消解思想本身。我们看到的并不是"思想"的多元,而是某种经济生活所刺激的单一的物欲对于整个社会语境的冲击和挤压。"无后"的意思是与其说是"多元",不如说是"未明"。

并列与"多元"格局的是"稳定"。"稳定"的大环境提供了"多元"的背景,也带来了文学中所说的整体性的"中年心态"。在这一新的历史语境中,集体被冲破,个人逐渐显现,文学从青春期到中年期心态的转变背后则是整个社会主流意识形态的转变。由此,社会拿走了它曾经寄寓在"青春"之上的象征。那么失掉社会象征意义的"青春",其在文学中是否单纯还原为生理意义上的一个具体生命

---

[1] 参见陈思和:《中国当代文学史教程》,复旦大学出版社2005年版,第321页。

阶段的书写呢？在这个看似多元的文化格局中，人们从一种集体化的生存状态走向个人，与此同时，在创作中写作者们从共同的话题和情感聚合分化为自然的代际分野。"中年"取代"青年"，"个人"消解"集体"，最终破除了作品中人们曾经对于历史进化论的信仰。文学中从此失去了那个充满理想的青年人。从1990年代70后作家的创作，以及新世纪以来80后年轻写作者的参与来看，"青春"自其社会之希望这个象征意义失去以后，其再也难以呈现有光泽的展示。无论是作品中的青年人，还是写作中的青年人，还是社会中的任何一个青年人，在这个时代中都将成为被审视、教育和批评的对象。无论是自省，还是他视，他们都在一种中年的审视目光的光影之下。张悦然、笛安等作品中那些青年人总是一副做错事的样子，他们不自知地承受着莫名的罪责，天然不自信。

　　如何理解和评价"无后"文学现象？从这一现象从它生成的语境来看，"无后"首先是一种审视历史的兴趣。它所涉及的所有小说都建立在某种关于历史的叙述之上。小说通过个人化的线索展开对历史的梳理，进而呈现出有关文化的、民间的关于现代性追求的反思。"无后"的批判性精神将这个个人化的方式落脚到精英层面。也就是说，围绕"无后"，作家呈现的是一种精英式的对于现代性"二元对立"文化演进模式的历史反思。

　　这种精英式的对历史的批判和反思精神接续的是"五四"新文学所开创的启蒙传统。现在看来，"五四"新文学之于中国20世纪初期的文学其实还只是小众范围内的，从赵家璧1935年所主编《中国新文学大系》不难看出，在1920年代前半期之前，无论从写作者的人数还是作品质量，新文学总体来说都很稚嫩。但正是"五四"新文学真正塑造了中国现代文学，形成了精神性的文学传统。这个文学传统贯穿20世纪的中国大地，潜移默化影响了一代又一代的文学写作者，如此才有张文江先生谈及20世纪中国现代文学时说的"诗"[1]。笼统说来，这个传统就是文学的启蒙传统。它强调文学的精英意识，重视文学的严肃批判，鄙视任何的游戏功能。这个传统是"五四"新文学带进小说的，如此才有了中国文学里被启蒙视角下的农民形象。在这个脉络之下，对"家"的伦理的反抗成为1920年代一批受新思潮影响的青年写作者参与"新文学"的主要表达内容。"出走"和"自由恋爱"成为那个时代觉醒青年的必要行为。此举暗合了青年人自我的生活内容，也切合了当时时代中一种对于传统旧势力和束缚的反抗与批判，以及对于未来美好光明的想象和追求。它正是中国经过漫长的封建社会而后走向现代时，社会、思想、文化的处境潜移默化在文学中的反映。由此，在更大的历史范围中，中国现代文学出现了特殊的"父子"情感书写，其带有浓厚的现代意味。

所谓"父子"即是在文学的书写中设立了以"父子"为结构的伦理文化对抗模式，从而以新青年的视角书写两代人的隔阂，以及被长久压抑之后，青年人对于以父权束缚为代表的整个旧文化和旧势力的反抗。它正是一种表现在文学中的强烈的否定意识和行为，且支撑这种行为的正是所谓"人的觉醒"以及觉醒之后对于未来之民主社会和自由、平等人生的坚定信心。可是这种伦理模式就其本身来说是单薄的，并不可能持续在相当长的历史时期吸引更多的文学兴趣，真正支撑它的仍然是其伦理框架背后的社会对抗信息，即新与旧。更为重要的还不在于"旧"，而在于对于"旧"的迫切反抗，和对于"新"的建立。

"无后"一方面接续这一精英视角和启蒙传统，另一方面又在"父子"的书写问题上与历史对话，反思这种意识形态化的二元对立

---

[1] 张文江先生在《〈风姿花传〉讲记》中提到："中国现代文学的一些作家，他们的作品虽然享有盛名，在我看来还算不上号。但是他们在大变动时代中的生活本身，如果能看得透彻，倒是极好的'诗'。青年时代离开家乡的憧憬呀，中年遇到环境压力的种种反应呀，晚年写不出好作品的焦虑呀，所有在作品中被遮掩而没有表达的东西，在实际生活中都已经表达出来了，这本身就是'诗'。"详见氏著：《古典学术讲要》，上海古籍出版社2010年版，第238页。

文学写作以及它的社会影响。在"无后"的这一历史语境中，我们可以读到许多儿子和父亲，作品中儿子不断打量/想象着（年迈的）父亲，表达着对父辈以及父辈所经历的历史时期的一种纠合着敬仰、惋惜和惆怅的复杂情感。这里的父子关系从历史的二元对立回归为一种建立在血缘亲情基础上的历史认同感。而此时精英性的社会批判对象从代表"旧"的父亲转向此时，思考旧的逝去之后，时代将以什么面目展开。就在这种新历史语境中的父子书写里，儿子从观念中对于现代性制度的想象和象征转为现代性的实践，最终以走下象征地位的儿子的角度思考父与子的一个世纪，生成具体文本中的世纪情结。

这种新历史语境中"无后"对历史的世纪性反思，某种角度上，是对1980年代中期寻根思潮的一次情感回应，也是对1990年代写作中的民间倾向和民间理论的实践。"无后"的着眼点是文化、民族、家国等宏观话题，它接近"寻根"思潮时知识分子的某种审美、历史焦虑，并通过民间空间的开掘与探索对历史与现实展开了更为紧张的思辨。

其次，"无后"这一现象是来自个人视角的独语式写作。它所涉及的篇目在具体作家的各自创作历史中都有迹可循。自1990年代以来被解体的"集体化"书写与共名式呈现在这里以个人的声音再次汇合，表现了同时代写作者对于历史的某种共生性情感。同时，这种相似的历史隐喻的书写是作家与时代关系最为紧张的一刻，他们把此时的所有思考与疑虑都以这样一种最为强硬的意象表达呈现出来。

最后，在我看来，"无后"是一种"善"的书写。"无后"不是说现实就是没有"后"了，而是将"后"作为历史视野下的一个问题提出，并表达对这种延续性的焦虑情感，它真正的落脚点恰恰是写出在一个看似多元格局中被新型的规则所掩盖的民间的、历史的、个人的"善"。作品正是通过发现和提出此时隐藏、消散在民间的个人与历史结构中的"善"，通过对这种"善"的具体处境的担忧，而意象化为有关"无后"的具体情节。"善"充斥在小说的具体细节中，尽管它是一副脆弱、溃败面貌，但它仍然是作家在反思历史的同时对未来时代的某种召唤。

"无后"作为一个文学现象非常独特，它没有显见的思潮支撑，而是回应此时的历史语境悄然呈现在具体的文本中，通过同时期文本所生成一种共时性对话。研究发现，这些文本的主题、材料、人物形象、背景舞台互不相同，但它们在这种不同的具体话语行为中就此时的历史语境达成某种共识，表达相似的历史情感。

　　与此同时，将这一现象回溯于具体作家的文学创作历程时，"无后"其出现的根本原因并不在创作者的某一共同的思维和观念判断上，而是来自于此时历史语境的一种自然结果，它既与现代文学1980年代以来的作家代有关（如它回应寻根思潮），也与整个现代文学中的"青春象征"关系密切，是文学世纪之交时对历史现实的自然情感流露。"无后"归属于现代性范畴中，是一种有关"时间"的情感回应。

论贾平凹笔下的"无后"意象

新世纪第一个十年的中国大陆文学中，出现了一个"无后"的文学隐喻合音，贾平凹以《秦腔》为代表，拨动了其中的一弦。所谓的"无后"，简单来说即小说创造了一个类似怪婴等表示生命承继出现问题的意象，并以此生成某种对文化、理想、现实的焦虑、恐惧、绝望之感。就在"仁义礼智"为代表的上一代人逐一告别生命、退出历史的背景中，夏风和白雪作为清风街上最优秀的一对青年男女，他们生出了一个没有肛门的婴儿。由此，没有肛门的婴儿作为一个文学意象，它在文本中或可视作一种对文化和乡土未来命运的隐喻。

一

脱离具体的文化语境，此般文学意象本身并不具有隐喻的必然性，文学也并非一定要创造合自然的、健康的婴儿。但类似这种意象所具有的关乎生命意象的隐喻功能，确实得自于现代文学，如现代文学一来，卡夫卡就让人变成甲虫，并以此隐喻时代社会对人的异化。文学常常在对现代的反思上，通过时间的历史性排布呈现，提供类似的带有情感判断基调的隐喻意象。托马斯曼更是通过一个商人家族几代人的故事，历史性地呈现一个时代的结束。《布登勃洛克一家》中，祖父最有生命力量，接下来的第二代、第三代生命能量一代比一代溃散，最终祖父创下的辉煌时代在家族的历史上溃败逝去。《百年孤独》，一个时代的腐烂首先会出现在人的生命体征上：时代的崩溃与个人生命能量的消散同步。放置在《红楼梦》中，这种类似的历史书写方法是不能被理解的。在我们的传统文化观照里，一个家族虽可以衰败，但贾宝玉出家后还会有"兰桂齐芳"。西方的历史整体观来自于宗教，这一整体性不依赖于个体生命，比较而言，它本身就没有"后代"的概念。"五四"新文化时期，中国文化在西方的现代烛照下主动"断裂"，且以建立新的理想、进步、光明秩序为历史自信。这一自信经过百年的历史风云之后，进入更为复杂的精神探索。如此"断裂"的历史现实和对"断裂"的反思，在中国的民族文化历史语境中形成现代的、现时的冲突。

贾平凹作品对农村、农民持久的跟踪与关注，在当代文坛的地平线上，筑起了作家独特的文学城堡。众所周知，农民和农村以启蒙对象的身份进入中国现代文学。伴随启蒙的深入，农民和农村生出对于启蒙以及启蒙背后其精英价值立场的反思。启蒙以及对启蒙的反思，几乎涵盖了一个世纪的中国乡土文学书写。也就是说，在中国现代文学中，农村和农民不存在自在状态，它们成为观念的冲突地带。从1920年代的乡土文学，到1930年代沈从文、废名等提供的某种反思，再到1940年代《讲话》在20世纪上半期的文学中，这一历史线索相对明晰。1970年代末"文革"结束，包括文学在内整个社会都开始了历史的反思。吊诡的是，这一反思不但没有触动农民和农村的合法性，反而在之后的寻根文学中，作家们开始对农村想象性地挖掘，从而再次颠覆20世纪上半期的启蒙关系，建立乡土对于中国新的反启蒙。文学对于农村农民的新兴趣，伴随着一代寻根文学延续至今，如《送一个人上路》《喊山》《陪睡的女人》《纸醉》等作品。与这一书写相对应的是以阎连科、张炜等为代表的充满精英意识的批判性写作，如《风雅颂》《刺猬歌》，包括莫言的《生死疲劳》和《蛙》。这些作品中，农村的问题不再是启蒙所批判的落后、麻痹，而是整个社会发展中所有问题的集中投射，书写指向的仍然是具体问题的提出和解决，依然在启蒙的范式中。贾平凹对于农村和农民的书写的角度不同于上两种，某种意义上他与1940年代的赵树理更为接近。农村和农民对他来说，不是外部的概念和问题，而是全部的现实存在。从1987年的《浮躁》开始,他的视角既非启蒙又非抒情,他在书写中长久地思考农村和农民的出路,担惊受怕,忧心忡忡。

适应于贾平凹对于农村和农民的这一视角,几乎他所有的重要作品中都有一个摆弄"天地玄黄"的人:《浮躁》中的摆渡者韩文举;中篇小说《废都》[1]中的林青云;长篇小说《废都》中孟云房;《秦腔》中星爹;《古炉》善人等。在2013年出版的长篇小说《带灯》里,主人公带灯对这些同样有兴趣。为什么小说中一定要有这么一个人?这个人起什么作用?在我看来,这个人物不光在具体的文本语境中承担着情节性的实际角色,他也提供了一种来自作家的抽象的对于生命、社会的整体性思考视角。

在这一独特的、整体性的视角的支撑下,贾平凹笔下的婴儿就很可能带有着隐喻的特质。从一条延续的观世角度来看,古有愚公移山,其基本逻辑是父父子子、子子孙孙,无穷尽矣。如果在一个生命链条上,新生出现了问题,那么个体的家族、群体的命运就此危亡。贾平凹的《秦腔》历史谱系式地强调了婴儿父系与母系在乡土命运中的关键地位,造成了读者对于婴儿的本能期待。被强调的父精母血,直接导向婴儿诞生的重要精神意义。有了这样的精神关照和书写气质,"无后"出现在贾平凹的书写中,则表明面对乡土此时的发展一种无可名状的忧虑。

二

事实上,《秦腔》中所出现的作为"无后"的婴儿意象早在其1980年代的长篇《浮躁》中有所触及,只是同样的文学技巧其所呈现的是作家截然相反的历史感怀。写于1986年的《浮躁》,如今看来,它在当时的文坛并不主流,它以"五四"新文学开始以来特有的乡土观照和20世纪文学里面逐渐形成的一派故事讲述和结构方式,以及中国传统文化里的意境和语言韵味,抓住乡土中国隐隐的变化,塑造出"金狗"这样一

---

[1] 贾平凹:《废都》(中篇小说),《人民文学》1990年第6期。

个乡土的新一代依靠。重要的是，在这篇小说中，贾平凹极尽浪漫地生出一个承载着州河两岸未来希望的"婴儿"。在"金狗"和"婴儿"两个地方，作家铺染了两次历史性的"诞生"。

《浮躁》中卷部分写到了州河两岸的"成人节"。贾平凹创造一段前史作为对它的解释和强调：女娲造了一男一女两个泥人，后来州河发大水，这两个泥人变成了有血有肉的一对男女，他们交合，而后整个州河就有了后来的一代代儿孙。以此看来，"成人节"本来就是一个关于诞生和延续的节日。有意思的是，这一节日的虚构，似乎旨在渲染一个婴儿的出世。小水在成人节的晚上和福运成了夫妻，不久福运去世，小水生下了她与福运的孩子。在为婴儿被命名为"鸿鹏"之后，它正式成为州河两岸的一个带有神性的、充满光辉的"希望"。仅仅是小水和福运，还没有足量的力量促使"鸿鹏"诞生。"鸿鹏"诞生其意在对金狗一代新人开历史的象征性肯定：

金狗母身孕时，在州河板桥上淘米，传说被水鬼拉入水中，村人闻讯赶来，母已死，米筛里有一婴儿，随母尸在桥墩下回水区漂浮，人将婴儿捞起，母尸沉，打捞四十里未见踪影。

"金狗"，出生于五十年代，他在八十年代的历史中，以一个时代"弄潮儿"的身份出现。"金狗"与小水之间的情缘，则是他与婴儿"鸿鹏"精神层面得以产生关联。这一关联，由贾平凹作品中那个特殊的人物所暗示：他在金狗与小水第一次相遇的时候，有意味地"把船从此岸摆到彼岸去了"[1]。"金狗"与小水的相遇，冥冥之中对现实暗示：日月相合则为明。可贾平凹并未让这对年轻的男女相遇之后顺畅结合，于是才有了福运的角色。

如前文分析的"成人节"，《浮躁》始终复调着一个在现实的故事和一个带有命运操弄的、来自历史的艺术改写。在后一种解读视角中，作者让"金狗"和小水相遇、倾心、分开，然后各自承受现实生

---

[1] 贾平凹：《浮躁》，春风文艺出版社2006年版，第11页。

活里的磨难以积蓄能量。在这之后，他们方可以将一种来自历史里的能量和其从此生而积蓄的现实里的能量，结合起来，成为州河新一代的真正的依靠。这个男婴"鸿鹏"岂不可以看作是"金狗"和小水精神上的创造吗？为了创造他，作品中牺牲了一个善良的、有力的、壮年男子"福运"（"福运"从出场到落幕，设计完美，他几乎就是为了将一股元气从"金狗"运到"鸿鹏"而来的，一旦任务完成，他舍身全退）。

小水叫了一声："州河又要涨大水了吗？"

那一年金狗去州城的时候，州河发了大水，前三四个晚上夜空就是这么变化的！

她急急抱了鸿鹏下完石级，走到泊船的石湾窝，立石崖往下一望，湾窝里却没见了那只渡船！风在水面上回旋着，波光摇曳，空阔一片。小水惊叫了一声，慌忙下到泊船处，系船的绳子一头还套在一个石嘴上，绳子的另一头却断了，看看断处，是在石坎上磨断的。

小水抱了鸿鹏在石湾上下寻找走失的船，风掀着浪泼闪过来，与黑黑的崖石相搏相噬，产生出一种细微的又是惊心动魄的音乐。木木之中，忽然有几声犬吠，由远及近，由小转大。小水看时，从上游苍茫迷离的沙滩上，一条狗一边对着河面叫，一边跑下来，她便不顾一切地锐叫："狗子——狗子——"

这时候，正是州河有史以来第二次更大洪水暴发的前五夜，夜深沉得恰到子时。

三

很难想象，如此辉煌的创世画面之后，作家会写出《废都》。某种程度上，《废都》是部没有情节的小说，它所写的是一种状态。主人公庄之蝶以一个生理颓败的形象出现。庄之蝶在正常婚姻中缺失的生育，后在男女关系中不断激发为情欲。可是当欲望需要如此被激发时，欲望本身已经变质，它掺杂了诸多人物后天的附加内容，并且在这一过程中，因为道德的现实束缚，人物刻意忽略了性欲本身因其创造性而天然具有的美感。庄之蝶与唐宛儿、阿灿、柳月等女子，只有生理上对于欲望的滥用，而没有得到欲望本身对于人生存和生活的安顿与保障。于是《废都》中庄之蝶等被悬空起来，不着天不触地。他竭力占卜试图通天以知未来，但是其看到的只是些现实生活里的鸡零狗碎，也就在这个过程中一些仅存的能量都被消耗殆尽。

就贾平凹的创作来说，《废都》不仅没有情节，也没有历史。小说总出现的大量的所谓时代异象和顺口溜，让人想到在长篇小说《废都》之前他的一篇同名中篇小说[1]。这篇早在1990年发表的中篇小说《废都》也以"异象"开头：天上四个太阳。面对异象，小说中"懂天地玄黄"的林青云翻着《邵子神数》努力破密，然后似将谜秘卜算到匡子身上。匡子爱恋的程顺外出无果，让她受孕的九强又攀附高枝抛弃了她。有意思的是，金狗不见了，此时的年轻男子们，无论是匡子爱着的程顺还是后来的九强，他们都不是能够依靠的正面形象。小说结尾，匡子在想："肚子里的孩子是个什么样呢？吃了那么多药片，喝了苦楝树籽汤，孩子仍是顽强地保存生命，他成心要活活地来到这个世界上吗？唉唉，苦命的孩子，就是生下来，也一定是个很丑很恶的怪胎了吧！"什么原因促成作家写作上的如此逆转？

从庄之蝶等人的生存状态来看，这个时代极其无聊，毫无生机。可是从小说最后庄之蝶的"逃走"来看，似乎正在来临的时代，只会更坏：

夜幕降临，庄之蝶提着一个大大的皮箱，独自一个人来到了火车站。在排队买下票后，突然觉得他将要离开这个城市了，这个城市里还有他的一个女人，那女人身上还有一个小小的他自己，他要离开了，应该向那个自己告别吧。

奇闻的另一则是本城X医院本月X日，为一妇人接生，所生胎儿有

---

[1] 贾平凹：《废都》（中篇小说），《人民文学》1990年第6期。

首无肢,肚皮透明,五脏六腑清晰可辨。医生恐怖,弃怪胎于垃圾箱,产妇却脱衣包裹而去。庄之蝶不知怎么就一把将小报撕了下来,一边走,一边心里慌慌地跳。

就这样,庄之蝶"逃走"了。《废都》这部小说不是情节上的"无后",而是情节上人物对于"后"的恐惧。恐惧也并不是最后的结果,此时的婴儿还在匡子腹中,庄之蝶也还有路,所以他才可以拎着箱子走到火车站,买票,逃走。《废都》中贾平凹对他的人物似乎仍有期待。

四

继《废都》的不确定,十年之后,贾平凹在《秦腔》中直接将新生写成了没有肛门的女婴。

白雪是清风街上最美丽、纯洁而又有才气的女子,同时也是当地秦腔这一代的继承人。夏风则是夏家在20世纪的第三代,从乡土的耕读伦理看来,他是这代人中唯一有出息的一个,他考上大学,摆脱了农民的身份,成为有编制的国家工作人员。夏风和白雪这两人的结合,按常理应该是乡土此时最好的一对。事实上,小说恰是通过这两人的婚姻悲剧写出了乡土中国此时的衰败。

从更大的方面来说,《秦腔》虽以世纪末的龙年即2000年一整年为叙事时间,却涵盖了新中国成立后半个世纪来的农村历史演变。作为清风街上父辈的形象,夏家四兄弟夏天仁、夏天义、夏天礼、夏天智这一辈从青春到暮年,见证了清风街半个多世纪的历史与现实,随着新世纪的到来,他们全部"离开"。夏天礼的去世,如果看成是父辈的围墙开始出现缺口的话,那么紧接着夏天智的离去,则仿佛是秦腔背后秦地文化的一次落幕,而最后随同夏天义的逝去,清风街的某种无形靠山最终崩塌。从此,子孙们将无所依靠。在这个意义上,《秦腔》是在书写一条连续生命链条的历史的、现实的断裂。进入一个新世纪之后的清风街,只有死亡,没有新生。在这个情感的铺染中，没有肛门只能依赖一条尿管的女婴，真正成为小说具体现实情感的一个隐喻，她更明确地暗示着历史到了夏风和白雪这一代的无望。

因张引生这个特殊的叙述者，《秦腔》的语感不可避免地带上了《狂人日记》的影子。作为清风街上自认为是唯一一个写日记的半疯癫的人物，引生可能正在讲述的恰好是存在但在此时不为人接受、正视的可怕的历史真实。

陈思和教授曾撰文分析过牡丹即这个没有肛门的女婴其血缘问题，指出她或许可看作是引生通过某种强烈的欲望而实现的生命延续和繁殖结果。[1]这一血缘的想象性实现，具体在文中通过"牡丹"[2]一名，确有一条隐约的线索暗示：是一丛牡丹引诱了引生而后才有他在意识蒙眬之中偷白雪胸衣——猥亵胸衣——自宫——将死肉埋在一株牡丹之下——后来，白雪的女儿阴差阳错地就叫牡丹，并且按照当地的风俗不得不认引生为干爹。可是这样一个珍贵的后代，她却没有肛门，其意味着什么呢？即便从现实里夏风和白雪没有出路的结合，跳到精神层面引生和白雪的组合，出路仍然存在疑问。

对比《浮躁》的鸿鹏。《秦腔》中的牡丹也同样具有两种血缘，可此时无论是夏风还是引生，他们既没有福运的善良和强壮，也没有金狗的智慧与胆识。此时的父亲已经孱弱，孩子牡丹没有肛门之"只能进不能出"，她作为现实层面夏风的后代和非现实层面引生的后代都将难以存活。这与莫言《生死疲劳》中的大头怪婴蓝千岁实属相同的象征符号。现实故事中无论是夏风还是引生都遭遇了"无后"威胁。正如陈思和教授论述的引生这个叙述者的设定在于精神意义，故事层面上引生的生命传递也是以非现实的方式的一种精神上的比附。

---

[1] 陈思和：《论〈秦腔〉的现实主义艺术》，《西部 华语文学》2007年第4期。
[2] "牡丹"是贾平凹的《秦腔》中清风街上这一代核心人物夏风、白雪的女儿，她没有肛门。作品中通过引生偷窥、自宫，后又将被割下的肉体埋在一株牡丹下，以及女婴被命名为"牡丹"和阴差阳错不得不认引生为干爹等一系列情节，暗示"牡丹"可看作是引生的欲念在白雪身上产下的果实。夏风和引生似乎代表了清风街上这个时代的依靠，如此从夏风到引生，"牡丹"对这个时代就具有了"无后"的隐喻功能。

加之牡丹并不是直接作为小说中的一个人物存在着，她的意义就在于象征，小说于此从具体的"无后"情节直接跳跃到作家情感上的"无后"焦虑。

怎么来理解这一"无后"意象所代表的情感焦虑呢？对于贾平凹来说，它的模糊、复杂、微妙就如《秦腔》对张引生的创造。经过了《废都》的沉思和等待之后，曾经高调的姿态和历史的自信转向平实，如此才有虚虚实实的张引生，他无法在现实生活里有一个安妥的位置，他如作家内心的灵魂一样，毫无保留地欲将自己全部贡献，于是最终留一个无字碑，并且说"从那以后，我就一直盼着夏风回来"，盼着那些比"我"有能耐的人回到乡土，指点这里。

小说最后，七里沟东崖的滑坡，天玄、地黄，旧的在崩塌，新的历史无路可寻。现实里能够想象到的希望，却是无望。最终张引生和无字碑以及被等待的夏风，透露着作家面对此时无比悲愤的心情。现实无所依靠，无所给予，只有张引生。所以"无后"是对一种历史线索的否定。

"无后"意象背后是贾平凹写作中与现实的关系问题。从1987年《浮躁》的高昂转向到1990年中篇小说《废都》的沉闷和恐慌，贾平凹的情感基调迅速下降，开始批判现实。再到1993年的长篇小说《废都》，这种批判似乎到了最为紧张和尖锐的境地：现实怎么可以如此晦暗。《秦腔》从批判整个社会时代转向对局部的关注和批判。此时，贾平凹对于时代的认知开始明朗，于是"无后"在这种社会情感认知中才被作家接受，从而浮出水面，成为作家确定的一个判断。等到《带灯》，作家似乎对于社会和时代批判完全转移，他不着意批判，而在意对个人的真实呈现。

或许可以用如下一个图来粗略勾勒：

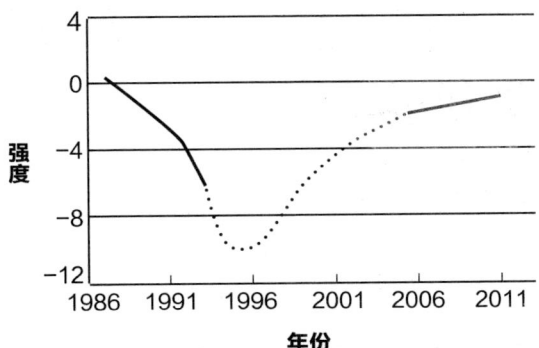

1. 从1993年《废都》到2005年的《秦腔》，这中间有一段需要继续求证的阶段。有两种可能：一种即《废都》已经是作家情感的最紧张的低谷；另一种可能是在《废都》之后，还存在更低的点。对这部分，本图用虚线想象性地勾勒。

2. 与"无后"意象提出时的假设相反，"无后"不是最低谷，反而它可能是对社会剧烈的情感批判和痛苦认知之后生成的某种确定性情感意象，它不代表作家对时代的强烈批判。

3. 作为对时代情感认知的某种结论性意象，"无后"可能是作家精神世界里的一个必然阶段，但它也即将过去。写作经过"无后"的结论性认知之后，对社会的情感不再沉到很负面的低谷，更不可能重新攀上正的高度，它将贴着零度的水平线进行下去。但这也是一种猜测。

只要按照上图的时间点寻找其他作家和作品的印证，"无后"这个意象也许就可以呈现从1980年代至今三十余年中国文学某种精神状态。而就贾平凹作品中的"无后"意象来看，它是作家对现实社会认知的一个转折点，从《带灯》开始，有可能"无后"的阶段就过去了。但无论如何，它是一个重要的精神点。

"无后"作为一种视角对余华《兄弟》的解读

> 李光头扭回头来,可怜巴巴地看着刘副说:"我现在是个孤儿了。"
> ——《兄弟》(下)

在当代文坛上,余华是这样的一位作家,他好像是精准的冲锋炮,弹无虚发,每发必有人叫好,他在相对来说数量不多的作品中建立起一个男子的世界,那里文字干净,情节紧凑,故事震撼。你很难在余华的文辞中寻到破绽。它冷冰冰的,存在在那里,拒绝丰腴和水色。在某种程度上,他与苏童很像,他们都善于在中短篇里举重若轻,在中国文学传统的历史话语和政治宏大承担中,一派"轻盈"。他们的书写不躲避时代记忆,他们将其抽象融化于日常生活的具体细节中。作为背景的刻画,他们笔下特殊政治时代不仅没有使作品陷入历史事件解释的困厄之中,反而给予某种穿透力量,并开拓出轻盈的艺术效果。《兄弟》前,余华的创作体量基本上是"中短篇",包括1990年代的《在细雨中呼喊》《活着》和《许三观卖血记》三部小说,他都是在一个结构不复杂的故事里,专心地写人。不同于苏童,余华的文字是一个男性的世界,充满男人的故事。如此男性气概,在1980年代文学的先锋潮流,以及1990年代余华的"转型"书写中,始终博得掌声。余华以其冷静的笔锋,用虚构来真实苦难,命那世间的苦和难从人的身体里面一点点地生长出来。就在世俗生活一点一滴地在苏童笔下的众多女子形象里展开的同时,余华将那一点点世俗的地方都经过虚构的再创造,以至他的那个文学世界富有象征的意味。这种特殊的气质一直保护着余华,使得他的作品不容易被批评家和读者用现实生活里的事实来质疑和评析。这一切当《兄弟》(下)的出版后,头一次有了改变,有论者批评道:"我觉得,中国社会从来不存在《兄弟》中展示的逻辑和画面,中国人性饥渴的表现从来是隐蔽的,难以察觉的,从不如此浅显,浅显得让人目瞪口呆。"[1]

如果说1990年代的中国文坛最有影响力或者说引发争议的作品是贾平凹的《废都》的话,新世纪第一个十年里,余华的《兄弟》实属批评界的一次众声集会。针对小说下部所描绘的现世生活,否定的声音刺破了一段时间批评界温和气氛所形成的茧。如前所述,我们已经熟悉了余华在不愠不火中对人物的塑造,那种含蓄和意犹未尽似乎暗合了民族特殊的审美习惯,作为一种表达方式,它或许更是适应1980年代以来知识分子与时代之间的情感状态。尽管《兄弟》一定不算是此时对时代最露骨的书写,但它触及了知识分子此时内心压制着的对于时代的复杂情感。到底今天这个现代以来一百年的时代是怎样的,它处在什么样的状态,它的来处和它的去处又如何?这些问题原本就不是小说可以回答的。可小说对于时代不仅是敏感的,还是便捷的,如是余华尝试以他冷嘲热讽、插科打诨的方式来书写此时看上去热闹的时代。余华曾对其《兄弟》的真实性"费力"地进行过说明:

应该这么说,如果一个作家写出与众不同的作品,那么他笔下的真实也会与众不同。经历了那么多以后,我就不愿意再拐弯,今天我们的现实生活已经这么丰富了。80年代我要采用一种"虚伪的形式"去表达,但今天的很多现实生活按照常理都是不真实的,我们已经生活在不真实之中,所以直接去感受就可以了。《兄弟》的故事一直写到2005年,本来我只想按当时给出版社的选题写到1990年代就可以了,但有了前面"垃圾西装"以后,必须要写到2005年,因为2005年

---

[1] 马跃敏:《〈兄弟〉:余华的困境与歧途》,《当代文坛》2006年第2期。

一些城市爆发了反日游行，从崇拜日本到反日，这是一段历史，我想完整地表达出来，所以我第一次用了"尾声"，前面已经没有篇幅让我表达了，只能在尾声里。想一想，在1980年代到1990年代的变化中，最大的是什么呢？就是西装的出现，从中山装到西装。怎么写西装呢？我写"垃圾西装"，我要的东西就出来了，这不但是李光头发迹的关键，而且是那个时代人们的共同记忆。"垃圾西装"，是我特别得意的一段——清华大学经济管理学院的教授说我有预见，现在我们中国富豪榜上排首富的就曾是1980年代的回收废纸的，这两天媒体上反复在讨论的每年一百九十万吨洋垃圾进入中国，污染中国，可是这里面有多少人因此发家致富，这就是你想不到的真实。还有，我到香港时，一个教授跟我说，"垃圾西装"那段写得特别棒，他说我自己都穿过那种西装，要不然我怎么知道里面有日本人的姓氏呢。最近这些日子和一些年龄相仿的朋友见面时，他们都会津津乐道当年怎样身穿胸口有日本姓氏的垃圾西装。这是1980年代，那么1990年代呢，我认为1990年代最大的标志是"选美"。这也是我很得意的，有人跟我说《兄弟》下部每一个细节都是真实的，我说"处美人大赛"不真实吧？他说把"处"去掉就真实了[1]。

可能问题不在于是否真实，而是余华的人物首次脱离了人物自有的民间生活，走入到知识分子的精神世界。面对一个新的时代生存境遇，作家很难将他捕捉到的情感恰如其分地寻找到可以承载它的人物，尤其是这种时代境遇已经进入到了知识分子精神认知领域时，于是在零碎的人物和情节背后，支配作家书写欲望的情感东西横冲直撞。情感压抑了创作。所谓的情感，在本文看来它与同时代的如贾平凹的《秦腔》、阎连科的《风雅颂》等相似，都在情节的虚构层面表达着一种"无后"的时代历史情感焦虑。

---

[1] 余华、张清华：《"混乱"与我们时代的美学》，《上海文学》2007年第3期。

一

　　《兄弟》（上）写的是李光头、宋钢两个孩子如何成为兄弟，一起长大。如果说上部是于表面"破"的时代，写"立"，那么下部则是于表面"立"的时代，写"破"。这对兄弟在下部一开始，因为林红而终于从上部走散，开始了他们不同步的人生。两人逆向而行：宋钢先"得"而后不断地"失"，最后卧轨自杀，走向生命的终点；李光头先"失"而后不断地"得"，但因为他的"得"某种意义上只是对其"失"的夸大和反讽，所以最后走向了精神生命的死亡。

　　将"无后"作为一种小说观照的角度，《兄弟》中有关这个意象的情节设定自宋钢的"失"而始：先是因下岗被迫去当搬运工，未久腰伤致他永久性地丧失卖苦力的机会，由卖白玉兰开始零零星星打了一年的零工，再后来进了水泥厂本以为可以安稳地过日子，结果是两年后患上肺病，谋生所需使其再次开始零工生活，终被冠以刘镇的"首席代理"。而上述有关宋钢的失业和身体的损坏，还在一个我们所理解的常态生活范围里。等到刘镇举办处美人大赛和骗子周游的出现之后，宋钢的"失"则从一个常态的读者还可以理解的事实变成文学情节中的、经过了明显虚构创作事件。宋钢为了继续谋生养家，开始跟着周游贩卖假处女膜、丰胸霜等类型的假货（这似乎已经接近一种带有文学象征意味的"无后"情节了，但作家将它继续强化），接着他的身体竟然通过手术装了一副丰满的假胸。在后一个"失"的过程中，宋钢的身体情况不断恶化，最终这样一个精神和肉体被严重损坏的男人只能走向卧轨。以上是余华对于宋钢这个人物的"无后"情节设定，显然这样的设计里面并没有类似《秦腔》中"牡丹"的象征物，相反它完全是通过具体的情节，直接在个体的自我生命上，展示其如何一步步被剥夺，直至走向死亡。

　　"无后"情节之于李光头的讨论，离不开宋钢的参照。李光头的每一步得与失都在宋钢那里有着相应的对照。如最开始，作为"失"的生理结扎，对应的是宋钢唯一的"得"——与林红结婚："宋钢这时把话说出来了：'你为什么要断后？''为什么？'李光头神情凄楚地说,'我看破红尘了。'"[1]不同于宋钢的逐渐被剥夺,这里李光头主动选择了对于生理血缘传递的拒绝。"'我当初为什么要结扎,就是因为我爱的女人跟别人结婚了。'"[2]结扎之后的李光头,开始了不断的"得",他有了越来越多的金钱,有了越来越多的资源,但是反过来这些"得"仍然是在放大他结扎背后所代表的"失"。最后,当听闻宋钢的死讯,他瞬间对一度所得的"金钱"和"性"丧失了任何兴趣,人也随之真正"破红尘"。如果结扎之于李光头这样一个有创造力的角色来说,还不算是"无后"的情节设置的话,那么此处宋钢的结局最终拿走了李光头身上所有的生命能量,从而才形成李光头生命中真正的"无后"现实和"无后"情感。现实的人物处境是,无论像宋钢这样被动的存在,还是如李光头这样努力去争,结局似乎都是一样的。余华在这里,将"无后"的情节进一步向前推,开始从具体情节上的事实上升到某种隐喻的情感层面。

最终实现从作品中的"无后"情节设置到达作家情感隐喻中的"无后",则是通过作品对人物林红的塑造。有意味的是,林红始终不是一个光彩的形象,她之于宋钢的"得"与李光头的"失"都有一种嘲弄色彩在其中。对于这个角色,余华在《兄弟》(下)开头就已流露出对现实的批判意识,仿佛在一个不洁的时代里,刘镇男人心中能找到的尤物也就是如此一个徒有外表的女子,或者说下部的时代整体失去了一种内在的精神品格和美德,从开始就预示了对某种传统或者说宏大叙事的破解。余华笔下很少呈现出对女性的某种"凝视"和兴趣,即便作品涉及女性,他惯于几笔印象画般地勾勒带过,而,《兄弟》(下)中的林红却被"重用",在这个人物身上作家似乎强化了某种对普通人的"理解与批判"。林红无论与宋钢还是李光头,都没有现实的生育,当宋钢死去以后,她内心彻底死亡,开起了美发厅,经营着色情的生意(在这个女性身上,我们能看到普通人面对大

---

[1] 余华:《兄弟》(下),上海文艺出版社2006年版,第121页。
[2] 余华:《兄弟》(下),上海文艺出版社2006年版,第276页。

时代变迁时手足无措的被动性,而这种被动性与上一个时代的某种疯狂厮杀有关,如宋钢和李光头的父母的死亡)对比《兄弟》(上)中李光头的生母,林红看似自主选择的结局却是不堪的)。"林红变成了判若两人的林姐,她见到客人登门时满脸笑容甜言蜜语,可是当她走在大街上看着与生意无关的男人时,她的目光冷若冰霜。"[1]除此之外,处美人大赛等更是从女性的身体暗喻"出生之门"的不洁与伦乱。将时代从《兄弟》(上)写至于此,任何解释都难掩作家的某种失望和担忧情感,他对一种巨大的历史进程没有一个确定性的答案。

二

余华用李光头和宋钢这两个人物来承担他所要表达的时代真实,而这两个人物的身份却不是现成的、确定的,他们可以说是余华从时代记忆中创造出来的两个代表不同生命能量的概念性人物。整个《兄弟》(上),余华没有显示出对于"文革"的特殊叙述兴趣和耐心,"所有的东西,都很符合大家对'文革'的想象,一切都理所当然、顺理成章"[2],他似乎根本性的意图在于通过"上部"来给定一个我们所共同理解的"前史",即让宋平凡和李兰作为文革时代底层的、具体的"善"结合起来,以此形成某种血缘传递的逻辑,将他们的孩子即宋钢和李光头两个性格完全相反的幼童送到《兄弟》(下)的"此时"。上一个时代的"因"到底是什么,这是一个很困难的问题,对此我们唯一能看到的就是在上一个时代善恶、正负之间的有某种确定性,我们总是可以通过肯定什么而去否定什么,诸如肯定李兰和宋平凡的善和正,否定外部时代在人性中激发的邪恶等。这个"因"在个体迥异的性格之上,赋予成长以鲜明的历史善恶记忆,所以它的未来是不确定的。余华就是要用这一不确定来表达他对过去和

---

[1] 余华:《兄弟》(下),上海文艺出版社2006年版,第456页。
[2] 张新颖语,见张新颖、刘志荣:《"内在于"时代的实感经验及其"冒犯"性》,《文艺争鸣》2007年第2期。

现在的一种看法。

余华善于在民间写人物，这既不伤害到人物的真实性，也不触碰时代的价值判断问题，以至于他几乎没有用力"塑造"过什么高大的人物形象，一切都是在生活中，在厚重的同时也很卑微，在严肃的同时也存在滑稽。但是李光头和宋钢却充满了塑造的痕迹：作家在上一个时代找出一个情感认知的确定性，然后对应于下一个时代，将它分配在两个人物上。显然，宋钢是虚的人，真正的代表作家对"历史与现实"发问的是李光头——李光头就是这个时代发展的核心动力，这个人在不经意间（历史的偶然抑或必然性）就创造了这个时代最大的财富，而财富在此时具有快速转化为权力的能力，所以李光头发迹后好像无所不能。围绕在这个过程中，小说呈现的有关"滑稽、谐谑以及命运"的兴趣远不同于余华的早期创作，作品带有严肃、强烈的现实批判性。某种角度上，我们可以将宋钢理解为李光头精神中的记忆，与上一个时代有关，他好像是上一个时代里某种确定的善对于李光头的吸引和制约，尽管这个善在此时其自身也是不自觉的、脆弱的，甚至有问题的。

李光头的发家使得他在现实生活中变为此时社会中资源的占有者。他从上个时代过来，身上流着两种血液：一种是生父刘山峰的流氓气质遗传；一种是继父宋凡平身上的正面精神影响。[1]李光头身上的两种血缘之间的紧张斗争，甚至二者之间的斗争结构了"复仇"的故事，它最终在李光头与宋钢和林红的情感纠葛中，以"结扎"而达到高潮。

如果就"结扎"行为往血缘上端回溯，那么的确因发现李光头的精神血缘而使得解读整部小说的视野得以打开。可是也正是由这个问题中关涉的"血脉繁殖"的话题，"结扎"行为导出的另外一个问题即血缘的传递没有了下文。抽象这个行为所预示的文化意义时，我们碰到的问题是，李光头因为这个行为让他身上的精神血缘得以最终战胜以色欲为特征的生父刘山峰的自然血缘，与此同时，它的代价是

---

[1] 陈思和：《我对〈兄弟〉的解读》，《文艺争鸣》2007年第2期。

使得血缘自他而后的传递被迫阻断。那是否意味着，尽管在李光头身上，宋平凡的"一部分最有魅力的内在生命密码：如他打篮球时表现出来的勇往直前的扣篮精神，在挥舞红旗时表现出来的革命精神，与邻居大打出手的无赖精神，化屠夫残暴为一笑的乐天精神，甚至百折不挠的创造意志和对他人的温柔宽厚的关怀，等等，所有这些发自内在的美德"[1]战胜了刘山峰的"欲望"遗传，而这个战胜紧接着带来的竟然是对自我繁殖力的取消。精神的血缘和自然血缘中的色欲还有胜负么吗？其是否暗示着，这种精神的血缘仍然非常脆弱，或者说先天就带有不可避免的贫瘠，它无法繁殖（尽管精神血脉本来也不是如自然血脉，即刘山峰通过生育将遗传密码植入到李光头的体内而得以繁殖，可无论如何，"结扎"是一种取消和终止，只能到此为止）。它是否在暗示上一个时代留下来的东西其最大的能量也就是让李光头自我"结扎"，它没有更大的能量将李光头或者宋钢再往前推，反而某种程度上也是以一种病态的形式存在着。这是其一。

其二，余华没有选择一个类似知识分子的角色去表达时代观感。《兄弟》上下两部小说整体塑造的核心人物是李光头，这个人物带有流氓的气质。在上一个时代政治意识形态偏激造成的社会生活层面悲惨现实中，李光头展示了其先天的痞子性格。李光头与宋钢作为上一个时代成长起来的两种人，分别代表了前一个时代留下来的两种存在。比较而言，李光头身上具有的生命能量似乎远远超过宋钢。显然使李光头强大的并不是他来自宋平凡的那部分"善"。"善""恶"的确定性书写止于《兄弟》上部中，在下部中，它们不是李光头和宋钢的人格标签，而像是藏在孩子生命中的一粒种子，等待新的生长环境的刺激。如果在前一个时代中，宋平凡是一个"善"的正面书写的话，那么他的基因无论是在宋钢还是李光头身上都显得非常可疑。

---

[1] 陈思和：《我对〈兄弟〉的解读》，《文艺争鸣》2007年第2期。

三

从宋平凡到李光头和宋钢，即是一种对"善"确定性的丧失过程。这个过程自始至终有一个参照系——女人。不同于"无后"这一语境中的其他几位作家，余华从不对女性有任何的情感或理想寄托。无论是在《活着》还是在《许三观卖血记》，甚至是更早的《现实一种》，余华对女性毫无兴趣，他没有耐心去细致地呈现一个女人的样貌，更谈不上在女子身上托付美好的期待，取而代之总是几笔就写出某个女性形象身上突出的聒噪。《兄弟》（上）中，余华耐着性子写了李兰，客观地说这个女性形象算不上光彩，但她在余华的文学长廊中，是前所未有的一个突破。为什么要吃力地写这么一个好女人？其实在宋平凡之前，余华对男人也毫无正面塑造的欲望。我们看到的许三观，感人却不伟大，始终在民间的个体生命层面，厚重却不具有历史的光芒。面对上一个时代，余华试图有所理解和塑造：李兰和宋平凡作为我们所共识的一种美和善，显然经过了作者的选择，他们呈现出作者对于过去的某种历史的同情。林红作为《兄弟》（下）中余华创造的女性人物，她是我们所熟悉的余华笔下的女人，是诱因和不稳定因素。林红这个角色其本身即宣告了某种时代的无意义性。

就在林红的身上，余华让《兄弟》（下）一开始就在预示着某种整体性的颓败和不洁。可是余华写作下部的视角不同于他对于上部的观照。《兄弟》（上）中，余华是在已知的恶中写善和正，到下部时他似乎反过来，他努力地思考着此时的恶是从哪里来的，它怎样存在的，到底什么是恶，又是否有真正的善？

追溯宋钢和李光头两兄弟的精神气质，我们发现宋钢身上遗传的是宋平凡温文尔雅的那一面，他身上带有父辈留下来的某种道德的符号。可是这样的符号在下部的时代中过于柔弱，其结局只能是死亡。其实，如以不洁的象征来理解林红在于小说中的象征意义，宋钢和李光头两兄弟的不同精气造成的命运经历将更加清楚。林红暗喻时代里的恶魔，所以她是两人碰到的共同的挑战。从一开始，李光头在这场战争中就是主动的，他的声势在那个正在悄然转变的时代中看似荒诞，却是以某种过激保护了自己。与他不同，宋钢几乎是在这场战争中被魔鬼所选中的那个人。魔鬼一步步将他拉出李光头的保护，拉入另外的一条轨道，最终将他的生命力消耗完毕，甚至连躯壳也剥夺掉。李光头自小身上具有浑浊的色与欲，从一开始（窥厕）与林红暗喻的另一股浊气就不分上下。即使在上部的时代里，我们也可以看到这股浊气是如何保护他的身心，甚至某种程度上他天然就带有恶魔的种子。有意味的是，李光头的成长中出现了宋平凡这样一个阳光、高大、代表着力的阳刚男子，这样的男子尽管在上部的疯狂时代里不敌暴力，但他给了李兰、陶青等人正义的骄傲，或者说在那个时代，他的存在即是对世人的某种保护。刘山峰的种子要靠血脉的传递，而宋平凡这样的种子是留在精神中。

从宋钢的处境和结局来看，宋平凡传递给他的那些谦谦品质无法抵挡这个时代如猛兽一样的怪力，最终被异常不体面地消灭。回想宋平凡死去时的场面，他的死布满了耻辱的符号。宋钢的结局表明宋平凡的血脉在这个时代是无后的。那么宋平凡通过精神血缘保存在李光头身上的那部分呢？它充满创造力，在这个鼓励经济数字创造的大环境中，它不断地冲上高峰创造奇迹，但是它的成功需借助李光头来自其亲生父亲的浊力。李光头可算是这个时代里的英雄吗？在恶魔的诱惑下，李光头发挥出了他巨大的创造力，也爆发出他的破坏力。被肯定的宋平凡的生命密码在宋钢这样纯粹的遗传中遭到了极大羞辱的同时，它在李光头那里因为有了自带的不洁的浊力的保护，反而爆发出巨大的能量。这个能量即是后一个时代发展的核心动力，它带来了经济的腾飞，最终进入刘镇的政治和道德高地，形成下部时代的存在逻辑。

四

"结扎"是一场与"父"断绝的画面。这场附会意义的断绝，首先是在血脉传递的角度上，对来自血缘上端生父的遗传密码的一次传递的取消。《兄弟》中这场遗传密码的终止在余华的创作中是一次惊心动魄的事件。

《在细雨中呼喊》里,有很多父的形象:祖父与父、生父与养父,仅从"父—子"的关系去考量人物,不难发现这些父的形象其伦理意义上的魅力远逊于其男人的身体欲望。余华小说中"父"的伦理意义从始至终都在被"颠覆与重构"[1]着。作为一部观照时代的书写,《兄弟》充斥了寻找细节表达时代的欲望,可是就在包括厕所偷窥、手淫、淫乱等等的情节设置中,却意外的写了一次"结扎",它不拒绝欲望,但是却取消了欲望的正当性。《兄弟》中的刘山峰和宋平凡是截然不同的两个父亲。刘纯然没有在父亲的社会和家庭生活上履行过义务,他只与一场偷窥的丑闻有关。而回溯《在细雨中呼喊》,欲望相对要单纯很多,因为它通过欲望的展示描绘出了大地的生生不息:

当天下午两点钟,一个后来被取名为孙晓明的男孩,在怒气冲冲的嚎啕大哭里来到了人间。

妇产科医生的检查,证明她又怀孕了,而且是一胎双胞。那几天她逢人就说:

"炸死了两个,我再生两个。"

文字里面有着一种骄傲的东西。它是对欲望的一种肯定和骄傲。这样的东西到了《兄弟》中消失了。李光头结扎后,留下了欲望,他声称自己只会"干恋爱了"。"干",是他告别了父亲的时代后的生存方式。《兄弟》给读者看到"精神狂热、本能压抑和命运惨烈"[2]中宋平凡的结局(上部)和"伦理颠覆、浮躁纵欲和众生万象"[3]中宋钢和李光头的结局(下部)后,在主线悲惨的周围,小说写出来一个从来自生自灭却又在自生自灭中异常强大的力量空间——民间。这就是余华的倔强之处。他不像贾平凹一样胆战心惊地写颓败,而是蛮横地告诉

---

[1] 此语借用自胡秦葆、刘遥春:《余华小说对'父亲'形象的颠覆与重构》,《广州大学学报(社会科学版)》2007年9月。

[2] 参见余华:《兄弟》(下)"后记",上海文艺出版社2006年版。

[3] 参见余华:《兄弟》(下)"后记",上海文艺出版社2006年版。

你，荒诞是在不断重复着的，是无法剔除的。但另一面，他冷酷地书写了李光头"孤儿"的心境后，不经意地让你看到在荒诞之中自有的另一种希望。这种希望它从一开始就不是为我们所熟悉的、情感期待的希望，但它确实是一种存在。在这个意义上，《兄弟》是在书写某种精神"无后"之后，再次发现了这种"无后"的精神困境之外的民间。

　　余华的书写世界中从来没有《兄弟》中如此鲜明和复杂的善恶正负观念，并且他一直在用民间生活的故事嘲弄这些概念，他似乎告诉我们，所谓的善恶正邪不过是对世界简单化理解的一种一厢情愿而已。可是《兄弟》中余华在对今天这个时代的解释问题上不得不反思这些概念，以重新理解他看到的民间，这个民间从宋平凡到李光头，从上一个时代到这个一时代，都显示出一种可怕的粗暴。粗暴是常态，可问题是粗暴原来不是来自民间的。余华认识到，现实世界除了民间还有另外一个世界，民间的善恶、正邪根本无法参与到大历史的命运中。事实上，宋钢和李光头都是模糊的人物，但他们代表了余华对于这个历史时代的理解。与此同时，李光头最终的结局与苏妈点心店里新生的婴儿一样，无论如何，作家都认为民间是被动的、无法知道自己命运的、悲哀的和未知的。

论"无后"意象在莫言创作中的出现

与当代其他作家不同，莫言发现了一个我们概念之外的"民间"，这个民间充满了各种感觉的方式，是一个被打开的文学世界。得于这一世界丰富的感知方式，莫言对现实的书写一直以来较为轻盈。在以《蛙》为代表的近期作品中，莫言世界里的民间似乎变得不足以包容和解释他笔下的现实经验。他像是遭遇了某种情感困境。新的书写似乎正在涨破莫言原有的文学世界。得于这一判断，从世纪之交的《丰乳肥臀》开始，莫言的创作进入了另一个阶段。一种类似"中年之境"的人生情感进入到他独特的文学世界中，以此生成《生死疲劳》和《蛙》中蓝千岁等"无后"的文学意象。

一 文学世界

莫言在当代中国文坛最具有讲故事的气质和能力：

还是在高密，由此说到"文革"笑话，莫言也讲了一段：收购优种长毛兔，要带着母兔一起去，以证明其是纯种的，一老农便带着母兔子到收购站，收购者问："你这兔都没有病吧？"答曰："大的万寿无疆，小的身体健康。"妙语惊四座，我们哄堂大笑，笑毕，莫言补充说，这个老头当时便被活活打死。众皆无言，哑然良久。[1]

---

[1] 张志忠：《感觉莫言》，见《中国当代作家面面观》，林建法、傅任选编，华东师范大学出版社2002年版。

八六年夏天我和莫言在辽宁大连，他讲起有一次回家乡山东高密，晚上近到村子，村前有个芦苇荡，于是卷起裤腿涉水过去。不料人一搅动，水中立起无数小红孩儿，连说吵死了，莫言只好退回岸上，水里复归平静。但这水总要过的，否则如何回家？家又近在眼前，于是再蹚到水里，小红孩儿则又从水中立起，连说吵死了吵死了。反复几次之后，莫言只好在岸上蹲了一夜，天亮才涉水回家。

这是我自小以来听到的最好的一个鬼故事，因此高兴了很久，好像将童年的恐怖洗净，重为天真。[1]

这种气质演化在《透明的红萝卜》里，逐渐形成了他的文学世界。从《透明的红萝卜》开始，以"红高粱家族"系列为主，莫言的写作找到了一个虚构的自由境地。在那里，历史与现实交割演化，写作自由于现实世界，它在虚构的世界中用比现实生活更加严密的逻辑演绎、解释了我们的一种存在。与莫言这种虚构的自由和力量相抗衡和对立的是他近年来对于现实的处理。如果我们用几个同心圆来描述这里所谓的虚构与现实：圆心地带的想象力最为自由，书写相对轻松，它是作家在处理虚构与现实关系时的自在状态，这里虚构与现实生活之间的关系比较抽象；圆心与小圆圈之间是作家较为自如地用艺术的手段书写现实、表达自我的地带；小圆圆周地带是作家现实处理最为紧张关系区域，这里所反映的是作家的自由虚构和自足世界因触碰精神上更为强大的现实世界摩擦抑或打滑，它预示着作家在处理虚构与现实的关系上遇到了难题。如图：

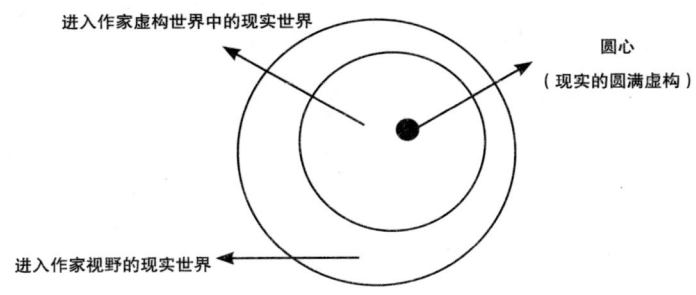

---

[1] 阿城：《鬼怪与莫言小说》，见《闲话闲说》，作家出版社1997年版。

事实上莫言的创作从未躲避过具体的现实处境和现实问题。如1988年的《天堂蒜薹之歌》，尽管有批评家认为它在处理现实上表现得疲软和无力[1]，但这部小说在虚构与现实生活之间仍然展示了莫言书写过程中的自如和自由，更为重要的是，这部作品对于现实生活具有显见的情感批判维度。在它之后的《酒国》《檀香刑》等作品中，作家总是可以找到这种思考和批判的维度，以保证他书写的自由和顺畅。太过顺畅的文体风格，甚至造成语言的不节制和故事的不耐读。与同时代的其他作家相比，莫言在处理现实题材上的这种顺畅能力，与他的想象力关系密切。莫言一直有个更大的世界去消化和理解他所面对的现实社会，他将历史演化为传奇，从而用一种传奇笔法继续将现实推进历史。相关这种"顺畅"，有批评家曾指出莫言语言的"打滑"问题，且认为"打滑"是新世纪创作中诸多作家都存在的一个问题。[2]伴随这种所谓表面语言"打滑"背后，其实是作家与现实生活的"摩擦"。某种意义上"摩擦"就是"打滑"，它们所关涉的是作家对现实生活的切入问题。在这个问题上，莫言近年来一直在调试和找寻。莫言遭逢的困难几乎是当代中国所有写作者的困难。阎连科曾坦言："就长篇小说创作而言，我所遇到的最尴尬无奈的写作景况之一是，面对现实对把握现实无能为力的尴尬。"[3]莫言恣肆的想象力可以不断为其"感觉世界"着色，但现实的摩擦不是仅仅靠来自"民间"的想象力可以解决，它要求作家对"此在"做出有力的解释。

---

[1] 批评家王干曾质疑过《天堂蒜薹之歌》，参见王干：《反文化的失败——莫言近期小说的批判》，原载《读书》1988年第10期，转引自《莫言研究资料》，杨扬主编天津人民出版社2005年版。"且不论三十几天的时间是否适合于一部长篇的写作，也不论莫言在下坡时写作这部小说，即令早两年莫言写作这部小说也不会超过其他作家。概括刚刚发生的政治事件来组织小说非但不是莫言感应世界的方式，也不是正常应有的态度。莫言也许是太过于信赖自我的感觉，其结果便是处在社会性、新闻性非但弥补不了内在精气的虚弱，更加重他情感和感觉的疲软。"

[2] "打滑"为谢有顺语。2010年6月复旦大学召开了莫言作品研讨会，会上谢有顺针对莫言的《蛙》等作品谈开去，指出新世纪以来当代文学的不少作品中存在语言"打滑"的问题。

[3] 阎连科：《长篇小说创作的几种尴尬》，《当代作家评论》2006年第1期。

二　中年之境

诗人作为"文化修辞"的主要承担者，长期以来支配着我们的那些东西在今天不能不受到检验，这就像"知识分子"在今天所扮演的是一个愈加困难和暧昧的角色一样。但是如果我们不想和一个"过去的时代"一起结束的话，就不能不反省自身，不能不置身于现今的各种文化冲突与历史性困境之中，置身于与时代生活的深刻摩擦及各种话语的交汇作用中。躲是躲不开的，"边缘"也不能边缘到哪里去。也许只有这样，我们才能再一次获得活力，获得一种"海德格尔"意义上的拯救。[1]

诗歌界1980年代后期开始的有关写作与时代的"摩擦"问题，新世纪左右出现在小说界。莫言近期几乎所有的作品都不同程度地自觉、不自觉地在这个问题上缠绕、挣扎和探索。这种自觉和不自觉集中在作品里中年人的视角上。当很多同代的作家在写作中模糊和故意隐去自己的中年价值视角时，莫言以《蛙》为代表，将一个中年人赤裸裸地推到复杂的历史—现实问题中。这个中年人多少有点受伤，有点胆战，他将自己放置在很低的位置，刻意寻找边缘，"看"当下的时代。安置在这样的位置和视角，这个中年人很难在虚构的文学世界逻辑中过得正常，比如《风雅颂》里的杨科"疯"了，《兄弟》（下）中的李光头、宋平凡、林红没有一个能活得理直气壮、完完整整。

在莫言这里，中年人开始返乡。《蛙》看似在讲姑姑的故事，有意无意中，莫言真正呈现的是时至中年蝌蚪的人生现实。"我与太太即将退休，退休之后，我们想回到故乡居住。在北京，我们始终感到自己是异乡人。最近在人民剧场附近，被两个据说是'发小在北京胡同里长大的'女人无端地骂了两个小时，更坚定了我们回故乡定居的决心。那里的人，也许不会像大城市的人这样欺负人；那里，也许距

---

[1] 王家新：《夜莺在它自己的时代——关于当代诗学》，《诗探索》1996年第1期。

离文学更近。"[1]20世纪中国文学有意思的是,先是青年离家进城,再是青年从城市主动和被迫下乡,再是返城之后的诸种历史反思。曾经被离开、被忘记、被想象的故乡,在"我"和太太的面前此时所呈现的绝非是鲁迅《故乡》等作品中的凋敝,它空前混乱、恐怖。从生物的角度来看,如红蝥蛛食母、母螳螂吃公螳螂等等,这些都是建立在生存和繁衍的意义上,且有史为证;如果人类陷入了前所未有的大饥荒,人吃人的事情就可能发生。《蛙》的问题在于,这里的混乱和恐怖不是来自生存这一最基本、最根本的生物竞争。莫言在他已有的文学世界里,终于无法安放和解释这部分混乱,他不再具有轻盈的虚构能力,而是笨拙地以一个中年人的身份,站在故乡的门口。

当贾平凹在用家族做主线写百年现代中国乡土的今天的时候,莫言借同学的历史身份,写新中国成立以来乡土的三代人。在对人的书写兴趣上,莫言写出比时间更加残忍的一种对于生命的巨大损耗和剥削方式。对此他有《变》[2]和《倒立》[3]两个小说可作为《蛙》的对照解读。

《变》中的"我"和《蛙》中的"蝌蚪"同为1955年生,包括成长境遇在内的诸多外在因素,两人基本相似。更为重要的是,真正煽动情感的"变"在这里不是自然时间对生命能量的"拿走",而是这些元气十足的生灵如何在时代的波澜中实践"命"和遭逢"运",在这一点上,两处都将笔墨落在了1990年代[4]。

莫言向来"怪力乱神",他笔下的人天然带有三分"恶气",像是"生灵"。他可以将于生命沉重的东西写得激情澎湃,他只需要做

---

[1] 莫言:《蛙》,上海文艺出版社2009年版,第146页。

[2] 莫言:《变》,《人民文学》2009年第10期。

[3] 莫言:《倒立》,《山花》2001年第1期。

[4] 1990年代在"无后"的意象问题上非常重要。笔者在论述贾平凹创作中的这一意象时,发现贾平凹与现实情感关系的拐点就在于1990年中篇小说《废都》这里。莫言在1990年代的创作中,这一问题可能是得于他特有的文学气质和文学世界而不明显,有意味的是在其出现本文所讨论的"无后"意象的这几篇新世纪长篇中,他将问题也点在小说情境中的1990年代上。

的是如何分配、使用和决定这些"生灵"从落地就具有的元气。尤其是他笔下的女性,她们就像其生活的胶东土地:旺盛、肥沃。命运跟一个男人的斗争远不如女人对它的回应感人。如小说里,每一个青春期的男孩心中都有一个"鲁文莉",她是男孩能够想象和感知到的最直接的也是最美的未来人生。起起伏伏很多年之后,"我"与何志武两个男人,无论有怎样的沧桑或成功,都不及"我们"年幼时所珍惜的那个女孩如今的被损害令人心痛:

她哽咽着说:谢谢……谢谢……我说:你谢谁啊?是你女儿条件好,发挥好,考得好!她说如今的事,我明白……谢谢,老同学……她从包里摸出一个纸袋,说:老同学,这是一万元,您别嫌少,您替我请陆局长他们喝杯酒吧……

我想了想,说:好吧,老同学,我收下了。

2001年发表的短篇小说《倒立》[1]:

"放屁!"谢兰英骂着,拉开架势,双臂高高举起来,身体往前一扑,一条腿抡起来,接着落了第。"真不行了。"但没有停止,她咬着下唇,鼓足了劲头,双臂往地下一扑,沉重的双腿终于举了起来。她腿上的裙子就像剥开的香蕉皮一样没了下去,遮住了她的上身,露出了她的两条丰满的大腿和鲜红的短裤,大家热烈地鼓起掌来。谢兰英马上觉悟了,她慌忙站起来,双手捂着脸,歪歪斜斜地跑出了房间。包了皮革的房门在她的身后自动地关上了。

---

[1] 杨剑龙:《揭示老同学聚会中的不同心态——读莫言的短篇小说〈倒立〉》,《名作欣赏》2003年第1期。杨剑龙教授曾因这小说而感受到莫言创作中的某种新的转变:"受到哥伦比亚魔幻现实主义和美国意识流作家 影响的莫言,其小说创作常常在现实主义手法中融入了大量现代派的表现技巧,他用'一颗悲怆的心灵',去揭示我们民族文化的心理世界,他的《红高粱》《透明的红萝卜》《球状闪电》等作品,都显示了他小说的这种倾向与风格。阅读莫言近年来发表的短篇小说《倒立》,却觉得他的创作有了一些变化,似乎更多了些写实的色彩,而少了些现代派的气息,自知的叙事视角、简约的性格勾勒、生动的世俗语言,使这篇充满了生活气息的小说揭示出热闹的老同学聚会中人们不同的心理心态,耐人寻味,发人深省。"

"我"从谢兰英在席间遇到的所有尴尬中,看到的不全是她的尴尬和另外一些人身上的趋炎附势、权势骄淫,还有好比是最后一块"遮羞布"一样的人无论如何都拿不去的尊严:最后谢兰英跑出了房间。这里,尊严同样成为造物者赋予个体的本能,到了这个临界点上,它会跳出来。谢兰英和鲁文莉相同的是她们都曾经是这些男同学情窦初开时心中暗恋的对象,那么在这个意义上讲,两篇小说都是拿一个男人心中最为珍视的对象(其珍视的情感中当然很大一部分是在珍视自己已经逝去并且无法挽回的青涩、纯真年代)侮辱给他看,从而激发他因日常生活而麻痹了的内心,最终侮辱产生的羞愧感是来自这里的男性的。可是在两篇小说中,中年人叙述者"我"流露了一种仰天长叹的无奈之感。显然,作家将这种无奈推之于时代。

　　就《蛙》来看,整部小说中一种言说上的紧张,它不是来自姑姑的传奇一生,也不再是来自国家历史,而是来自如上所讨论的两篇小说中的"我"。"我"这个中年人,在讲述姑姑的故事和那个年代时候,浸透的是一种"我"很难找到言说方式的"中年"生命的恐慌和失落。这种特殊的情感在1980年代谌容《人到中年》里根本看不到。《蛙》的"中年"之感绝非自然生命行进到中间时段里在社会关系如家庭、工作、伦理等等方面遭遇的"烦恼",它不简单地是一种自然生命发展阶段如青春期的躁动等等的身心感受,尽管它的产生不能说与其人到中年的生命状态无关。"中年"本质上所对应的不是"青年",而是关于从"青年"到"中年"的时间印证。其背后的文学形象是"五四"新文学以来文学中对城市文明的建构和对乡土现实的启蒙与批判者。换言之,归来的"中年人"其历史前身是一个批判的、改革的、充满理想的青年。

　　在真正计划生育的年代,"我"还有那么多人性里温暖的一面,有人之为人天然地、本能地维护生命的那种行动书写,可是到了"今天"我和疯狂的小狮子参与进入了一场"制造"婴儿的生意中,所有秩序都坏了。姑姑的时代一切都可以找出原因,有所解释,可是到了

"今天"什么是原因呢?这种精神上无所依靠而随之的"无力"与中篇《变》中最后一句的悲凉同出一辙。最后:

> 二嫂揭开襁褓一角,让父亲观看这个迟来的孙子。父亲热泪盈眶,嘴里连声叫好。我看到这个头发乌黑面色红润的婴儿,心中百感交集,眼泪也夺眶而出。
>
> 先生,这个孩子,使我恢复了青春也给我带来了灵感。他的孕育与出生,尽管比一般的孩子要艰难曲折,而且今后,围绕着他的身份确认,很可能还会产生诸多棘手的问题;但正如我姑姑所说:只要出了"锅门",就是一条生命,他必将成为这个国家的一个合法的公民,并享受这个国家给予儿童的一切福利和权利,如果有麻烦,那是归我们这些让他出世的人来承担的,我们给予他的,除了爱,没有别的。[1]

三 "无后"的象喻

中年情境的出现,某种意义上挣破了莫言原有的相对自足的文学世界。在这一写作背景中,莫言的小说中的"无后"以生育之象出现,它是作家对于那个中年人其复杂历史、现实情感的一个艺术化表达。它在《丰乳肥臀》中的上官金童开始出现,到《生死疲劳》里的蓝千岁最终形成,《蛙》中的历史和现实书写则是这一意象的又一次展示。

整体来看,莫言创作中存在着"分裂":历史和现实。从"红高粱家族"开始,莫言在相关的历史创作中,向来以我们想象不到的生命能量涂抹前辈和那些在我们看来"苦难"的年代。在另外一些(主要是近期)触及当下时代的作品中,如此善书写生命能量的莫言却总是陷入"无言",如《变》。在"我"记忆中的时代里,虽然外部要求严格限制生育,但是整个村庄的气质是活跃的、热烈的,人们对于

---

[1] 莫言:《蛙》,上海文艺出版社2009年版,第276—277页。

生育的热情背后是人们对于生活和未来的信仰。这部分内容是莫言之前书写中熟悉的，它张扬、壮烈、色彩鲜艳。而到"我"回乡欲求一子的今天，代孕公司里培育的一片青蛙所发出的却是腐烂的、死亡的声音，乡土呈现出被污染之后对于生命的禁闭。这样的整体性书写与贾平凹《秦腔》中对于清风街的情感判定几乎一致。那些在曾经被我们讨论过、批评过的历史化了的老年人们，此时正在为沦落的乡土招魂引魄，而年轻人正在经历诸种可怕的失去。时代以极其混乱的面目，走向未知的蛮荒。

《蛙》的第四部分集中写到了万小跑即蝌蚪的昔日同学们，他们从不同的角度与当下的各种现实相关。在莫言的创作中，即便具有再大生命能量的人也从来都在有限的历史时空中活动——与阎连科和张炜的精神气质不同，莫言笔下的人物都是在一个他们无法左右的大政治、时代环境中的小民。以往的创作中，这些时代里为生存挣扎的普通人时，往往能够在莫言的笔下呈现出"英雄"的气势。作为个体的人，其先天的创造性和破坏性，不仅盎然动人，而且在有限制的具体的时代里，这些元气十足的"生灵"从未在莫言的书写中流露任何宿命之感。可是在《蛙》中，方向变了，邪恶的力量疯狂生长。虽然最终来了一个婴儿，但他又显得相当可疑。

就在莫言在《蛙》中艰难地缠绕于现实泥淖时，他近期的另一些作品则通过历史象喻相对轻松地切入当下时代，不一样的切入寻到的解释和得出的结论却是互相应和的。《丰乳肥臀》和《生死疲劳》两部小说就其历史意识和书写手法来说非常相像：《丰乳肥臀》是"众生相"，在上官鲁氏和上官金童之间拉开了一幕生生死死的家族历史命运书写；而《生死疲劳》是：从西门闹到西门驴→西门牛→西门猪→西门狗→猴，最后以"世纪婴儿"这样一个天然贫血、无法生长的大头怪婴由一个家族折射了历史的近百年。两部小说精神气质体现在书写的文辞、语句以及结构和修辞上，都基本上一样。最为重要，也是本文非常感兴趣的地方在它们的结局设置上：一个奇怪的恋乳癖者上官金童和一个贫血难以存活的"世纪婴儿"蓝千岁。这两个"怪物"的前史，在作品中已经非常清晰，那是一个苦难中国的现代史，奇怪的是，小说末尾来自一个"新"时代的莫名的恐惧要比历史的"苦难"更为令人胆寒。

四顾远望，上官金童心中怅然，不知何去何从。他看到张牙舞爪的大栏市正像个恶性肿瘤一样迅速扩张着，一栋栋霸道蛮狠的建筑物疯狂地吞噬着村庄和耕地。母亲寄居过数十年的塔前草屋已自行倒塌，那座七层宝塔也摇摇欲坠。太阳出来，喧闹的市声像潮水般追逐着涌过来。沼泽地雾气蒙蒙，沼泽地西侧的槐树林里一片鸟声，槐花的香气彤云般往四处膨胀。[1]

这两部时间相近的作品，对比其中暗含的某种情感隐喻，其正是莫言作品中"无后"意象的出现和形成。更为重要的在于，莫言继《丰乳肥臀》之后的包括《檀香刑》在内的长篇，回环往复一再地在其文化隐喻的地方展开虚构："作家为何安排主人公们一一死去，世界唯余荒凉与颓败？为何安排上官金童终生恋乳，永远长不大？这位叙事人与后来的《四十一炮》里成人身体、孩童心智的罗小通，《生死疲劳》里孩童身体、历经数次轮回的大头儿蓝千岁一样，都在'不成型的童性'与'衰败的历史性'之间怪异不详地游荡，都在小说的终局，成为一个荒凉凋败世界中的孤独诉说者。这是作家自觉的设计，还是无意识使然？无论如何，在狂欢之后的寂寥，怪诞之下的衰败，实可看作是对'遍被华林'的'悲凉之雾'神秘的'呼吸与感应'。"[2] 王德威指出："从文体到身体，从身体到（历史）主体，谈笑之间，莫言已展现世纪末中国作家的独特怀抱。"[3] 而这样的文化历史隐喻在《生死疲劳》中继续着："叙事者的最后一个转世形象

---

[1] 莫言：《丰乳肥臀》，当代世界出版社2004年版，第593页。
[2] 李静：《不驯的孩子——论莫言》，《当代作家评论》2006年第6期。
[3] 王德威：《千言万语 何若莫言》，《读书》1999年第3期。

世纪婴儿蓝千岁,回到了乡土,并且由先辈的头发治疗血液疾病,延续着先天不足的幼小生命。这无疑也是一个文化寓言,失血的乡村只剩下记忆和话语的延续,只有靠自身的活力才能完成救赎。"[1]

它到底是不是"世纪末和世纪初中国作家的独特情怀"呢?我们看到上官金童先天恋乳的"缺"的一面时,也应该看到他身上先天具有的历史能量。莫言笔下的"感觉世界",那里万物生长旺盛,"丰乳肥臀"不过是这种旺盛的一个具体写照。上官金童的一个个姐姐们和她们的父亲们,在"土匪"气中带有土地肥沃的能量。上官鲁氏的生育场景在莫言的历史叙述下带有了超越我们民族苦难的"民间"自在的东西,她一共生了九个孩子,抚养大了那么多孩子,经历了那么长的历史时代。上官金童,某种意义上,是《丰乳肥臀》中所有人生命能量最后羽化而成的硕果。他的母亲是寻觅了多少个男人之后,才从一位西洋的牧师身上得到了他的种子。一个又一个姐姐的出生,都仿佛是在为他做准备。最后那跟他一起在子宫中成长十个月的小姐姐直接将生命天然的部分东西给了他(八姐上官玉女天然目瞎)。有了以上的铺垫之后,上官金童的恋乳才真正成为巨大的奇迹。按理说,他应该是以一个能量极大的存在成长,而后有一番历史作为的。但是他的家族似乎所有人都比他对历史有力量。结果是,上官金童送走了所有的人,他的生命能量得以被动的保全,而后走到了一个"新"的时代。小说真正的隐喻意义在这里,即在结果,而非过程。但难题在于,"结果"仍然是空白的,充满了想象的空间。这是莫言在对历史观照中出现的"无后"意象。

《生死疲劳》的蓝千岁,"他是唯一由于爱情受胎的婴儿。"[2]从地主西门闹开始的五次动物轮回,如此再托以人形时,按理蓝千岁应该积蓄了超常的能量:他见识了最真实、鲜活的百年历史,他对于

---

[1] 季红真:《神话结构的自由置换——试论莫言长篇小说的文体创新》,《当代作家评论》2006年第6期。

[2] 毕光明:《〈生死疲劳〉:对历史的深度把握》,《小说评论》2006年第5期。

人性的体验和观察即便在数量上也大大超过自然对一般人的限制，再者轮回于动物之身，动物的局限回馈给人大脑的生物能量势必对它有巨大的激发。"世纪婴儿"的怪相和怪病带来的问题是，如果他真的在轮回转世中积蓄了我们难以想象的巨大能量，那么人的身形是有可能无法承受这种能量，以至造成那样一副无法存活的病态。如果转世轮回并没有积蓄这样的能量呢？而单单是在最后以爱情加乱伦造出这么一个怪物，是否意味着它是一个对时代的判定？两者都有可能。这里的可疑与上官金童的可疑面对的是共同的问题，只不过与历史对比，它更加切近现实的审视，最终在现实时代的问题上，形成莫言笔下的"无后"意象。

而忧虑和疑问在接下来的《蛙》中解决了吗？显然没有。《蛙》告诉读者，这个时代仍然不乏桑丘，但是却没有使桑丘成其意义的堂吉诃德。

阎连科创作对于"无后"语境的某种回应

"无后"这一意象所指向的是某种历史延续性在此时的现实处境,它的情感取向是否定的、批判的,而它的艺术处理则是带有隐喻性质的。所谓的隐喻性,也就是说,围绕这一意象的不是具体的物和事,而是作家通过虚构具体的人物和情节来指向某种为人所习惯的、共识的延续性。那么这种延续性到底是什么?"无后"是无什么的后?

这个问题在贾平凹的《秦腔》中是显见的,原本以为是恒定的、延续的乡土正在快速消失,伴随着的是作者浓烈的担忧。它在余华那里也是相对清晰的,无论历史有过什么样的混乱,刘镇作为社会的某个缩影正在新的、更大的混乱中自我取消,最终苏妈点心店不期然而来的婴儿却是来自外乡的骗子周游的血脉。莫言在这个问题上比其他几位作家先行一步,他早在《生死疲劳》中已达到情感体认的顶点,大头怪婴是他对于历史由20世纪进入21世纪时某种意象化的体认。显然,在贾平凹、余华、莫言三位作家的这三部长篇中,作品所指向的"延续性"彼此有所差异,被打断或者即将终结的延续性并非如问题提出时所想象的那样指向某种确定的精神传统,而是面向已知的历史,并在历史与现实的两个方向上,由批判生同情。所谓的历史自身复合着自由和自觉这两个层面,"无后"的意象显示出"自觉"对于"自由"的诸种"无力"干涉,以至于它将"自由"推挤到某种极端时，造成"自由"类似炎症的状态。在这个状态时期，我们既看不到来自"自觉"的有力行为，且得于表层已造成的混乱也几乎看不到"自由"自身的免疫和平衡能力。"无后"意象所指向的正是这一大历史中的某个"未明"时期。这一时期已经进入历史自觉的低迷阶段，相应的历史对于时人的感召和凝聚随即也进入低迷状态。

得于作家的不同气质和视角，这种"延续性"投射的具体物与事也相随各异，它们带来的批判与同情也呈现出差异的面貌。这些具体的、文本化的不同投射形成了关于"无后"意象的话语场，使得同时期的很多作品都可以在这个场景中获有某种被观照的角度。与此同时，随着作家的"下一部"创作，这一意象展示了作家在自我写作历程中得于共同的时代问题而出现几近相同的书写节奏。贾平凹在2005年的《秦腔》之后，又于2012年出版了长篇《带灯》，与此同时，作者从"之前"历史的、时代的大视角转向"此时"的某一具体的人和事。余华在《兄弟》（2006年）的书写中将情感整理后分配到李光头、宋钢两个人身上，包括宋平凡和李兰、林红，作品中的人物都是情感概念的产物，他们无一例外都是作者对历史与时代宏观理解的赋形，而在其近作《第七天》（2013年）里，作者放弃了对历史与现实的抽象批判，转向具体的现实。尽管小说借用一位"死者"的感官展开叙述这一手法看似荒诞，但在支撑作品的细节方面，余华采用的几乎都是碎片式的现实画面。莫言在《生死疲劳》（2006年）之后，也从历史的宏观走向历史中的某一具体事实即《蛙》（2009年）。有趣的是，如果以阎连科2008年出版的《风雅颂》来看，《风雅颂》这部小说只能说是对当时出现的这一文学意象有所回应，而真正以一种显见的方式呈现几乎相似的文学隐喻的，则是作家发表自2013年的长篇《炸裂志》。

一 "三个层面"和"两个否定"

如果先从《风雅颂》进入"无后"意象的讨论，那么我们可以在阎连科的这部小说中分析三个层面的"无后"事实与情感。

第一层面即中年知识分子杨科与妻子赵茹萍的婚姻没有生育。尽管对于这个问题，作家并没有在"有"与"无"的事实上投射具体的细节和直接的情感，但是作品对时代的叙述和批判所依靠的则是杨科有问题的生命状态，因为有问题，所以无生育也就有了讨论的可能性。并且几乎关于《风雅颂》所有的评论文章都是围绕或者透过杨科出了状况的生命展开。

阎连科小说中的人物与现实生活的关系常常是抽象的，这种抽象带来阅读的新奇和理解的生涩。他笔下的人物似乎不是从我们熟稔的生活直接走进作品，他们显然被作者强大的视角化妆过了。对于这种人物的塑造，我们可以理解为它存在一个类似酸碱值的中间数值：生命有个相对中性即所谓正常值，艺术的探索就是通过偏酸或者偏碱来塑造个体。那个对应中性的正常值应该是维持正常的生活能力和生命状态的心理状态，所谓人之常情常态。游离于中间值可能是在往人性轻松的方面过多倾斜，也可能是走向极端失衡状态寻找人世的诸多临界点。对阎连科来说，设定给杨科的特殊数值必须用很多的假定或者说前史来使其可以被理解。于是杨科生活里的所有条件，诸如婚姻、工作、家族等都被囊括进来。在这样的类似图表的分析中，杨科和妻子的没有生育，也许是一件重要的事情。这就是说从现实层面看，没有生育直接关联着他们的物质的婚姻状态和精神的情感状态。

阎连科的《风雅颂》从发表到最后的出书在某些细节上做过一些修改。《西部·华语文学》最初发表时，以《诗经》中的《东方之日》《缁衣》和《木瓜》为题分三段交代了杨科和赵茹萍相见、相识到谈婚论嫁的过程。从它所选取的三首"风"中的诗来看，这段婚姻在当时配合着杨科正在展开的事业宏图，是一幅"济济"图景，它充满着希望和光明。《东方之日》里，"她"的出现瞬间激起杨科对故乡玲珍的不满，代表着彼时杨科对于"新旧"的迫切选择，他要放弃过去的他，追求观念中的进步。《缁衣》里的杨科"春风得意马蹄疾"，一条非常光明的康庄大道出现在他的面前。之于《木瓜》，男子女子结为夫妻。三段内容在单行本中压缩、精简为一段时间过渡很快的话。[1]杨科和赵茹萍结合的过程和细节被删掉后，单行本用《撺兮》为小标题，突出"蹿红的女教授"背后正在快速变化的社会。在这里《风雅颂》可以与《兄弟》（下）对照阅读，余华在《兄弟》（下）中用林红这个不洁的女性形象来呈现李光头、宋钢两人无法逃遁的时代命运，表达作家强烈的时代批判情感。我们从单行本的删改来看，阎连科对于赵茹萍的兴趣几乎与余华相同，她就是作家对当下时代发展动力与内在逻辑的人物化呈现，是作家概念化的"恶"。

  一种显见的理解是，杨科从家乡到京城，将根植于中原地带的乡土价值观运到中国政治文化的中心地带，尽管他从考大学到教大学时刻都似乎在被知识的、科学的、理性的价值系统所教育，但是在这个人物身上我们看到了小农意识的顽固性，也正是这一强大、顽固的价值选择促使他与来自都市市民的相同质地的价值观念一拍即合，最终与赵茹萍结合。对这个人物身上所谓价值判断的第二种理解是杨科从读大学开始的每一重要人生选择都可看作是现代对于前现代的意识形态对抗，它背后是整个20世纪中国知识分子界缠绕于这种新与旧的紧张对抗，支撑它的价值是一种历史进化论伦理。吊诡的是，来自世俗的、市民的前一种价值伦理压倒了后一种现代知识分子的理想主义价值论理。

  纠合着两种价值逻辑的杨科与他的价值选择没有生育。还原到小说情节：是什么原因让阎连科在描写这对夫妻十几年的婚姻生活中忘了一件生育的事情，而只在他们的婚姻里描写"速度"呢？这是作家"无心"之为吗？

  第二层面即故乡玲珍的不洁。如果将妻子赵茹萍视为杨科知识的、世俗的人生选择的话，玲珍则是与杨科少年生命中本能的、天然的情感生命有关。现实层面里的杨科无可逃避，他青年时代看到的那

---

[1] 阎连科：《风雅颂》，江苏人民出版社2008年版，第15—16页。

条康庄大道似再也走不通了。到此,杨科开始"回家"。"回家"的情感很复杂,它其实并不是要重温亲情、探视发小,而是当主人公发现自己从二十二周岁到四十二周岁之间的努力受到极大威胁或者说他已经意识到这些努力在价值上、意义上都将功亏一篑时,他的一次逃亡。逃亡很可以是一次被迫的重新寻找。可是当他看到苍老的恋人,听闻恋人不堪的传闻后,杨科无路可逃。

乡村变得比城市更加快速地走向混乱与堕落。在这样的现实面前,杨科如何进行精神自救?玲珍残破的生命照射出来的正是杨科疲软、空洞的内心。"回家"之耙耧用相当残忍的方式拒绝了杨科对于"青春"的寻找。物质形式上的"家"早已因父母的离世而遭人哄抢。寄身更加混乱的故乡中,他一方面始终提不起兴趣探索所谓《诗经》的发源地,无法寻找志业带给学人的生命能量,另一方面他只好用更为虚伪的"教授"名衔寻找优越感,尝试做一个高级的人。在挽救自己日益堕落的心智的行为中,他整个人就如同被魔鬼梅菲斯特[1]折磨样,痛苦不堪。乡土最纯洁的玲珍们在这个时代进入"天堂街"的色情行业,这种在同时代作家作品中为我们所熟悉的情节设置可看做是第二个层面上的"无后"。乡土曾经的延续性被打断,乡土之于杨科重新焕发力量的可能性被取消。

第三个层次则可以理解为游离于故事层面"无后"意象的作者的"无后"情感批判。在已知的、现实的赵茹萍和玲珍之后,其实杨科的故事和命运已经昭然若揭,按常理来说不需要出现第三个故事去重复和夸张,作家却继续写出一个魅影抛给几近绝境中的杨科,这几乎可以视为是作家情感对于情节的施压。现实婚姻和昔日恋人促使杨科回到二十二岁人生的三岔路口,这两条路都是极其破败的,可是人类蛮横自大的自我意识认为只可能是选错了路,现实一定有一条正确的、光明的通道指向对的方向,所以才有杨科意念认定玲珍的女儿可以让历史接续二十年前的风景重新开始,这才有他抱着相框私下操办

---

[1] [意]但丁:《神曲》,花城出版社2000年版。

了一次形式的婚礼，然后在行动上试图通过谋杀阻止现实中玲珍女儿女婿的正常生活。

　　三个层面也可以单向度地理解为杨科无现实、无历史、无精神出路，它们所指向的延续性则是原本为人所共识的杨科的人生道路。在我们惯常所理解的"知识改变命运"的鼓招下，杨科作为一个普通却又幸运的个体被选中，他从乡土到城市应该得于知识而占有更多的社会资源进而发挥知识的、个人的更大社会能量。早在隋唐形成的科举制度之前，底层就一直存在这样一条为上层输送智慧资源的渠道，它逐渐形成了底层的一种希望意象。尽管希望背后仍然是利益，但整体来看在这条线索上希望一直强于利益。《风雅颂》所写的被伤害甚至被取消的延续性就是利益颠覆希望。并且它写出当这条渠道面临颠覆和混乱的时候，整个社会肌体早已天地大变，连古老的乡村都只剩下赤裸裸的无望的利益支撑。此时作品对现实和历史生出一种超越于人物情节的无边的恐惧，这种情感大于"无后"的意象。

　　当我们将杨科有问题的人生从自然生命状态出发梳理出"无后"的层面以及作者背后的"无后"情感时，杨科将现实的无路之后的精神寻找寄托在昔日恋人的身上，这其中的问题是作为研究《诗经》的知识分子杨科其所谓的精神性研究虽不能说是虚假的，但至少是无力的，所以他才会试图在现实的和臆想的层面两次回归自身生命的青春时期。这是阎连科的第一种否定。所谓的第二种否定是，在我们长久对某种不甚合理的现有建制批判同时，知识分子逐渐建构起一个概念理解中的理想的、有力的民间世界，阎连科将这个被建构的、想象的民间中汹涌的、不能自控的无理性能量写了出来。"礼失求诸野"的"野"没了。也就是说，他否定民间的任何理想性，而这个民间不自知的巨大能量潜伏着吞没一切理性和道德的可能性，也许灭亡预示着新生，但是在有限的生命中很难看到。

二 "确定"与"同情"

　　从《风雅颂》（2008年）到《炸裂志》（2013年）是阎连科某

种社会情感由不确定走向确定的过程，其所批判的对象与具体的人物出现分离，于是对人物的"同情"使得作家表现出对于故事情节上的"无后"设置的着意取消。《风雅颂》为人所不解的不是作品指向的某种时代情感，而是作者对于杨科的人物设置。当作家把对于乡土与城市、历史与现实、政治与个人都纠合在这样一个人物时，杨科必须是一个稳定的人物。事实上，尽管这部小说呈现了"无后"这样一个有关于某种延续性的消亡图景，但是由于杨科身份带来的不确定结构，问题的焦点相对模糊，相应地作品批判力度也有所削弱。阎连科在《炸裂志》中所思考、批判的仍然是这个延续性被破坏的问题，不同的是这次他开篇不久就将批判的对象从小说中的具体人物身上分离出来，通过书写这个时代对于具体人物命运的摆布，将拷问直接指向某种确定性的时代建制。也许早在《受活》时，阎连科就开始打量和赋形这种确定性，它在损坏和取消了某种自在的平衡之后，鼓励、引诱人群在原本的散漫自在中自觉地走向悲剧。

中国当代作家就其写作中涉及的历史问题和情感大致存在一幅代际图景。第一代作家们的书写世界中对于1980年代之前的中国现代历史具有相对确定的情感，如贾平凹、莫言、阎连科、张炜等，他们基本上出生于1950年代，历史与他们是一种直接的情感关系，他们或许在童年经验、家族记忆等个人成长过程中获得了与历史的某种亲近，这使得他们作品中历史基本上呈现出某种为我们概念认知上所熟悉的个体画面。与他们相比，第二代作家们与历史的关系带有着想象性，他们大致都生于1960年代，以余华为代表。这类作家对历史同样充满兴趣，只是由于缺少经验上的亲近，他们对历史的叙述和理解在上一代的确定情感上试探性地生出疑问。第三代作家与前两类相比，整体的出生年代更晚一些，大多是1970年代以后出生，他们与历史的关系在书写中呈现中某种隔膜，甚至取消。显然这种出生年代造成的对于历史认知的分层基本上落脚在个体经验和情感上，几十年的社会生活没有提供另外一种关于历史的相对客观、确定、明晰的理性知识。

所谓的确定性，指的是这些作家在面对当下诸多的现实问题时，因为他们对于历史的确定性情感认知带来他们相约而同对历史的某种理性放弃。出于自觉不自觉的认知放弃，他们批判现实时不自知地对历史生出了同情，并将历史一次次地塑造成现实相对确定的参照物。这里的历史只是作家从个体经验里可以追溯到的半个世纪的有限历史，而这部分历史恰恰因为与现实今天的建制延续而应该具有认知上的不确定。这种确定性就是《风雅颂》里杨科的童年和少年记忆，对于杨科精神无力的根本性证明就是他对于这个确定的情感记忆始终没有得出理性的思考。这种确定性对于现实只提供了一条否定的、批判的道路，于是我们在《秦腔》里看到仁义礼智一辈人逐个离去时文本中巨大的恐慌，那是一种面对世界的苍凉和无助情感。在这部分情感的支撑下，所谓的"无后"意象则具有对一确定历史情感的现实伤挽。同样出现"无后"的意象书写，余华《兄弟》（上）显然有所不同，他尽管在宋平凡和李兰身上似也展示了某种历史理解的确定性，但小说下部中李光头和宋刚包括林红从一开始就展开了对历史和现实的双重质疑和否定。在余华这里几乎看不见历史的同情，相反却出现了对于现实中承载"无后"意象的具体个人如宋钢、李光头，甚至林红这些人物的叹息。

　　有意味的是，阎连科从《风雅颂》到《炸裂志》，针对现实，他为了批判对象的确定性，回归某种历史情感的相对确定性，选择了对历史的依靠与搁置。也就是说，《风雅颂》中对现实的批判并没有直接依靠某种明晰的历史情感，而《炸裂志》他暂且放下对于历史的兴趣。在这个过程里，历史从大概念和情感中剥离出具体的如朱庆方和孔明亮，并且作家并没有在这两位长者身上投放鲜明的肯定或者否定，他们与他们成长在新时代的子女并无二致。《炸裂志》中不仅没有伤挽前朝和父辈，也没有真正地批判此时的孔明亮和朱颖等人。这部小说在具体的个人命运上指向时代建制，它认为真正主宰和操纵个人命运的并非是具体的或者群体的个人自我，在个人和群体背后存在着一个更大的力量，引诱、鼓励、控制着个人的所有能量。此时作品中描绘的看似由个体人物发现、演绎的混乱与疯狂，实则不是导向个体层面，于是才有最终小说孔家第三代男女双全，而"无后"的意象直指摆弄个体生命的时代建制。

在自我生命价值寻找与为父复仇的两个本能人生目标下，青年时代的孔明亮发现了"偷窃"，朱颖走向了"卖身"。偷和卖，这两样是两个底层男女青年各自所找到的唯一没有成本的、古老的、原始的可以帮助他们实现目标的途径。而后这样的方式同样是在具体的目标下不断被鼓励，最终成为炸裂政治建制的经济基础。炸裂通过男盗女娼这样的方式获得经济的、政治的资本成为越来越重要的时代缩影，并且吸引炸裂之外更多的人滚进他们的雪球，形成强大的权力链条。面对这样势不可挡的链条，作品指出只有两种方式可能颠覆它：自我内部瓦解或者军事武力外部摧毁。问题是瓦解和摧毁之后呢？瓦解和被瓦解、摧毁与被摧毁本身都在巨大的时代之内，两方的力量从本质上是同源的，而真正毁灭的只是孔明亮、孔明耀、朱颖等时代洪流具体的、个体的人生。

两代人，无论个体的先天性格与后天能量，他们的命运基本相似：被引诱，被怂恿，被抛弃。当作家将反思与批判的矛头指向拨弄个体命运的外在力量时，作品中的人物具有了深刻的悲剧色彩。阎连科在这里将"无后"的意象推向时代情感的最高峰，它不再是情节中个体生命的问题，而是关于时代的真实性。

三 关于父系

《炸裂志》将《风雅颂》事实情节上的"无后"跳跃至人物精神层面，某种程度上"无后"的情感更加紧张，可吊诡的是小说最后孔家不仅有一个孙子，还诞生了一个女婴。如何理解这两个后代？《炸裂志》里孔家生不生小孩基本不妨碍作家对于时代社会的严肃批判，但生与不生这个问题仍然关系到作家的内在精神视角——"不生"有可能是作家对人物更为强硬的干涉，与此同时我们也可以将"生"理解为作家对人物的某种同情。

为什么会生出同情？"那些精神上的烦恼忧郁、压抑沮丧、歇斯底里和疯狂错乱并不全属于魔鬼，而在本质上属于'你自己'。"[1] 同情流露了作家"呐喊"之后的"彷徨"。这部分内容和情感作家没有办法依靠作品中的人物去表达，他只有模糊地、间接地又是一厢情愿地在小说中表达出来。那么《炸裂志》中的儿女双全与《秦腔》中没有肛门的女婴、《生死疲劳》里大头婴儿蓝千岁等一样，无论有无修辞上诸如身体残障设置，他们身上都承载着未知，这是写作者在"无后"意象上另外一种自我书写。

与这个问题相关的是：包括阎连科这两部小说在内，这些作品有一个共同的特点是，它们无一例外都强调这个时代女性的整体性沦落，并且似乎女性的沦落是此时混乱的最醒目表征。如《兄弟》（下）的处美人大赛和林红开的美发厅，《蛙》里的代孕公司，《风雅颂》的天堂街以及《秦腔》中清风街上出走的少女们和《炸裂志》中跟随朱颖的姑娘们。这种不约而同地表述在张炜的《刺猬歌》中则是廖迈对于美蒂矛盾的情感，他视美蒂对自己的吸引与时代势不可挡的钱、权对人心的控制同一，于是他对妻子、女儿不由自主的爱中交织着对于时代的警惕和厌恶。母体的不洁在书写中已被确定，那么父系呢？

"无后"意象的出现即表明写作者既看到了某种强大惯性带来的几乎无望的现实未来，对此他严厉地批判与它相关的一切历史、秩序、情感等，但他又不满足、不忍心这样的现状，希望写出一种绝境或许得于某个机缘可以看到生机。比如《秦腔》完全可以让夏风和白雪生不出小孩，可是作者选择的是一个没有肛门的女婴。没有肛门的女婴从文学的、隐喻的艺术视角来看，她预示着大自然对生命的否定，可现代医学仍然可以给这个女婴插上一条管子然后经过一次次的

---

[1] 程德培：《现实与超现实的"主义"——阎连科长篇小说〈炸裂志〉的欲望叙事》，《收获·长篇专号》2013年秋冬卷。

手术给予她二次生命。再如《蛙》里，代孕公司完全可以不与"我"发生关系，为什么五十多岁、已有一个女儿的"我"此时一定想要个儿子呢？还有《炸裂志》中为什么会在孔家的性格和气质上写出一个看似多余的孔老四呢，这个人物几乎不参与任何的"创世纪"，他作为"通信员"的角色也完全可以用其他人替代。所有这些将小说的结局留了一个未知。未知与"父系"有关，可是这个"父系"是一个暧昧的角色，他到底有无出现，有什么样貌和气质，他与这个时代的关系如何？显然他与作者有关，可是作者在未知的空白中逃走了。《1988 我想和这个世界谈谈》始终在写"我"是如何成为父亲的，"我"与"父系"又有怎样的关系。

《1988 我想和这个世界谈谈》里"我"因为嫖妓邂逅怀有身孕的妓女，又因为婴儿父亲是一个不再出现的过期嫖客，最终降生的婴儿被送到了"我"的手里，"我"成为这个婴儿事实上的抚养人。这里有几个问题需要分析。第一，这个辗转到我手里的婴儿看似无父无母，可事实上他的母亲是一个怀揣着母亲梦的妓女，他的父亲是众多嫖客中的某一人。参考上文中分析到的同时代其他小说中对于女性的共同现时书写，这个婴儿可以看成是这个时代的孩子。从小说的角度看，他的父母都不是作为具体的个体而存在，而是群的一个身份代表。第二，作为被选中的父亲，"我"也是以嫖客的身份才与婴儿有了因缘关系。从某种意义上来看，"我"与婴儿的父亲是一类人，"我"具有了做婴儿父亲的可能性，同时妓女将这个婴儿送给我也就相应地有了合理性。"我"对于婴儿的血缘没有任何的道德优越性可以批判和否定。第三，在成为婴儿事实上的父亲之前，"我"是谁？"我"开着被改装的1988去一所遥远的监狱接收一位朋友的骨灰。这辆叫1988的车以及被烧成灰的朋友显然与一段青春故事有关，也与一段现实历史有关。除了嫖娼，"我"身上还有另外一个污点。这个污点要从"我"的童年，也即1980年代的历史中说起。在"我"成长的大院中有两个哥哥。一个是丁丁哥哥，这是一个复合时代榜样和个人偶像双重光辉的青年,这个青年在1980年代末北上出走,声称要与"他们谈谈"。这个光辉形象一直以来具有群的意义,吸引了无数的目光和掌声,可是他身上有一个只有我知道的秘密,这个秘密与大院里另外一个哥哥相关。另外一个哥哥是个临时工,丁丁哥哥的同龄人,是我和丁丁哥哥的替罪羊。丁丁哥哥带着我偷车,因为丁丁哥哥是时代的榜样和我的偶像,所以没有人会去怀疑丁丁哥哥偷车,于是临时工哥哥就成为替罪羊。所以,"我"不仅是丁丁哥哥的共犯,"我"还害了临时工哥哥,"我"是一个普通人,但我是一个逃亡的罪人。

"我"开着这辆车从"我"这里走向已亡的朋友那里。这个朋友可能是丁丁哥哥也可能是临时工哥哥,"我"驾驭这辆车的过程,也是"我"回忆我认知中的那段历史和青春的过程,也是婴儿在她母亲的腹中不断寻找他现实中父亲的一段旅程,虚妄、幻想和夸张乃至青春的理想都在行进的现实中得到残忍的矫正,它们在最终的骨灰盒面前彻底清空。可是联系还在,"我"开着他们留下来的车。

韩寒反其道而行之,他不再强调这个时代的污浊和混乱,而是发现自我身份的可疑,与对自我真实身份的发现相比,时代的秘密不再令人惊悚,时代也不再可怕。"我"最终带着这个时代的婴儿开始新的旅程。这个婴儿显然不是一个珍贵的被奉为希望的种子,他血缘上的父母身份都是不光彩的,结局仍然是未知的,可是"我"本身也在这个未知当中,换言之,是未来无论如何,"我"将负有很大责任。

婴儿的隐喻和无父的预设

一

同样是书写"婴儿",从"无后"文学现象的角度来看,还存有另一种"婴儿"的隐喻书写,它们不是以怪婴的形式,也没有表达中年的一种阻断之感,它们限制在中短篇的篇幅容量中,展示作家面对现实时的另外一种观照。

一只柳条筐趁着夜色降落在罗文礼家的羊圈。

这是苏童发表于《上海文学》2006年第1期上的短篇小说《拾婴记》中的首段。它轻盈的气质和神秘的色彩为整篇小说的性格做出了规定(短篇的节奏决定了我们必须紧紧依靠它的故事来尝试宽解其被隐藏的情感信息)。故事按照线性的时间发生在一天之内,讲述方式与传统民间故事很接近,具体如下:

"一只柳条筐趁着夜色降落在罗文礼家的羊圈。"→天亮,发现柳条筐里的女婴→枫杨树乡邻里的讨论→上午9点多,儿子去河对岸"上交"婴儿→幼儿园门口→幼儿园不接,旁观者李六奶奶带走孩子→李六奶奶外甥将婴儿转送到镇政府→政府不接,婴儿被放在花坛上→传达室看门老头轰走靠近婴儿的猫、狗→玩耍的小女孩发现,找老头求助→老头躲→婴儿头一次哭→一个疯女子抱走小孩……→"一只柳条筐趁着夜色降落在罗文礼家的羊圈。"

婴儿一天内几次中转拖出一个小镇的生活空间。在整个不情愿的、艰难的接力中，"婴儿"是真正的问题。

在1984年《山花》第12期上，罗国凡发表了一篇同名为《拾婴记》的小小说。这篇小说情节更为简单。它讲的不过是几个小时之内的事情："我"在街上碰到三十三岁的老相识金大勇→他赤着膀子，衣服裹着一个弃婴→金大勇要救弃婴，"我"参与进来，帮他取存折、通知女朋友小何，一起去医院→未婚的金大勇和小女朋友何愿意为了收养弃婴而马上领证结婚→"突然成了未婚父母的一对青年，向那熙熙攘攘的闹市走去，他们的背脊被霞光照射着，那么柔和，那么美妙！"在罗国凡1984年的这篇小说中，显然答案很明确：弃婴有了抚养她的父母。简单的故事和简单的处理结局中，是作者非常强烈、单一的道德观。而苏童的作品中，没有人愿意收养这个弃婴，所以作家势必要拿出每个人拒绝的理由。我们可以在莫言1987年的中篇小说《弃婴》中得到另外的参照：

> 我把她从葵花地里刚刚抱起来时，心里锁着满盈盈的黏稠的黑血，因此我的心很重很沉，像冰凉的石头一样下坠着，因此我的脑子里是一片灰白的，如同寒风扫荡过的街道。后来是她的青蛙鸣叫般的响亮哭声把我从迷惘中唤醒。我不知道是该感谢她还是该恨她，更不知道我是干了一件好事还是干了一件坏事。我那时惊惧地看着她香瓜般扁长的、布满皱纹的、浅黄色的脸，看着她眼窝里汪着的两滴绿色的泪水和她那无牙的洞穴般的嘴——从这里冒出来的哭声又潮湿又阴冷，心里的血又全部压缩到四肢和头颅。我的双臂似乎托不动这个用一块大红绸子包裹着的婴孩。

这篇小说最初发表在1987年《上海文学》的第3期上。"弃婴"虽然是这篇小说的名字，但实际上以上三篇小说都可以叫"拾婴记"。"弃婴"重要的是指出了作为问题的婴儿的身份，它隐含了婴儿为何被弃，如何被弃，而这个问题又在接着的民间、社会对待弃婴的态度中得到清晰的回答。重读《弃婴》，我们再次看到莫言长篇小说《蛙》中王仁美们绝望而执拗地对于生儿子的疯狂意志，在莫言的笔下,这种意志已经内化到人的天性中,像一种本能。在一个疯狂的以生儿子为生命意义的格局中,莫言的这篇《弃婴》中那个育有一个女儿的"我",就在妻子顶着计划生育政策而不顾,筹划着再次怀孕时,拾了一个被弃的女婴回家。如此被弃的女婴身份,正是三篇小说可以沟通的文化背景,它在莫言《弃婴》中以一种报告文学的形式得以总结。

就在莫言不断交代"我"因女弃婴而遇到的现实困难的过程中,伴着问题所触及的有关人性的自省和思考,向来想象力充沛的莫言在自觉与不自觉中已经在这个弃婴身上赋予了某种神性的潜质:"葵花,黄色的葵花地,是葛利高里和阿克西妮亚幽会的地方,是一片引人发痴的风流温暖的乐园。""成片的葵花温柔、亲密,互相扶持着,像一个爱情荡漾的温暖的海洋。"这里的葵花地显然表示着生命力的旺盛。而葵花恰好也是苏童《拾婴记》中包裹婴儿的图案:"蓝底黄花的灯芯绒面料,上面均匀地分布着几株葵花。""看起来那几朵棉袄上的葵花一直在守护熟睡的婴儿,葵花闪烁着金黄色的光芒,在黑暗中与母羊尖锐地对峙,仅仅过了一会儿,葵花便获得了胜利,软弱的母羊放弃了主人的权利,躲到角落里去了。"就在这些或许是因缘际会的巧合中,婴儿在逐渐展示它作为一种隐喻的潜能,它的社会性背景和文化因素可以降得低而又低。

从罗国凡的《拾婴记》到莫言的《弃婴》而再回到苏童的《拾婴记》,本文尝试用小说和小说之间的对话来呈现婴儿物象自身可能带有的隐喻性。

苏童为此增加了两个条件:

1. 罗文礼家去年曾经丢失了一只小羊——卢杏仙说:"她要是一只羊,我就留下她了。"

2. 罗文礼家的二儿子罗庆来——"罗庆来研究着女婴在阳光下的脸,脑子里蹦出一个奇怪的念头,你长得很像一头小羊,羊也从来不哭的,你会不会是个羊人呢,你吃不吃羊的?""妈,你别怕,我认识它,是夏天走失的那头羊,它回来了。""妈,快来看,这头羊在哭,羊眼睛是潮的。""那个孩子认准我们家的门,又回来了。"

批评家毕光明将此解释为:"女婴除非变成羊,才有人养它。"[1]这个解释相当中肯。我好奇的是,是否存在一个不如此看似解释已经完成的隐喻的空间? "一只柳条筐趁着夜色降落在罗文礼家的羊圈。"这个婴儿在脱去了我们都谙熟的社会文化背景之后,她是否带有神性,好像是上天就这么神秘地给了罗文礼家一个礼物。尽管她在一天中传递经过很多人的手,遭受到的从始至终都是拒绝,但是过程中,我们已经看到不少人因她而不自觉地生出牵挂。好像是上天给一粒种子,尽管微小,但是潜移默化中会在人已经麻木、自私、异化的内心中慢慢生出一点点原来的善呢?

这个善的种子回应莫言二十年前的自陈:"然后,葵花地里毕竟充满希望。无数低垂的花盘,像无数婴孩的脸盘一样,亲切地注视着我。它们始终给我感知和认识世界的力量,虽然感知和认识是如此痛苦不堪。"[2]

"我想同时代的许多作家都面临着类似的难题:我们该为读者描绘一个什么样的世界,如何让这个世界的哲理和逻辑并重,忏悔和警醒并重,良知和天真并重,理想与道德并重,如何让这个世界融合每一天的阳光与月光。"[3]在《拾婴记》中,苏童到底将哪些问题从现实层面抽象成为一种隐喻。隐喻的指向本身是无限的,它在尽情艺术化地描摹现实实际的同时,也有在着对现实问题的钝化倾向。相较而言,苏童1999年发表于《大家》地2期上的《巨婴》。更为直接地从隐喻层面借"婴儿"回应着某个问题。

当我们面对苏童《拾婴记》颇费周折地讨论它的隐喻手法时,《巨婴》显然就是面对未来时代的一个恐怖隐喻:它讲的是以"送子

---

[1] 毕光明:《人世温度的一次测试——评苏童〈拾婴记〉》,《名作欣赏》2007年第10期。
[2] 莫言:《弃婴》,见《白狗秋千架》,上海文艺出版社2009年版。
[3] 苏童:《虚构的热情》,江苏人民出版社2003年版。

汤"闻名的乡村医院如何见证内心充满仇恨的有着丑陋可怕面容的女子,其以处子之身离奇地产下巨婴,并调教他如狼崽一样进行复仇。故事的原型可能就是一个先天丑陋的女子,因为在现实生活中为人所排挤而备受伤害,孤苦无依的她求助于乡村医生的妙方,而后因乡村医生而未婚先孕。虚构过后所谓的离奇在于两点:处子身产子和巨大如魔鬼的婴儿。由此,任何一个读者都可以不断地感受到这篇小说的文化隐喻意思:先天丑陋的女子→雷公电击怀孕→恶魔的三天三夜的诞生过程→没有父亲的恶魔对世界的仇恨→复仇。它最需要解读的是,仇恨的源头在哪里?

  整个下午乡村医生失魂落魄,大约在四点钟,他听见天边掠过一串惊雷,雷声那么尖锐响亮,使乡村医生和屋子里的几个女人都捂住了耳朵。不知怎么,乡村医生想到了那个离去的女人,他猜想此刻她正走在山路上,那个女人正在电闪雷鸣中赶路,乡村医生为他的这个幻觉感到不安,他依稀看见一道蓝色的闪电击中了人头上的草帽,而女人手中的药包已经破碎,黑色的药全散落在泥泞的山路上。

  这段文字可以看作是女子的受孕过程。联想到《秦腔》中贾平凹非常浪漫的那一笔描写白雪受孕的写法,两篇小说皆在虚构一种精神上的受孕。白雪和引生的孩子也是个怪婴,她先天没有肛门,出生即意味着某种致命的缺陷。而《巨婴》中则是因为这里有一个仇恨的理由,所以震动天地,播下恶的种子,报复世间。《巨婴》里仇恨的源头显然不是在女子身上,恶的力量和未知的恐怖显然最终不在女子的控制范围之内,那它们是什么?更加值得玩味的是,苏童在这里又设置了父子关系:

  乡村医生看见巨婴向他咧嘴一笑,露出一排焦黑的饱经沧桑的牙齿。他把雨伞塞在乡村医生的手里,随即用他的右手揪住了乡村医生的胡子。乡村医生看着巨婴的四根手指,四根手指浑圆粗糙,它们在他的下巴上放肆运动着。在巨婴的扶摇下,乡村医生浑身战栗,他觉得自己突然猥琐了,像一个婴儿。那个来自王堡的巨婴,他的嘴里喷出一股蒜头混合着烟鼻的气味,使乡村医生想起了自己的父亲和祖父,那么难闻的噩梦般的气味,与他父亲和祖父的口臭如出一辙。恐惧和厌恶占据了乡村医生的心,他抓住巨婴的手腕,说,别这样,我不是你爸。

那么上文猜测的故事原型可能更加具体:面容丑陋的年轻女子向贩卖送子汤的乡村医生求助→乡村医生发现了她的害羞和丑陋,得知她是个想要孩子的处女→丑女子生下乡村医生的孩子。这个原型在小说中也与暗示:

此后发生的事情对于乡村医生来说恍若梦境,他记得女人拾起草帽冲了出去,乡村医生受到了惊吓,他瘫坐在那个窗洞前,他以为女人已经走了,但是紧接着他看见一只手从窗洞里伸进来,那是只指甲缝里淤满黑垢的手。女人在窗外说,给我送子汤,求求你,给我送子汤,让我报仇。

《秦腔》是将现实生活中白雪和夏风的孩子引申到虚构的精神空间里视作白雪神奇受孕的引生的骨肉,苏童这篇小说从精神的受孕落实暗示现实生活的逻辑:虚构雷公电母在女子仇恨的身体上播散的行恶的种子,终三天三夜产下巨婴,实写女子求助于乡村医生而后两人性交产子,孩子一生出来就因母亲的仇恨而畸形成长,终在相邻的恐怖中传说成为神奇的狼崽。两条线索共同到了这里:孩子来找乡村医生认父。

认父的场面里对于乡村医生来说,小说显示的不是现实的问题而是精神上的恐怖。乡村医生看到了生理遗传的真相,看到了孩子身上他厌恶的父亲和祖父的影子,由此心生巨大的恐怖,顿时幻觉自己猥琐为一个无力的婴孩,而后几近乞求地说:"别这样,我不是你爸。"

乡村医生忍痛打量着节日前的小镇,他想这些糊涂的人啊,他们不知道巨婴已经来了,他们还蒙在鼓里呢。他们不知道巨婴和他的母亲正在小镇徘徊,复仇的耳光将代替烟花爆竹,就像晴天霹雳,打在每个人的脸上。

疼死你们！

迟子建在中篇小说《花牤子的春天》里对"婴儿"的隐喻较之更为完整。她不同于苏童的创作手法，迟子建笔下的"婴儿"更加积极、深入地参与她艺术世界的构成。苏童这样评论迟子建："她在创作中以一种超常的执着关注着人性温暖或者说湿润的一部分，从各个不同的方向和角度进入，多重声部，反复吟唱一个主题，这个主题因而显得强大，直至成为一种叙述的信仰。""迟子建的小说构想几乎不依赖于故事，很大程度上它是由个人的内心感受折叠而来。"[1]

作为一个文学意象，迟子建创作中的"婴儿"不局限在历史的隐喻之中，她常常借"婴儿"这一意象试图对人世有所"创造"。

在这众多的牤子中，有个叫'花牤子'的。花牤子打小就喜欢看女人的奶子和屁股，看见他们，就像穷苦的人望见了神灯，满心欢喜，双目生辉。

可是这个叫花牤子的人，从生理受损开始一点又一点被"拿走"，最后就像是一个遍体鳞伤的废人一样，这时迟子建就给了他一个小孩子：

花牤子接过小乳牤子的那一刻，等于接过了一盏灯，他照亮了花牤子暗淡的生活。

这个孩子带给花牤子对于生命的信心，他开始守护那个此时（男性劳力都外出谋生）的村庄，努力保证庄稼按时按季地生长和收获，保护女人规矩守家。如果说前面有关这个人物的所有被损都像是来自老天的话，小说中他的最末一次也是最重的一次精神剥夺则是来自人世。花牤子终于没有看好村里留守的女人，他不单单是被痛打一通，村民们在精神上也驱逐他。

---

[1] 苏童：《关于迟子建》，《当代作家评论》2005年第1期。

花牤子站不起来了，他浑身酸痛，满脸是血，一路爬回家，尾随他的，只有两条呜呜叫着的狗。花牤子回家后四天没有出门。这四天中，只有目睹了花牤子挨打的小乳牤子，每到傍晚，会从家里偷个馒头，悄悄地给花牤子送来，这样，花牤子又有站起来的力气了。于是，第五天上，刚收完秋的青岗人，看见花牤子又出来了。他面色灰黄，青着眼眶，佝偻着腰，用那只好手提着只篮子，摇晃着朝别人家收割后的麦田走去。他站在瑟瑟秋风中，常常把拾起的麦穗又扔掉了，因为很少有麦穗是饱满的。

《花牤子的春天》这篇小说中包含着精致的隐喻结构和由此呈现了完整的虚构世界。就本文来说，从花牤子的起起伏伏中呈现"婴儿"最终之于他的真正神灯意义。并且又从他在现实中的欺辱和委屈中，以由曾经的"婴儿"成长而来的小乳牤子作为了秋收之后土地上的火种意象，更深一层地支撑花牤子残破的生命走向严冬。

二

所谓"无父"，是指在本文所关照的文坛最年轻一代的创作中，以单亲家庭诸种家庭情感残破或者家庭缺失来作为小说的背景，进而塑造较为典型的人物形象，以张悦然为代表。

茉莉在母亲的常常缺席以及父亲的心不在焉下，成为一个言语很少、心思很重表面平庸的姑娘。[1]

这种情感的预设除了对人物内心和性格的特殊规定之外，某种程度上也视为对20世纪中国现代文学"父子"相关书写河流之中的某种一如"五四"新文学中类似"弑父"情感的再一次回应。

"寻根小说"兴起的时候，我尚在牙牙学语；"寻根小说"发展

---

[1] 张悦然：《直布兰雅大道》，《青年文学》2005年第5期。

至高潮的时候，我正着迷于动画片《唐老鸭和米老鼠》，每个傍晚开始跟着电视节目学习英语。当上一代作家在传统文化中挖掘和探索，试图找到"我从哪里来"的答案时，我正张开双臂，拥抱应接不暇的舶来文化，迫不及待涂抹掉身上的传统印记。外面的世界完全打开，仿佛伸手就可以碰到，于是产生一种错觉，以为把自己从这片土壤拔起来，立刻就可以在另外的土壤里扎根，可以在任何土壤里扎根。整个少年时代，对传统文化都好像有一种敌意，并不是因为太熟悉所产生的厌倦，而是因为从来不曾了解。我们这代人，是没有根的，寻根的路径也已经阻断。这种游离的处境，让我想起了小说中的丙惠。"爸爸爸"，这种奇怪的语言，就像这个不知道从哪里来的怪胎，永远没有归属，那么孤独。如今，我已经不知道可以降落在哪片土地上，才能够让写作变得有安全感和底气。[1]

我好像无法像她一样，饶有兴趣地记录成长的轨迹以及那些重要的人。当没有理想，没有集体的归属时，所有的记忆都是零落的。""我有一种担心，若干年后回顾过去的时候，这些青春的记忆是否会让我们觉得羞愧。因为所有的热爱，都没有根基，也没有给过精神力量。[2]

"根"的焦虑之后正是写作者对于我们文学传统的寻找要求。张悦然看到的丙惠是"永远没有归属，那么孤独。"显然，这说的是她自己在写作中所恐慌的一种没有传统依凭，没有同代人唱和的历史虚无。她没有认可丙惠的历史能量，而是看到了现实处境中，作为孤儿丙惠的身世境地，且将这个境地直接比附自己的文学和人生情感，她恰好是以"子"的视角来寻找"父"。她没有感受到那种来自"父"的压力，以及由压力而提供了创作历史的能量，反而因为没有"父"而备受伤害，从而产生了历史虚无，以至青春的能量不能以"父"为靶子，而只好寻找其他的出路。

张悦然的小说中有这么一组"杀意"很浓的作品。《吉诺的跳

---

[1] 张悦然：《〈爸爸爸〉：活的水》，《人民文学》2008年第11期。
[2] 张跃然：《对70一代的嫉妒》，《课外阅读》2009年第12期。

马》[1]以四个人的死亡而为骨架。首先是吉诺母亲的去世，它作为后面惨案的一个条件。接着是女子母亲已亡，它提供女子必须要生下腹胎儿的意志。而后还有另一个条件，即男子父亲早年对他母亲的背叛，以此提供母亲不顾一切阻止男子恋爱的偏执。由此，在一场以交换为前提的密谋中，身怀六甲的女子死于吉诺父亲的跳马杀人事件中。第四个死亡的人是男子的母亲。经过十五年的囚禁，得到自由的男子回来碰到正在长大的吉诺，而后上演一场复仇。更为恐怖的是，在已知的四个人的死亡之后，可能还有死亡——吉诺冲上了废弃的跳马，凌空一跳。所有涉及的角色都是些内心有"病"的人，他们对人生生出各自歇斯底里的执着，以至一个人可以成为与他/她亲近的人的牢笼。它尽管利用和依赖吉诺的孤单，但却没有直接地强化吉诺这种被父亲笼罩下的有了问题的内心。而吉诺才是这个故事的主人。十五年前的谋杀是主人公吉诺的成长背景，那个男子悲惨的前半生都已经注入吉诺的成长里，形成阴影。

比照鲁敏的中篇小说《暗疾》[2]：《暗疾》中每个人的心理疾病都可以在生理上找到反映，并且它通过大龄待嫁的女子，将一切都可以落到实处。张悦然的这篇作品似乎还很模糊，故事应该还有"前史"，尤其是当我们把那场谋杀完全理解为吉诺现实内心状态的"深层演出"时，仇恨、欲望、人的病态还是没得到精神上的深度解释，笔者不禁要问张悦然到底要表达什么呢？张悦然小说中的很多要素在《吉诺的跳马》中都已经出场：不健全的家庭即本文所说的"无父"的情感预设、杀、出走的欲望，以及无可医治的内心的孤独、绝望。但是就目前张悦然的创作来说这种要素又是有所发展的。在《红鞋》和《小染》里，我们可以更为直接的蓄意谋杀，而到了《谁杀死了五月》中，这种"杀"已经有所发展，它走向人的内心世界，并开始有所寻找的行动，且意味着这种混沌不自知但却折磨主人公的精神空虚

---

[1] 张悦然：《吉诺的跳马》，《花城》2004第5期。
[2] 鲁敏：《暗疾》，《大家》2007年第2期。

的、莫名的痛苦，终于在寻找的具体行动中，开始知道了自己要的是什么。接着的《直落布兰雅大道》和长篇小说《誓鸟》展开了对历史的正面虚构和精神寻找，而到了2010年发表的《一千零一个夜晚》中，她不仅正视"父"，且追溯三代，最为重要的是，她选择了一次降生作为与历史创造的果实——当然这是一次假想的精神结合。

那么"无父"这种预设，在精神层面而言，是否也是不得已而为之的行为，诚如她在《〈爸爸爸〉：活的水》中所言："我们这代人，是没有根的，寻根的路径也已经阻断。"[1]以"无后"现象关照张悦然，不难发现，她相当自觉地以自我为途径，为自我精神上"无根"的虚无恐惧和焦虑而带来的精神上的牢笼寻找出路。

《红鞋》[2]的写法某种程度上与《吉诺的跳马》很像，不过情感更为紧张。它也是通过寻找或者说创作一个外物，事实上这个外物以及它的发展正是主人公不自知的内心，使得内心获得了可以演化为另外一段故事的机会，最后得以在如此镜子之中自照，并且进行精神上的自我审判和自我忏悔。而《小染》[3]正是对精神上无名的牢笼进行的一次赋形：从小说第一句的"男人男人，怎么还没有睡去"开始→"男人是画家。男人是父亲。男人是混蛋。""她看见女人在她的旁边经过，给了她一个轻蔑的眼神。这是最后一次，她和她亲爱的妈妈的目光交汇。然后女人像风一样迅速去了远方。"→"小染好像听见楼下有人叫她。她觉得有一条铺着殷红地毯的道路就在她家门外缓缓铺展开。她感到盛大的目光在源头等待他的玫瑰。小染想跳起来。飞出去。在这个黄昏的最后一片阳光里飞出这个阴森的洞穴。""剪刀摸索着，从男人身体中进入。男人暂时没有动。他的嘴里发出一种能把网撕破的风声。我又压着刀柄向男人肥厚的背深刺了一下。然后剪刀迅速抽出来。""这些对于我非常熟悉。我熟练得像从前对付每

---

[1] 张悦然：《〈爸爸爸〉：活的水》，《人民文学》2008年第11期。
[2] 张悦然：《红鞋》，《小说界》2004年第5期。
[3] 张悦然：《小染》，《小作家选刊》2004年第9期。

一块水仙花根一样。男人没有发出怨恨的声音。我在思索是不是要帮助我的父亲止血。"→"她对着镜子把手上的鲜血一点一点涂抹在嘴唇上。温热的血液贴合着嘴唇开出一朵殷红色的杜鹃花。"这场杀父完全也可以理解为一次梦境或者心理上的行动。

那个夜晚,我们每个人都虚构了一条街。这很有趣,我们围坐在一起,神情严肃,仿佛身在行将坠落的飞机客舱里,摇摆不定地握着笔,写下最后的遗言。只有一个人,他正在如指点我们的空中小姐一般的持续地说话。更蹊跷的是,我们每个人的面前都放着一张白纸,用几乎可以忽略的力,握着一支2B铅笔。

类似如茉莉与父母之间这种畸形的关系,长久以来困扰在张悦然的创作中,最终迫使她尝试进一步对历史的虚构。

长篇小说《誓鸟》[1]中,张悦然用域外题材继续虚构历史的强烈愿望:"在南洋一些土著部落里,人的记忆被视为比生命更可贵的东西。"小说中华人女人春迟因为一场海啸而失去记忆,从此开始了她一生为寻找记忆而顽强生存的故事。这种对于历史的焦虑或可以说与她小说中"无父"的情感预设是一致的。张悦然笔下的青春在如上的呈现里,从来都不是以"破"的"断裂"而真正有所创造,而是在既定的无法找到"破"的对象中,尝试寻找通过一种伪的"破"而来寻找"破"的对象。

终于在2010年短篇小说《一千零一个夜晚》中,张悦然跳过了艰难的历史寻找,通过与在现实生活中异常落魄的父辈的"他"性交而索取他身上的原始能量以及留刻在他命运中的过往痕迹背后的历史余温,暗喻一种"我"寻找历史的行动,最后用"我"不得不生育一个来自父辈的"他"的婴儿来结尾:

那个孩子出生于凌晨一点。分娩的过程非常艰难。我的身体一直

---

[1] 张悦然:《誓鸟》,《收获》2006年第6期。

在反抗，箍紧盆骨像一道铁门，将婴儿关在里面。我一点都不希望它生下来。可是它还是如异物一样被取了出去。医生尚未提起剪刀，脐带自己就断了，那孩子急不可待地摆脱了我。我的身体忽然变得很轻，轻得好像空空的茧壳。它的使命已经完成，可以被丢弃了。那一刻我想到圣母玛利亚，我在心中呼唤着她，这位与我同病相怜的女神。她将那耶稣生下来的时候，是否也曾这样失落？上帝借用她的身体将神带到人间。这一次，他借用了我的身体，带来的是魔鬼。"是个男孩。"他们抱过来给我看。我鼓起勇气看了他一眼。他忽然张开嘴巴哭起来。我分明看到，他光滑的口腔正中，立着两颗糯米大小的门牙，闪着狡黠的光芒。

这篇小说中另一个需要注意的是：

叶澎对做爱不感兴趣。他并没有什么障碍或者缺陷，倘若他愿意，完全可以表现得很出色。可惜这件事能为他带来的欢愉极为有限，仅有的一些，已经在对着电脑屏幕上的AV女优手淫的青春期用完了。自上大学开始，他的身边就从不缺少有关性的研究和讨论。三十岁不到，性的神秘感已经消失殆尽。女孩的身体就像自己的身体一样熟悉。其实，我周围有许多人和叶澎一样，男孩女孩都有，他们对性的摄入量很低，就像那些患上精神性厌食症的模特儿。

没有欲望，也就没有生趣。叶澎就是这样。他需要更强烈的刺激，所以一直寄希望于战争或是世界末日的到来。他是向死而生的人。

这显然是在另一种书写中回应贾平凹等"无后"的精神隐喻。在莫言笔下，人人那澎湃的生殖欲望和生殖能力，在这里都已消耗、退化。张悦然的这些作品从对历史的焦虑到历史寻找的失望，而后在"无父"这个开始只是小说人物情感上的某种预设，发展为确确实实精神上的无所依靠。由此"无父"必然导致"无后"，甚或说，在"无父"的精神中，"后"已经不具备讨论的前提，因为在父与子之间的"我"的自然生理功能没有了精神的关照，已经面临着严重的自我萎缩和自我退化。

意大利理论家弗朗哥·莫瑞蒂（Franco Moretti）在探讨欧洲社会现代转型时期的文化形态时，将"青春"（youth）看作现代性的"本质"（modernity's 'essence'），其理由是"青春"具有永恒的"内在的不满足"（inner dissatisfaction）与变动性（mobility），青春的反抗与革命可以毁灭任何既定体制（如家庭、社会规范、传统文化），乃至将自身的形式也破坏掉（革命遂变成不断持续的再革命），同时青春朝向未来，意味着无限的发展——浮士德在与魔鬼订约之后首先便需要重获"青春"，且是永恒的青春，他从而才能成为现代文学中最有雄心也最有成就的"发展者"（developer）。在弗朗哥·莫瑞蒂的论述中，"青春"是一种近代的发明，它成为有意义的文学形象，是在翻天覆地的法国大革命发生前后。而在比欧洲革命晚一个多世纪发生的中国革命之中，中国知识分子也发现或发明了"青春"这一形象及其蕴含的历史意义。清末适值王纲解纽、传统社会濒于崩溃之际，所谓旧时代的人生轨道已逐渐模糊，新一代的青年个体从传统的有机农业社会中被剥离出来，成为社会中最多姿多彩的变动因素。在象征的意义上，"青春"召唤着崭新的社会、文化、政治想象范式，而此后多少代中国知识分子都选择"青春"（以及"少年""青年"）这一符号来寄托他们对启蒙、文化变革、政治革命、民族复兴的渴望。与欧洲现代化中的情形相类似（"少年中国"即显然模仿"青年意大利""青年德意志"等欧洲观念），"青春"在现代中国也可说是现代性的核心象喻，且它化身为永无止境的历史动力,将现代中国民族自新的族群欲望不断延续乃至不断更新,而终至成为一个"民族神话"。

——宋明炜《"少年中国"之"老少年"》

"无后"这一独白式的、"善"的写作,作为一个新世纪文学中的文学现象,它的一条重要的历史线索则为中国现代文学中的"青春象征",某种意义上,此时语境中的"无后"正是对"青春象征"的一次告别和告白。无论此时书写中新的"父子"关系还是"中年语境"都少不了作为背景"青春"的一种共时参照。所谓的"共时性"书写,正是以"青春"写作为主,回应此时"青春象征"消失后,作品层面对"无后"这一文学现象所处的历史语境的另一种呈现和补充。

两种"青春"书写
——以《上海宝贝》和《1988 我想和这个世界谈谈》为例

自"五四"新文学以来的中国现代文学,始终有两种"青春"书写。一种是沉溺于青春自身的自我书写,我们可以把它称之为"常态的青春写作"。它焦灼于青春这一特殊的生命阶段所遭遇的身心困境,在不同的历史时期分享着相似的写作题材,通过个体的青春情绪和体验,折射具体时代青春的社会处境。另一种则是将"青春"社会化,它有意识地用青春作为一个视角去讨论具体时代的某种问题。青春本身的生命能量与常态的社会秩序天然相悖,如用"青春"去观照社会,势必会呈现出诸多的激烈矛盾;同时,青春本身所具有的解决问题的能力又是很弱的,这导致了它常常是以破坏作为对问题的解决,所以某种意义上这种书写具有"先锋"的性质。

在20世纪以来的中国现代文学中,后一种先锋性的青春书写是大宗:它或可追溯自梁启超的《少年中国说》,从鲁迅的《狂人日记》到1920年代丁玲《莎菲女士的日记》,再到1930年代巴金的"激流三部曲"、1940年代路翎《财主底儿女们》、1950年代王蒙《组织部来了个年青人》,再到1980年代,有一条看似清楚的历史线索,以至于从晚清传来的这条青春的声音洪流压抑了另一种青春的自然书写。回溯我们的文学史,受某种时代共同话语的影响,现代文学中很难找到青春的自我呢喃声音，似乎所有有关青春的描述、表达都被钉在了家国的意义层面之上。社会话语对于青春的捆绑，一方面给予青春前所未有的现实地位和正面能量，另一方面也束缚、修改了青春的自在状态。尽管剥离了具体社会历史环境的青春是不存在的，但当社会主流意识放松对青春的关注和着意之后，青春的自在状态仍然会有本能的声音发出来。

一

常态的青春写作正是在社会话语释放了对于青春的意义捆绑之后鲜明地出现在1990年代的创作中，尤以卫慧的《上海宝贝》为代表。中国的传统文化讲求连续和延续，它小心翼翼地呵护着一个生命链条。在这条文化生命链上，青年是被训练以接续家族血缘和社会文化链条的对象，除此之外，没有其他的社会意义。现代文化在对这一传统文化链条断裂的过程中，发现和开拓了"青年"，使得"五四"新文化中出现了历史的"新青年"。从此开始，文学中"青年"俨然成了一个时代希望的象喻。很难说，在一个高度象喻的历史时代书写中，"青年"能够完全脱离这种文化意义的束缚。所以即便是张爱玲的《金锁记》这种现实文化指向不强的作品，其长白、长安的塑造，仍然可以在这一"青年"文化话语中得到解释。这种关于青年的文化隐喻甚至在十七年文学、"文革"文学、1980年代文学青年的忏悔、寻找声音里，都具有强大的阐释能力。可是当历史以"一地鸡毛"的"新写实"告别了1980年代之后，文学中不仅找不到文化对于"青年"的意义捆绑，也找不到其他明确的现实解释。此时从象征地位上走下的"青年"，在其回归自然的过程中，甚至走向了历史的反面：它以幼稚、冲动为本质特征，沦为稳定社会秩序中被讨伐的对象。青年从文化象征高坛落到现实写作靶子的变化过程，交织在一种新的稳定社会文化秩序的形成过程，在当时显得异常含混、模糊、暧昧。《上海宝贝》的出现，不自觉地回应了这一历史时段。

主人公倪可是一个令人不安的角色。她毕业于名校，曾经有着体面的记者工作，甚至还出版过小说。她原本会是一个被肯定的、被羡慕的女孩子，可以找一个收入稳定、仪表堂堂的男朋友，最后过上衣食无忧的体面日子，走一条让所有旁观者都放心的人生道路。倪可却辞职、离家，在一间咖啡馆做了服务员，还找了一个自身充满了问题且对外部生活毫无兴趣的男朋友同居。阅读的不适感来自哪里？

这种不适感放回到中国现代文学历史中，显得很突兀。无论是在虚构作品《莎菲女士的日记》里，还是在现实生活的《中国现代作家的浪漫一代》中，倪可都应该是被期待和被效仿的时髦年轻人。在历史的参照中，她身上理应带着一个时代对于未来的翘首企盼。倪可放弃和摆脱了的是一种既定社会秩序对人的规划和束缚，她要用年轻的生命和充足的能量去寻找和创造真正属于她的时代、人生。这种行动的欲望与20世纪上半期中国追求家国现代的焦虑情绪相吻合。倪可带来的阅读突兀将历史与此时互为镜照，发现此时走向了历史的反面，所以才出现了阅读上的不适感。所谓的"不适感"出于倪可的青春行动失去了历史合法性的主流社会价值支撑，仅从个人生命层面，在具体的时代里，去分配青春给予生命的多余能量。退一步说，在社会稳定压倒其余的时代里，青春很难进入主流的文化价值中，它往往是需要被引导、被归顺的一股社会能量。

当外部的文化象征不再能够统摄"青春"，青春书写势必探索它新的话语方式。由倪可发出的青春声音是1990年代青春被质疑和否定的时代里，青春自身发出的带有痛感的一声呢喃。它没有归属，所以也基本不存在文化意义上的指称。剥离文化语境之后，青春的问题或可看成是它对自我的寻找。《上海宝贝》中，这个问题似乎着落于"性"。天天性障碍。叫"飞苹果"的漂亮男子性向偏女性。始于大学恋情的表姐和表姐夫郎才女貌，但不和谐的性从内部最终瓦解了他们的婚姻。艺术家阿Dick却因为性激发了表姐的爱情，在小说的结尾二人圆满。曾经绝境的少女马当娜，用性摆脱父兄的家暴，用性谋生,最终从妈妈桑变为隐匿在城市里的年轻富孀。也是性,让倪可沉迷于有家室的德国男人,一次又一次地背叛天天。性与青春到底有着怎样的关系,它在青春的文学表达中,占有什么地位?

如上所述,这种多余的能量在中国文学20世纪的大半期中几乎都投射到了家国现代梦想等大问题上,以至于形成文化的象征,修改了青春原本的自然性状,进而压抑了青春自身的表达。从生物学的角度,青春时期所谓余裕的生命能量是大自然赋予个体生命最正当的繁殖力,它在这个生命阶段成熟,一旦成熟便随即具有了来自大自然的合法性。生存作为丛林中最高的律令,它本身包含着繁殖,二者是生物界一切道德法规形成的基础。按照这个角度来说,人类社会应该鼓励和追捧青春,因为它在自然生命力方面已发育到巅峰状态。可事实上,人类社会在其悠久的历史中所奉行的却是长者制,尤其是在经验和智识越来越重要的历史时期里。也就是说,在从丛林中走出的人类社会里,青春形成一种文化的悖论:一方面它合乎自然,另一方面它不合乎历史。所谓的悖论在人类社会的历史发展中,虽是常态,但其在某些历史节点上,存在例外。

而这些历史的节点,对人类社会这个肌体而言,其性质如基因的突变。我们可以从两个角度参考细胞的基因突变:一种即每个细胞中的基因或是受到外界的干扰或是自身的分裂带来突变,这种突变在肌体中将遭遇类似免疫功能上的筛查,进行来自肌体的自然选择;另一种则是发生在遗传的过程中,父母双方的基因通过交换和重组带来突变。后一种即遗传学的视角认为:一方面,基因突变是自然选择,无所谓好坏,只在于适应自然与否;另一方面,突变是有代价的,它的结果有可能因为不适应自然而被残酷淘汰,但与此同时,它也是生命进化的唯一希望。如视人类社会为一个大生命体,它同样需要面对体内的基因突变,那么每一代青春就是它的一次基因突变。它同样具有两种观照的视角:一种是在一种稳定的生命状态中,人类社会如其个体一样,强调肌体的筛查功能,警惕肌体内部的基因突变所可能带来的社会不稳定状态；另一种则在人类社会的发展角度，即它的整体性推进希望又只能在这一次又一次的基因突变里，尽管它是有代价和风险的。这个比拟所要讨论的问题是，青春和社会的关系特别像肌体与它基因突变的关系：在社会历史性发展大于稳定的时期，青春就像遗传学上讨论的发生在遗传过程中的基因突变，它是生命演进的唯一希望；在社会稳定时期，青春只是常态肌体生命中的基因突变，是需要被肌体已形成的强大免疫功能以筛查的对象。如果我们将前一种角度称作为生存性的突变，后一种称为发展性的突变的话：

在中国现代家国的构筑历史中从鸦片战争，到甲午海战，再到整个20世纪上半期的中国社会中，青春偏向于发展，当时的社会需要打破其常态的、既有的稳定结构，借用青春的自然生命能量去创造和建立新的稳定结构。从1960年代后期的知识青年上山下乡至今，青春在前一个被发现、被创造的历史线索上，展示了其被规训、被重组，而后再次回归到一个逐渐形成的稳定社会文化结构里的社会文化心理发展轨迹。

《上海宝贝》这里所讨论的正是青春合自然而不合历史的悖论难题。当这些余裕出来的能量不被社会文化需要时，它还有什么文化意义？在趋稳的文化结构中，性真正成了青春所余裕的生命能量，它无处投射又难以解决。也即对性的处理，本身即是常态青春书写的最大问题。我们可以用一个坐标系来解释性对于青春生命的这种稳定文化结构上的挑战：

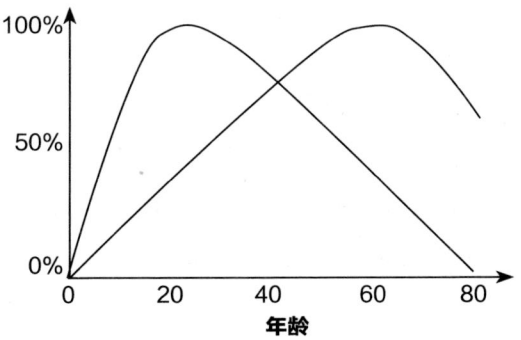

从自然生命力的角度来看，人生有如一条抛物线，而其中的青春时期在生育能力（或者说性的能量）已处于抛物线的顶点，随着年纪的增大，这个能量沿着抛物线递减。可在一个稳定的社会文化结构中，青春时期的生育能量并不对应社会文化中资源的最大占有，后一占有程度随着个体生命呈现一条递增缓减的曲线。如图所示，横坐标代表自然生命点（单位为岁），纵坐标则表示能量在整体中所占有的百分比。抛物线的图显示，人在自然生命二十岁左右到达生命能量的顶峰，而它所对应的社会资源占有程度相对较低。相对应的社会资源占有最多的时候，自然生命大概在五十到六十岁时期。两条线所交叉的位置在四十岁左右，其意味着自然生命到了四十岁才与他的社会资源占有能量相交。当然这是相当粗糙的一种图形比拟，它只对群体负责。整个青春时期其自然能量都超过现实的社会资源占有，其中又以二十岁左右最为严重，它造成了能量上的闲置，而恰好自然生命能量又无法闲置，必须安顿。

　　回到文学作品，青春文学的核心在于如何排遣这部分闲置的能量，这对1990年代中后期的《上海宝贝》提出了挑战。《上海宝贝》之前，几乎所有涉及青春期性苦闷的作品，都可以瞬间将这种生理性的苦闷转嫁于精神上，且在精神上有所投靠，有所解决和升华，如1920年代郁达夫的作品和1980年代张贤亮的作品。可历史到了20世纪末，青春没有了依托，它重新成为基因突变中被严密筛查的对象，所以在性的问题上，小说必须对此时"无用"又"旺盛"的性做出处理。《上海宝贝》在这个问题上，呈现了一代青年无名的焦虑。

　　就如小说开头所写的："每天早晨睁开眼睛，我就想能做点什么惹人注目的了不起的事，想象自己有朝一日如绚烂的烟花噼里啪啦升起在城市的上空，几乎成了一种我的生活理想，一种值得活下去的理由。"没有什么明确的诸如家国等大概念可以给此时的青春以攀附或者拒绝，它唯一可以抓住的只是对平庸的抗拒。那么如此渴望绚丽人生的倪可却又为什么喜欢上了天天这样一个看上去跟她完全相反的男孩子？因为这两个年轻人在他们不同的性格和境遇下，有点同路人的性质。他们都在向世界要一种精神性的答案。区别在于，对倪可来说，是自我选择的结果，而天天则是被迫的。

天天身上的孱弱内向，对于外部生活的排斥和拒绝，某种意义上使他具有了某种精神荒原的质地，这极大地吸引了容易融于外部生活的倪可；疲惫于现实外部生活的天天，并没有自己创造出内在的精神世界，所以他将精神世界的建设寄希望于写作的倪可。按着这个线索，小说里的年轻人似乎都没有找到一个可以安抚他们灵魂的精神世界，不仅如此，现实世界也给他们提供不出什么精神性的答案。以王安忆《启蒙时代》作历史的对比，《启蒙时代》中所描述的那些"文革"中的年轻人，他们在那样一个时代里，仍然是有所依靠的：无论他们曾经因为是革命的力量而被需要，还是革命之后被"放逐"（小兔子语），他们确实拥有过自己的时代，并且这个时代隐约有一个彼岸可以渡他们。从此岸到彼岸，青春建立了一代人的精神世界，无论那个精神的世界是否完整，那些年轻的生命，多多少少得到了某种庇护，那些青春带来的余裕能量在里面有所消耗，并且得于这种精神的力量，青春最终安稳地度过，甚至形成有关青春的认识。"舒拉这孩子，真是的！像她这样年龄的孩子，总是那么执着地奔跑，就像前途有什么确定的目标似的。南昌抹了一把脸，羞怯地笑了。"他们是骄傲的。可是《上海宝贝》的时代里，年轻人就没有这种精神性的庇护。没有本来也不是问题，问题在于，它不接受。结果天天死了，倪可对天发问"我是谁"。不知道来处，看不到未来，当青春的合历史性取消之后，它的合自然性也似乎不存在了。"我是谁"可以看作是常态青春书写对于自己的意义追问。

所谓常态的、沉溺于自身情绪的青春书写其最终必然走向"我是谁"的精神发问。而这种必然的走向，出自于青春自我认知的本能。《启蒙时代》里，那一代的青春是站在基因突变的正当性上期待自我突变给社会肌体创造出的未来，并由此向自我认知。"南昌在心里重复了敏敏的问题：不知道这是怎么一回事！这股悲怆似有缘由，又似是无所指，是面向整个的世界。""陈卓然也很想相信什么，他相信什么呢？"时代演进到《上海宝贝》时，青春失去了社会认知这条路。倪可在1990年代的上海，轻松地解决了困扰南昌、小老大、陈卓然一代人的"父子"和家庭血缘问题，她离家、辞职后，进入一家咖啡馆打工，为的就是用自己的眼睛直接地看此时的社会。她摒弃符号，欲与鲜活的人直接交流。可结果是，仅凭靠青春的勇气和信息，倪可们终于没有切入这个社会，他们更加边缘，边缘到放弃对这个社会的兴趣。青春看似无路了，其实青春本来就没有什么路，它就是社会的一次次基因突变。尽管此时基因突变不被期待了，可是无论如何，只要是生命在进行，基因必然在突变。这个意义上，作为常态青春书写的《上海宝贝》，也获有了先锋的意义。也是从这个角度来看，真诚的青春书写必然落入先锋。

二

与《上海宝贝》相对应的是韩寒的《1988 我想和这个世界谈谈》。尽管两部小说相隔十年，但它们面对的仍是同一个文化语境；对这一个共同的"天上人间"，它们采取了截然相反的想象性表达。韩寒是一个无意于讲故事的写作者，出于这个原因，他很难写出一部好的小说。但韩寒所具有的洞察力，一种来自黑夜里的黑色的眼睛，却又是大多数流连于小说写作的年轻人所没有的。这样奇怪的一个对应，使得韩寒的《1988 我想和这个世界谈谈》冲破了时代文化的茧，生成了一种本文所论述的非常态的青春文学。

所谓非常态的青春文学一如本文开头指出的，它们产生于当时社会文化所形成的青春希望象征，当它产生之后，又长久笼罩在社会文化的主流声音之中。历史没有给我们提供一种没有主流文化价值支撑的、非常态的青春表达作为参考。从这个方面来看，《1988 我想和这个世界谈谈》的出现具有重要的文学和历史意义。它表明一代青春终于在历史的线索上,从社会的文化象征与自我的青春躁动,走出了一条新的、以青春书写社会的文学道路。它没有一个已然的社会话语作为支撑,它也无意于青春内部的诸多小情绪,它有兴趣的是通过这个时代的青春去认识这个时代。也就是说,与《上海宝贝》相反,它不是要通过外部的社会认知来实现青春的自我认知,而是要通过青春对社会的认知来认知社会。

《1988 我想和这个世界谈谈》是一部观念的小说。它用各种观念勾起一代人的集体无意识,以此编制小说的情节。这样的艺术手法帮助作者瓦解时代已形成的巨大文化茧,重新叙述历史。

首先,为什么是"1988 我想和这个世界谈谈"?"1988"是一辆报废车。"我想和这个世界谈谈"是从丁丁哥哥开始的故事。在"我"的童年成长里面,丁丁哥哥是榜样和偶像。榜样是被塑造的,被肯定和希望的。偶像与个人有关,是自我选择的结果。在"我"的童年中,二者重合在丁丁哥哥身上。可是,有一天丁丁哥哥要出远门了。"丁丁哥哥在春天收拾好所有的行囊,握着一张火车票向我告别。""丁丁哥哥说,我要去北方。""丁丁哥哥说,我去和他们谈谈。""丁丁哥哥唇边露出微笑,急切地说,这个世界。""如果丁丁哥哥还活着,现在应该是三十八岁?三十九岁?四十岁?"由此推测,丁丁哥哥是1970年代初生人,在他十八九岁的时候出走。1988这辆报废车的命名也这个时间点有关。所以2010年的故事实际上从这里开始。

那么丁丁哥哥是青春的英雄吗?在"我"生活的大院子里,还有临时工哥哥,他是榜样的负面角色。临时工哥哥在1980年代后期因为偷窃被抓了起来,可"我"知道那件事原本是丁丁哥哥干的。因为丁丁哥哥是我的偶像,况且临时工哥哥本来也不是榜样,所以"我"选择让临时工哥哥承担处罚。大院里还有被叫做10号的同龄小男孩,他曾经是同代人里面的斗士,可夸张和谎言已经成为他生活中如吃饭、睡觉一样基本的生存需求。这算是"我"的来处,

"我"从这里长大。

故事的第二个阶段，是长大以后的事情。"我"先是充满理想地成为一名新闻从业者，试图用"无冕之王"的力量摧毁世间那些隐秘的黑暗地带，接着才知道这不是堂吉诃德的时代。然后是爱情。美丽的姑娘，梦想着有朝一日成为荧幕里的明星，接踵而至的是她身处的那个圈子带来的诸种谎言。在这一个时期，"我"经历了理想和爱情的双重洗礼，最终"我"开着这辆被废弃之后改装的车，进入故事的第三个阶段。

第三阶段实际上是青春的尾巴时期，它势必需要一种正面的能量，否则将迅速告别理想性的青春。"我"首先遇到的是一个妓女。后来发现妓女的理想，或者说使眼前这个妓女毫无恐惧并且满溢乐观的力量的，是她腹中的婴儿。这个角色将社会最后的一层温柔面纱撕破，她迫使"我"不得不去承认我一直在逃避的东西：前女友实则是风月界的头牌，社会以谎言为基石，甚至"我"本身就是谎言的一部分。她特别像但丁的贝阿特丽切[1]。她也是《皇帝的新装》里那个无知无畏的小孩。所有真正残酷性的东西，在这里，反而以一种朴素的、真实的面目呈现出来。"我"，1988，妓女，妓女腹中无父的婴儿，四个生命一路向西，接应"我"朋友的骨灰盒。这个朋友，也许就是临时工哥哥，也许是丁丁哥哥，也许是其他，但他一定与青春有关，也与这辆叫1988的车有关。

结局是"我"辗转收到了妓女送来的婴孩，然后带着这个小孩上路。韩寒笔下，似乎这个小宝宝是这个时代的希望。可是他是如蚌壳里的珍珠一样光洁亮丽吗？他的母亲是个妓女，父亲是个隐藏起来的嫖客，抚养他的我也有污点（我参与过丁丁哥哥的偷窃，我和丁丁哥哥都是某种意义上的逃犯）。然后，韩寒的光亮就在这里，他看到了这个时代可能的希望，并且意识到，希望不是从天上掉下来的，相反

---

[1] [意]但丁：《神曲》，黄文捷译，花城出版社2000年版。贝阿特丽切（Beatrice），但丁《神曲》中人物。

它只能从我们这个时代的泥沼里生长出来，更重要的是，它的生长，你我都有重要责任。

对此可以做一个来自时代书写的横截面对比。贾平凹在《秦腔》也写到一个婴儿，并且也在这个婴儿身上做了某些文化情感上的隐喻。她是清风街上金童玉女夏风和白雪的后代，她本是这条老街上此时代最灿烂的希望，可她却没有肛门。对此，这个时代不得不给她插上一条管子，再用现代医学给她开刀和治疗，以改变上天原本对她的命运设定。这个婴儿的未来是什么？贾平凹已毫无信心，甚至可以说作家在文化的意义上创造了这个没有肛门的婴儿，然后将她抛弃了。在贾平凹看来，某些东西是在以非常丑陋、可怕的现实走向死亡。写作者似乎站在了一个高地，他在俯视，在悲叹，毫无办法。可是《1988 我想和这个世界谈谈》里，没有一个地方可以让作者逃避，他就在这个时代的洪流里，时代里的所有恶都是他生命的来源，时代里的一点点善因也只能靠他去争取，他本身就是时代的一部分。

整个20世纪中国现代文学，某种程度上说，可算是阳刚的风格，它的主流是男性对于世界的观点和话语。这种来自于历史的文学性格和品质，决定了作品中的女性是男人世界的某种情感寄托，进而形成一种知识分子（男性）与女性的精神定势书写。就如贾平凹，从《浮躁》开始，他的大篇幅小说中必然会出现一个抽象化了的女性形象，如小水、白雪、带灯，这些女性形象与写实无关，她们展示的是知识分子内在精神世界中的一种需要。再如上文所提到的张贤亮，其《绿化树》曾经引发了评论界的争鸣，其中黄子平的文章中提到了马缨花作为"我"的感性世界的存在[1]。也就是说，文学似乎形成了一种知识分子自我精神建构的书写传统，即女性是力量的来源，是希望的载

---

[1] 黄子平：《我读绿化树》，见氏著：《沉思的老树的精灵》，浙江文艺出版社1986年版。

体[1]。韩寒某种意义上在《1988 我想和这个世界谈谈》中接续了这种知识分子精神写作的传统。

为什么是一个妓女？她似乎天然就是要来这个时代生下一个婴儿。或者我们可以理解为，这个婴儿父系的血缘不仅仅是某个个体的，而是代表一个时代的。时代则是凡圣同居，鱼龙混杂。所以某种意义上，从她站在旅馆的窗户上为"我"挡光开始，圣母的形象似乎来临。这部小说始终纠合着两条线索：现实的和精神的。现实的故事展示世界的无序、生活的无奈，以及社会弱势群体对于生活的渴望，以"婊子"和"戏子"尖锐地刺向现实大地，掀起和谐的遮光布。精神的故事属于韩寒真正的艺术创造，它由1988、妓女、婴儿所组成，他们带着叙述者"我"，西行逆向，对这个糟糕的此时有所作为。

最后一个问题就是1988，一辆报废车。对它可以有多种理解，但诚如丁丁哥哥不是英雄，历史的1988也失去了它的时代。而此时"我"接续他们的车，接着他们的路，继续自己走下去。这种接续，又因为它是报废车，而变得更加艰难。上一代青春到底留给后一代青春些什么，很难说清楚，只是丁丁哥哥当初是用一种理想，去跟他们谈谈，而"我"的行动不再是青春层面的理想和冲动，而是因为现实中这个婴儿不得不让"我"去真正地关心未来世界。所以，这里不仅出自于青春的冲动和理想的鼓舞，还有我作为一个"父亲"，带着现实的历史遗留，带着精神上所找到的希望，为了新一代人的明天，将

---

[1] 这个问题复杂而有趣。或许它可以找一个轻松的入口，如侯孝贤的《美好时光》从青春和百年历史的展示的维新青年和青楼妓女情感等，无意展示了从古代开始中国读书人与风尘女子之间重要关系。所谓的风尘女子这个说法不准确，更为客观地是指一些不严格限制在具体时代严格伦理道德约束秩序的女子们，所以可能有妓女，有女仆，也有被主流排斥的普通下层女性等等。她们释放了具体时代的伦理道德，反而呵护、激发、滋养、镜照困在这个伦理道德秩序中的读书人或者说士人、知识分子的内心世界。更重要的是，她们身上可能隐藏着现实时代被遮蔽的光。与外在的知识分子张扬的行动和情感相比，这个隐秘的女性世界在知识分子的书写中从来都充满生气、力量，它是一种更为厚重的存在。不仅如此，她们总是能在最关键的问题上，最紧张的精神心理时刻，给予知识分子助力。这样的书写从晚清到今天存有一条文学的线索。

"和这个世界谈谈"。因此才有1988这辆被改装过了的报废车，它身上有着上一代人的记忆，某种意义上它是一种精神的传递。然后因为是一辆被他们改装过的报废车，"我"对它的理解和驾驭，就具有了创造的性质。所以1988某种意义上预示着它是一个历史的终点，也是一个新时代的起点。"我"就站在这个点上，撬开历史，创造未来。一个世纪的青春书写到了这里，再也不是冲动的儿子们进行鲜血的反抗，而是父亲这样一个社会责任的承担者寻找时代的新机，就此中国现代文学终于铁树开花。

以上对于小说故事情节的梳理还不完整，这与小说的叙述结构有关。诚如前文所述，韩寒的这部小说，取代细节，它用的是观念构筑情节。与此对应，小说不在线性结构上有所结论，而是通过大大小小的同心圆，寻找一个离心的力量。这个离心的力量让"我"能够走出社会已然的历史和现实，能够从一代人的洪流中站出来，跟这个世界谈谈。背负多种隐喻的报废车1988、妓女、婴儿某种意义上都参与了这种"出走"的离心力。

"我"名为陆子野。庄子讲"一年而野，二年而从，三年而通"。路需要青春一代又一代地走出来，无论过程中的寻找与否定，最终隐隐约约它还是存在一束光，指引行路者向前。在这些之后才有了1988 我想和这个世界谈谈。这部作品对于中国现代文学来说非常重要，因为有它的出现，文学的传承才真正地有所自证。从"五四"新文学中儿子们的"出走"到《1988 我想和这个世界谈谈》的"出走"，青春作为中国文学的先锋力量，在一百年的民族风云下，从观念成为内在的精神行动。百年前，"出走"是种观念的隐喻，从走出家庭到走进1940年代的延安。百年后，没有了高调的观念，甚至没有了光芒耀眼的希望，"出走"不再是旗帜高扬的集体行动，它落实在具体的个人身上，取代抽象的个人理想，用父亲的责任作为最强大的内在精神驱动，并且此时的"出走"并非是离开哪里、走到哪里的问题，而是作为一个父亲站出来，为这个世界的此时和将来有所负责。

在这里，新世纪文学中一代青年的理想和力量仍然在，并且是薪尽火传，继续下去。

三

前文曾谈及《上海宝贝》阅读上的"不适感"，这种"不适感"还不是从普通读者的角度考虑的。有意味的是，对于《1988 我想和这个世界谈谈》，年轻的读者几乎进入不了。这虽与它对于情节的忽视有直接关系，但更为重要的是小说的观念问题。为什么是1988？为什么又是"我想和这个世界谈谈"？小说在支离破碎中将一代人成长中遭逢的诸多重大的、新的时代问题搅和在一起，而这些问题在已有的文学作品中还没有得到深刻的历史性解读，甚至也没有一种文化上的社会知识对这些问题进行全面性的讨论，所以这也是先锋小说的问题，也是其价值所在。这两部小说尽管从文学归属来看，分居东西，但它们的先锋性都不可否认。先锋是实验的、探索的，因为它，作品很尖锐，难读。实际上在这两篇小说之间，存在一个中间地带：七堇年、饶雪漫、匪我思存、唐七公子、八月长安、张悦然、郭敬明、笛安等人创作的青春作品和他们所拥有庞大的青春读者。从现有的作品来看，这是一个温和的地带，它不从根本上为这个时代的青春负责，它也无意于或者是无从思考这个时代青春的来处和去处。

这篇文章思考和写作的过程中，我无数次地跟青年读者们（主要是在校大学生）探讨他们的文学阅读。很多青年人不愿意读带有精神探索性的文学作品，他们更倾向于选择手机等电子设备随意翻翻一些连载小说。像贾平凹的《秦腔》这样的优秀作品，正在快速地失去青年读者。跟踪他们近一年的阅读（除了上面的几位写作者作品，还有一些历史、耽美、玄幻、科幻作品）之后，我将《秦腔》影音版的后记播放出来，本以为即便是城市里的小孩如张颐武说的尿不湿一代[1]再往上至多三代，家族里一定有农民，血液里农民的情感还在，缘此这样的视频势必造成《秦腔》或者更多的严肃文学将会由此开始悄悄进入他们的精神世界。事实上，并没有。问题可能分散在很多方面，比如《秦腔》的写作也有它自身的问题，如主人公白雪、夏风包括引生等本是这个时代里二十多岁不到三十岁的年轻人（即与青年读者的同时代人），可是贾平凹没有兴趣进入此时年轻人的内心，在这个方面小说的表达流于观念性的想象。从某些方面来看，今天青年人的精神世界、生活环境等等文化的、社会的问题远大于我们对青春文学的讨论范畴，它的复杂、严重程度也远超过于文学。再有就是，青春文学的这个中间地带的无力表达。

　　郭敬明在这个中间地带的重要性在于，他有庞大数量的读者。《小时代》三部曲从2007开始连载到2011年结局，五年的时间里，郭敬明的写作毫无进展。他在这部小说中写了顾里、顾源、简溪等几个富二代美女帅哥的大学青春，整个故事逻辑与台剧《流星花园》、韩剧《花样美男》等青春偶像剧几乎相似。《小时代》对人物、对生活的处理异常轻率，为所欲为。以作品中随处可见的名牌符号来说，这些时尚的设计与品质的追求跟青春原本相通，它们彼此本可以互相镜照。如果将诸如Prada Armani 等品牌的物质性有所处理，这些符号也许在青春表达里可以真正获得一种生命。青春的某一部分用这些张扬的品牌来呈现，也许更为精彩。可是郭敬明的小说仅是堆砌。仅这一点就很难理解。如饶雪漫从十几岁开始写长篇以来，其作品的情

---

[1] 张颐武：《新世纪文学：跨出新文学之后的思考》，《文艺争鸣》2005年第4期。"所谓'尿不湿一代'是从1980年代后期开始，中国婴儿逐渐开始使用纸尿裤之后成长起来的一代人。'尿不湿'这种新产品的使用其实是一个消费社会开始降临的标志，它将"用过即扔"的文化建立在婴儿阶段，意味着用一种便捷的方式为父母摆脱了换洗尿布的烦琐；另一方面，也减少了父母和孩子的交流时间，放任了孩子自由宣泄的可能。"尿不湿"逐渐被采用有其象征意义，中国历史上最丰裕的一代人的出现和中国全球化和市场化的进程其实是异常紧密地联系在一起的。"

节和情绪已经固化，形成了饶雪漫式的、低龄、悲伤的十七岁爱情风格[1]。低龄、悲伤的十七岁完全可以解释饶雪漫的人物和故事，所以权且作罢。作为写作者的郭敬明，他已不再是一个懵懂少年，他对他的写作和读者都应该有所担当。即便承认了他笔下这些富二代的生活设置，即便他对此没有足够的精神能量和现实细节支撑去形成精神性的探讨，可为什么最终要在历时五年之后，用一场莫名大火葬送这些也为爱、为友谊挣扎过的小生命呢？在这个问题上，最严重的是还不是创作层面的五年，而是读者跟踪连载的五年。如此结局设置，甚有谋杀的意味。文学写作也有它自己高贵的道德，像创造出一个人物，让他死，这是一件惊天动地的大事，写作者需要对此有所交代，需要对死做出现实的、艺术的担当。面对郭敬明如此庞大的读者群，我始终担心因为自我阅读的有所限制而产生误会。早于《小时代》的《梦里花落知多少》（2003年），也是一部二代们的故事，好在《梦里花落知多少》让人物在作品中有所"成长"。得于这种"成长"，小说里面那些青年人的离奇遭遇都变得真实起来，情感的潜然能力也更强一些。可是写作的意义仍然难以讨论。也许这样的文学研究本身就是不合身的。从郭敬明的这两部小说和他近十年的写作来看，我们在文学的范畴上讨论郭敬明，总显得捉襟见肘。

郭敬明写作中的问题在这个青春书写的"中间地带"不能说不具有代表性，只是他将问题推到文学以外去了，但还是有些问题可以在我们的文学中有所讨论。如这些书写致命之处在于没有建立自我的文学书写逻辑。它们都在努力地、夸张地表达青春的诸种孤独情绪。本质而言，这种情绪与《上海宝贝》《1988 我想和这个世界谈谈》相通，但是它在这些写作中被浪费在对自我长久的迷恋上。就以俗称耽美的男性同性恋小说为例，这些作品为了突出两个男子的相遇是

---

[1] 饶雪漫：《时光若能永固在17岁》，《青年文学家》2010年第6期。"我希望爱情和青春永远停在17岁，因为那是一个美好的年纪。所有的一切在那个年纪、那个青春段都是清纯的。""即使有斗争也是孩子气的无伤大雅，却可以叫人铭记于心一辈子的温暖。"

命定的选择，不惜在小说中随意灌入黑社会、权贵等等强权诱惑。此类故意的声张，在张悦然、笛安的创作中也非常明显，如她们很多作品都将主人公设置为单亲家庭或者不幸家庭，以这个家庭环境来解释人物孤寂的内心和内敛的性格。孤独、敏感、内向、激烈这本来就是青春的一种气质，放置在具体的时代环境中，它必然会呈现时代的外在文化解释。如今天的独生子女政策，文学中从来没有一部作品很好地以独生子女的内心和成长去与莫言的《蛙》对话。如此多写作者，无论市场、读者，还有主流的认可，他们都不缺，可是他们为什么缺乏对于意义的兴趣呢？在这部分作品里，青春所余裕出来的生命能量，基本上都被消散在一种情绪上。七堇年的《大地之灯》显然是一次机会，可当作者把听来的故事勉强铺陈出来，瞬间再次转入伤感。

在讨论这部分青春写作没有建立自我的文学书写逻辑时，他们之间彼此应和、重复的一个细节，即对于家庭的独特设置也是一个关键的问题。从郭敬明、张悦然、笛安到大批网络青春写手，他们在处理主人公内心性格、气质的问题时，都将问题指向"家"。似乎青春里的敏感、叛逆、激烈，以及故事的背景都得自于不完满的家庭成长。这种情况与从"五四"新文学恰好相反。在20世纪上半期，有理想的年轻人第一件要做的事情就是摆脱"家"的藩篱。此时的书写中，年轻人却出现绵密的对"家"的依恋，不仅如此，他们的烦恼和不满在于他们认为"家"本应该对他们的生命和未来负责。这些小说中，大部分都有类似这样的设置：父母离异或者单亲家庭，或者是跟父母关系紧张，或者是孤儿[1]。有意味的是，如郭敬明笔下眼花缭乱的世界名牌，小说中很多细节与人物和情节是无关的，可如上的家庭设置，几乎都是小说人物性格、故事的命定解释。这其中的问题有可能首先不是文学的，它的情感浓度远大于故事本身。但也有可能与从"文

---

[1] 如郭敬明《梦里花落知多少》的"火柴"、《小时代》中南湘的堕落男友。再如张悦然的《吉诺的跳马》《红鞋》，以及笛安的《告别天堂》《圆寂》《请你保佑我》等等。

革"开始对于青春价值的主流转变有关,与1980年代文学中青春的寻找和1990年代青春的迷失声音有关。在另外一条线索上,这种情感的解释要求对独生子女一代的社会和文化成长环境,以及其对青春期心理的影响展开多角度的研究。这种未知的文化心理真正地聚集和吸引了大批青少年读者,更为重要的是,它在历史和此时毫无任何参照,而它却正在形成中国独特的未来文化。

对创作来说,它或许是为了弥补20世纪中国诸多大概念对于青春的压抑,享受于一时的情绪渲染。问题在于,这个地带拥有太大的影响力。缘此,我们不得不对这个地带的创作有所要求。反过来,以《大地之灯》来看,写作者显然是力不从心的。也就是说,在今天的社会肌体生命状态中,社会不寄希望于青春的改变和创造,它要求青春尽快从短暂的不稳定状态里走向稳定的中年时期。那么青春余裕的生命能量在此时,不仅与社会资源的占有不对应,也与社会认知程度不相称。这样的状态在我们短暂的现代文学历史中,同样没有任何理论的参照。这个中间地带的存在和发展,充满偶然性,它有可能在未来的几年中迅速分流。但无论如何,它是《上海宝贝》和《1988 我想和这个世界谈谈》的青春根茎。

青春具有向死的特质。某种程度上它在生命能量的方面已达到了一个极点,所以在这个点上很易于走向生命的另一个极点——死亡。《上海宝贝》里那些为人所诟病的诸如CK内裤、OB卫生棉条或可解释是年轻人对于活着的一种日常理解。都市人类生活在各种符号之中,他们正在被取消了与大自然的直接关系,诸如土地的劳作、买菜、烧饭,甚至阳光和四季。这种"被取消"尤以年轻人为胜。与"衣食劳作"的隔阂,要求符号必须产生能够近似土地之于农民的意义。《上海宝贝》中的绝望,在其之后的青春大军中被消遣了。更主要的是,此时青年人的价值观念里面,稳定压倒了一切。因为追求稳定,所以才出现了这个时代中有关青春爱情的诸多故事,诸如婚恋观里对于房子的要求,公务员的热考,异地恋不是因为情感的淡漠而是因为求生的压力分手,高富帅、白富美、屌丝和屌丝的逆袭等等。"温和"的青春地带,除了有写作上的不珍惜,也有青春的"颓废"。整体性的"颓废"氤氲着某种文化,它正在缓慢地生成。而两头的书写,从这个层面来说,具有先锋的性质:一个从青春出发,最终回到青春的问题上,一个从社会发问,最终指向社会的问题上。它们都是用"成长"的母题,通过青春无法逃避的痛感来探索具体的/抽象的问题。"青春"本身盈余的生命能量,自然会造成对一种稳定结构的冲击和破坏。两篇小说都是借助于这种破坏,对一种大结构动摇一下,以创造裂缝,进而寻找被遮蔽的光明。

困扰于身份：郭敬明[1]《小时代》三部曲与我们这代人的历史处境

一 历史处境

21世纪初还在小说中玩味人与人之间诸种社会关系，即便不能说过时了，至少不是一件时髦的事情。早在现代小说诞生之初，人与人之间的情感、社会关系已经完成了经典性的历史呈现，在18至19世纪的欧洲站立起那么多的著名人物，他们的犹豫、痛苦、选择和命运永恒性地探讨着人性的丰富程度，从大的潮流上这可以看作是对具体个人的文学化呈现，所以我们能够清晰地记住冉·阿让、卡西莫多与艾丝美拉达、苔丝、爱玛、简·爱与罗切斯特、安娜·卡列宁娜、玛斯洛娃这些独特的人物。20世纪以来的现代小说，又将人与时代、与社会的抽象关系进行了呈现，以早上醒来发现自己变成一只甲虫的格里高利为代表，围绕地球一圈我们能够读到《1984》《鼠疫》《狂人日记》《我是猫》《喧哗与骚动》《了不起的盖茨比》等等著名的篇章。在这里，人物并不再是作为我们所谙熟的环境中的一个特殊形象而为人所关注，写作的重心悄然转移到作为具体时代中的人，从此我们在那些再次为我们熟悉的名字之前加上了时间和地点。等到20世纪

---

[1] 郭敬明，80后作家。新概念作文大赛获奖后，他的作品逐渐地拥有了大量的粉丝，开拓了2000年以来的青春文学市场。本文所感兴趣的是《小时代》文本如何吸引大量青少年读者，作品是否呈现了"此时"历史语境中的新的要素和情感，是否提供了我们理解此时的某种可能。

八九十年代代以来，小说的兴趣再次转移，此时人作为一种生物类别想象他与大自然、世界、宇宙的关系，小说通过这样的想象能力重新塑造理想的人类形象，反思人类的历史，它特别的兴趣在于人类未来存在的可能性，这个潮流里最有代表的就是科幻小说。

小说的这条历史发现线索在20世纪的中国很有意思，它催生出一种充满现代性和革命意味的青春小说，并且形成关于青春小说的传统。整个20世纪上半期的中国先锋性小说，都是要写一种断裂与建立，与旧的一切断绝，寻找、建立新的秩序。某种意义上，现代中国小说借助了青春，发掘其中的理想性质，假借它身上所具有的对于未来的可能性断裂历史，在这个过程中青春爆发出巨大的革命力量。"青春"在这里不仅是一种隐喻，还参与了小说的故事设计。问题就在于当小说的历史情境转换之后，世界性的话题从紧张的人与时代、与社会的对立关系转向面对资源枯竭、生态恶化、战争的核武器、恐怖组织等诸多人类世界性的问题时，此时要求生成人类对人的自我想象与重新塑造，那么文学中的青春将不再需呈现对既成秩序的断裂。如前所述，有关青春的想象和利用，对中国现代文学来说，已经形成一种传统，从某种意义上说中国现代文学就是一种青春文学。因为已形成传统的、充满青春气质的中国现代文学在经过近百年的历史之后，在这个世纪更替的时期，被一个更大历史潮流否定了，所以在这个传统和历史之下业已形成的文学期待和审美习惯带来我们认知上对于文学"断裂"的判定。

我在研究1980年代左右成长起来的一批作家(他们也是这三十年来中国大陆的中坚作家)时，发现他们在新世纪2000年左右的小说如《秦腔》《兄弟》《生死疲劳》《蛙》《炸裂志》等作品中，都将历史的线索描述为一种"无后"的境遇。现在看来，这一代作家从某种意义上来说是上一个传统中的最后一代作家。从小说的历史和人类的整体现实处境而言，中国现代文学的确正在一种传统上面终结，几乎所有从"五四"新文学过来的气质、姿态、兴趣、立场都在新的历史语境中迅速消亡。在这个历史的转变缝隙中，所谓的"无后"是一种必然的出现，"无后"几乎可以视为这种传统的标志性终结。经历过"无后"的历史现实隐喻之后，几乎一代人摆脱了历史对于他们的巨大的压抑，从而走向更为自由的个人化书写，如贾平凹在《秦腔》之后写作的《带灯》。与这个传统断裂真正休戚相关的是以80后为主体的一代人。

小说的历史潮流和中国的现实处境共同终结了诞生自20世纪初的中国现代文学的一种与青春有关的传统。这个传统放置在小说自身的历史脉络来看，它实际上是利用青春的自然属性对抗社会历史环境，是一种显见的对抗性书写，近一个世纪里在整个世界的现代性语境中、在中国的现实环境里都处于先锋的地位，它的理想性和斗争精神提高了小说的社会历史地位。当它作为一种强势的、主导的传统和价值评判面临终结时，此时代表着小说最先锋的势力是以科幻为代表的关注整个人类现实矛盾和未来处境的一种潮流。小说未必有足够的技术空间去容纳这种先锋性。于是我们看到了诸多科幻大片，如《黑客帝国》《云图》《星际穿越》，它超越了小说的表达空间。换言之，技术或许对小说在关怀人类精神处境方面的创造性、先锋性提出挑战。

二 陌生的一代人

本节要研究的对象既不是中国现代小说的一个曾经高蹈的历史传统，也不是以科幻为代表的此时小说的先锋力量，而是在这两个夹缝之中存在的以80后为主体的文学写作。按照中国现代文学里的青春传统，世纪之交的文坛对于继贾平凹、莫言、王安忆、韩少功、苏童、余华等这代作家之后的新一代的文学声音充满焦虑，一面是愈加老到、源源不断的新作，一面是组不全人数的"独唱团"。几乎后一代对写作有兴趣的年轻人们都无法用自身单薄的经历和经验去与上代人在历史层面上对人生、社会的思考相匹敌。就在中国文学的热闹非凡和炉火纯青之时，它也遭遇了后继无人的困境。"青春"是80后这代人唯一的经验，可是此时的"青春"再也没有便车可以搭，于是我们读到了大量的相似的有关"孤独"的文字。可是我们这个民族不但不善于体味孤独，更不习惯于对孤独进行审美，相反孤独对于我们来说始终是一个问题，我们急于解决掉它。从我们的文学传统和审美习惯出发，长久以来，我们很难在一代人如此绵密的孤独书写里寻找到问题和意义，与此同时，书写也变得更加的零散和私人化，甚至开始靠近日常生活细节，讨论具体的、卑微的个人的小故事，而这些却是青春所不擅长的。在这些气闷的、惆怅的、无解的孤独声中，我们这代人的青春书写是不是就要这样闷过去了，不知要等多久才能理直气壮地凭借虚构的文本跟"他们"谈谈人的生老病死。难道我们只能学着用父辈的眼光和口气看待我们的成长和他们的人生吗？还是我们沉入"码工"的大潮，以电脑为流水机器，用一些后宫妻妾的故事填补路人等车、换车、吃饭时候无聊的时间而不思考意义吗？

郭敬明的《小时代》三部曲终于在被拉长的篇幅中，为我们这代人看似没来由的孤独做了历史的注解。《小时代》写出了这代人本质上的孤独感。这种孤独不是来自为我们所熟悉的西方的个体的孤独，它首先是一种客观的状态，是源于一代人血缘被切割，是一种孤零零的不得不接受的孤单。也就是说，它不是形而上的、心灵的、精神的孤独，它只是一种血缘里的与世界关系上的孤单。这种孤单是中国最为忌讳的。我们这个民族，恰好非常重视血亲，人的亲缘关系是一切社会关系的基础，我们的所有节日都讲求家人团聚，相应地对于亲情以外的其他感情都变得不太牢固，也很艰难。这种孤零零的处境是一代人的处境，它真的会导致精神上的孤独吗？还是会衍生怎样的一代人与之相关的情感？它到底会给中国社会带来怎样的情感模式改变？一切都在历史化的过程中。但是从那么多语焉不详的对这种孤单的描述和表达中，我们可以看到这种身份与小说中人物的敏感、不信任、没有安全感、厌世或者是世俗的胆怯、自卑、狂躁、偏激等密切相关。与此同时，几乎大部分小说对这种孤单的描写建立在小说中人物家庭的不幸层面上，好像只有取消了幸福的家庭模式，他们才能接近他们感受到的那种孤独状态。这也许是我们这代人从未体验过家庭里有血缘上的兄弟姊妹的原因，我们感受到了某种孤单，并且日久被这种孤单的情感包围，我们以为这就是西方说的孤独，其实我们也不知道它好还是不好，只是这种感觉带来我们对世界不一样的角度和理解。这种情感很难把握，于是长久以来在文学中我们是令人陌生的一代人。

独生子女这样的现实处境可能有诸如更多地被关注，更多的物质支持，但它同时也附加在每个个体上更多的寄托和要求，也面临着更多的压力。这种影响首先是心理上的不安、胆怯以及自我中心。早在《小时代》之前，这种情感状态实际上已经被张悦然、笛安等人开始触碰，只是它始终以一种莫名的面貌作为主人公的身份存在，大量的中短篇小说都没有足够的体量来真正地围绕这种情感处境有兴趣地呈现。我们看到的只是很多以青春为视角的年轻作家，对于这种孤独本身的玩味，它既没有成为一个问题，同时也没有被放置在历史与时代中得到追问，所以这类作品中弥漫着莫名的惆怅。这种情况除了与写作者没有足够的思考和认识笔下这种实际上是此时我们这一代特有的孤单有关，还与整个现代小说在20世纪以来从具体的个人转向抽象的个体这一潮流有关，正是在这种文学的大历史潮流下，年轻的写作者才急于在自我一代身上寻找人类和人性的书写意义，更为重要的原因可能在于这代人对于时代的兴趣严重缩水。《小时代》在几个年轻男女的友情、爱情书写中，不自觉地写出了真正困扰在这代写作者笔下的孤独情感。这种孤独带给一代人的敏感、极端、胆怯才是郭敬明小说中关于友谊和爱情的真正诠释。它也许改变不了我们这代人"陌生"的面目，但有可能让我们自己彼此看见。

三　身份的困扰

《小时代》对本文讨论到的独生子女一代人血缘被切割造成的特

殊的孤单处境的描述，首先是来自小说中四个女子之间的友谊问题。顾里、林萧、南湘和唐宛如这四个从中学时代就相伴在一起，她们之间歇斯底里的友谊，起码在我们已有的文学史中罕见，这种友谊早已不是庐隐《海滨故人》里的随意、散淡和偶然，相反有点铆足了力气的意思。她们之间这种友谊在小说中不断地遭遇郭敬明一次又一次设置的巧合和误解的考验和挑战，就在它眼看着就要被破坏时，主人公们就会发自内心的、不由自主地在我们已有的、现成的"友谊"概念之外，从自我的感情身深处，重新修复且进一步深化这种彼此之间的情感。整个过程看似矫情，但也不可枉负作者的努力，他试图摧毁本已存在的那些概念，重新为这些人物建立新的概念——友情。这种在《小时代》里不断被寻找和建立的感情，实际上是一种新的感情。如果想要真正理解这种"友情"，我们就必须回过头来看看这种感情的承载者。事实上这代独生子女，不仅仅是在家庭中没有了兄弟姐妹的情感寄托和社会交往练习，他们与父母的关系也变得更为微妙，看似足够亲近的关系背后则是更为深邃的自我隔绝和自我封闭。于是，他们在寻找和建立友情的时候，不自觉地放置一种真正的但又是假想和想象的亲情。在后一种情感模式中，他们是敞开的，也是亲切的。郭敬明笔下的四个女孩，出身、性格、智识与容貌包括遭际，各不相同，可唯有在友谊这方面，四个人都有种不由自主地动人。也就是说，郭敬明在尝试一代人对于一种情感的内心渴望、坚守与自我建设，甚至在整个过程中所有人都是不自觉的。无论是高傲的、富贵的顾里，还是粗糙的体育生唐宛如，抑或没有主见的林萧和用力生活的才女南湘，她们都可以在爱情上、事业上精打细算，唯一表面的理性无法阻止的就是彼此生命中的友谊。

　　具体来说，《小时代》触碰了一代人特殊的历史处境，我首先把它理解为独生子女的孤单。这种孤单启发了我回过头来理解同龄人之前的大量创作。在《小时代》之前，大量的80后写作者将作品中人物身份设置为破碎家庭中的孩子。如果说，50后一代至今还迷恋写"文革"时期的记忆和历史，60后酷爱1980年代的黄金岁月，70后擅长在日常生活里讨论智慧和哲理，那么80后则困扰于一种身份。长久以来，我们以为这种身份就是对个人理想和社会责任的丧失，却不知道这代写作者一直在没有什么资源的情况下认识自己。《小时代》本身也包含了这种身份的困扰，它一上来就用尽办法解决这个问题：顾里的经济背景和能力为一伙人暂时取消或者是中止他们与家庭的复杂关系，人物的背景舞台总是在脱离家庭之外的一个安稳的、独立的空间里。人物离开了家庭，与父母的关系暂时性地得到搁置和缓解。走出家庭之后，郭敬明就有机会从其他角度认识和讨论他的人物，为自己设置了一个非常有利但难以让人领情的条件，他显然是找到了更直接的方式来讨论"陌生的一代人"。

当解决、排除或者是搁置了人物与家庭的关系之后，《小时代》面对的是人在确定历史处境下真正的爱与怕（借用刘小枫语，"我们这一代的爱与怕"）。也就是说，如果不完全依靠已有的独生子女，或者是破碎家庭这样的看似人所共知的处境设置，如何就从个人的角度反过来写具体的、特定的一代人的历史处境。《小时代》有两点特别需要注意：第一点从单一的人到人与人；第二点是生存性的情感需要。

所谓的从单一的人到人与人讨论的是《小时代》中孤单的个体如何在此时的历史处境下建立新的社会网络关系。弥漫在一代人笔下的孤单，首先指的是血缘里我们能够直接看到的孤单，或者说是来自血缘的孤独，这种身份虽是确定的，但讨论到情感层面却又是很隐秘的、个人化的。它直接带来的局面是，一代人没有了像父辈那样根基于血缘亲缘的庞大的人际网络，所以我们可以看到一个又一个孤零零的形象在大地上行走，又像是一个人在异乡走夜路，在这些行走中总是有若干人会对这个世界更加敏感、不信任、没有安全感，甚至是患上洁癖等心理病症。这也就不难理解为什么《小时代》中推动情节的居然是人与人的误解。这样一个脱胎于热络的亲缘血缘为基石的社会历史情境中的人孤零零地行走，他要如何与既成的社会秩序发生关系，又要如何与那些同样孤单的人相遇。这种孤单是此时特殊的客观存在，它正在衍生出许多新的情感问题。

生存性的情感需要是指《小时代》围绕孤单的情感，基本建立在生存的层面上，主要指的是创造性的友情。尽管小说中写了顾里顾源、林萧与简溪、崇光，乃至南湘、唐宛如等人的爱情，但整体来说，《小时代》里的爱情不重要，它对小说不起着决定性的、根本的作用。而真正关涉小说精神内核的却是那种毫无血缘但又充满亲人感的、难以割舍的友情。所谓的爱情，甚至完全可以在这种新的友情层面获得观照。之所以我们看到的这样的友情很突兀抑或失真，是因为友情在我们可视的历史书写中，也只有"桃园三结义"那样的兄弟之情或者是伯牙、钟子期那样的知音关系可以参考，根本没有像这样的决绝的歇斯底里的胜过亲人的年轻人之间的感情。就在郭敬明一次又一次以误解为阻挠的过程中，这几个人之间的感情仿佛经历过了血液里面的交融和淬炼。最终，一方面告诉我们这种感情不是可有可无的，它几乎可以看成是关涉到人物生死的，是人物生活中非常重要的一部分，所以可以被称为生存性的感情；另外一方面又展示了在这样一个血缘隔绝的历史情境下，如何在社会的网络中形成了一种新的情感关系，更为重要的是这种新的情感关系某种意义上有着亲情的意味。这一看似夸张的感情，似乎胜过/取代了血缘上的亲情和人生中的爱情，突兀的强调更是凸显了一代人都能心照不宣的孤单，也流露了孤单的一代人内心的胆怯、脆弱以及渴望。

四　如何结尾

小说的结尾，故事退去，作者出现。如果说小说的开头只是作者艺术性拦截和切入生活，那么经过所有的讲述和安排，他最终会在结尾的时候出于人之常情地跟读者谈谈他为什么要写这个故事，他的情感和态度。结尾检阅着书写的意义。某种意义上，任何情感和材料都可以进入小说，只是作者是否有足够的思想能量和艺术感受驾驭它们。当读者在阅读中姑且接受和信任所有的材料、角度和细节之后，结尾必须对读者做出对于他们信任的承诺，必须解决前面所有被暂时搁置和压抑的疑虑。我们这代写作者整体而言遭逢了如何结尾这样的难题，这也使得进入他们作品的材料备受质疑。

结尾按理要通过选取角度的叙述而使得被作者拦截下来的人物和生活有所不同，它无论如何要带给读者对于人物或者是世界不同的想象和认识，要在艺术的审美之后，展示作者对于世界独特的洞察，要让经过整理之后的故事承担理性的思考的重量。与前辈相比，我们这代写作者的笔下也陆陆续续从校园成长到故乡记忆、城市经验，将很多来自我们视角和经验的材料进入小说，唯一的问题可能就是面对这些材料难以写出属于我们这代人自己的声音来。由于没有呈现鲜明的、新的对于历史经验的理解和认识，创作很难构筑一代人的共同情感和记忆。事实上，这样的处境不仅仅存在于我们这代人的写作中，它在文学批评中可能更为明显。

在这样一个既无限追求时尚又四面复古的社会风潮下，我们始终没有建立起一代人思考和批评的坐标系。1990年代精英意识的消退，直接把我们这代人扔在了绝对个人化的声音潮流里，于是，从文学传统下来的那条强势的思想支撑断了。面对纷繁的物象和声音，似乎在这个时代，一切都可以获得理解和同情，这造成了道德的模糊性。现在看来，它着实影响了我们这代人对世界的理解，在1970年代末的朦胧诗后面，写出了此时吊诡的朦胧小说。无论是写家庭的残破还是关照社会上那些孤苦、黑暗的角落，很多小说最终只在常识性的叙述之后，留下浓重的伤感，甚至是孩子气的莫名其妙和故作高深。与此同时，随着社会经验和阅历的增加，一些创作者开始突然跳过最初对于材料的困惑和对于生命情感的实感，迅速接受已然存在的对社会、人物的情感打量方式。

如果暂时放下来自我们现代文学这种青春传统的期待，此时的青春正在悄然还原到它原本的自然状态，如长篇小说《匆匆那年》。这种被还原的青春，放置在人生一世和家国时代中，作为一段珍贵的少年时期，多以追忆的角度被缅怀，它被放置和放大的是现实的、经济的成年世界易逝的、人生初始的那个"初心"，是人们可以想象和感知的自我生命中的"至善至诚"。它没有被刻意地关注和期待，它只是自然地呈现，它不提问，它本来就是现实世界的一部分，它不处理它与现实世界的关系，它就在朴实的、易解的、无奈的俗常人世间叹一口气，然后一次又一次地进行告别。它不认为方茴他们和那些年少的人有什么精神特质上的不同，区别是时代和生活的细节，真实的细节唤起一代人的记忆。《匆匆那年》写出了一种细节上的真实。在这种细节真实之外，存在着另一种真实，它是沟通不同代际、地域和文化的真实，也许我们可以称它为"人的真实"。

  《小时代》某种意义上，在发掘一代人独特的历史处境问题上，触碰后一种真实，有关人的真实。它在结尾用一场现实生活中的大火灾拿走了小说中大部分人物的生命，这样的设置突兀到让人怀疑是否必要。在这样的结尾安排上，我们从幸存者林萧的回忆性叙述角度里看到了作者的批判性。当郭敬明用这样一场悲惨的、真实的大火结束如此多他亲手塑造起来的角色时，他或可视为是在用现实否定他在小说中所有努力建构的美好的东西，那么最终他要否定的就是此时的现实，这是其一。其二是，林萧最终一个人孤零零的存在，这一点是对我们这个时代由于独生子女政策而带来的正在改变的社会结构下的具体的青年个体的处境的坚持。在我们漫长的历史时代中，人口的社会结构一直是从少到多像金字塔一样繁衍，而独生子女是对这样一个结构的反向颠覆，于是由那么多的血缘在代的传递中减缩为这么样的一个人时，他跟世界的关系生来具有历史的记忆和现实的隔膜性质。如此，《小时代》的书写是有着某种被批评界和读者所忽视和低估的先锋性，它无心或者有意触碰一个还未被正视的社会历史现象，而这种现象的重要性单单就我们这代人的创作都可以见出端倪。

张怡微[1]论

张怡微是我们这一代人里很特别的一个写作者,她像一个早慧的儿童,洞悉着周围的生活,然后带点饶舌地把它讲成故事,重要的是这里面有一点善意的体谅和没有克制住的气恼。

我始终觉得,小说到了我们这一代,写什么和为什么而写是个难题。我们的现代小说传统没有给我们提供出一种绝对个人书写的精神参照。相应的是长久以来小说几乎是作家在个人层面就社会、时代共同问题的对话场,外部充满了各种话题,写作就是要去反映、想象、解决这些困扰人们的问题,于是怎么写变得很重要。今天像是一个经历过反思的消解时代,一切都在失去神圣和神秘,那么多的问题和历史都争相以各种面目碎片化地被还原、揭示再被忘记,此时我们能够捕捉到历史的脉络吗?我们还需要那么多的书写者去艺术化地探索那些未明的社会问题吗?在反映和揭示的层面上,虚构性的文字可以胜过技术时代里的图片和影像吗?写作失去了直接的目的,写作从未像今天这样孤独和迷惘,尤其是对我们这代青年的写作者。我们能够在小说中干点什么是一件不得不去面对的事情。提供完整的一个故事,给予读者突破时空限制体验多重人生的可能,这已经不是小说的特权了,至于精神上的探索,那可能真的在这样一个没有神秘感的时代

---

[1] 张怡微,青年作家,1987年出生于上海,复旦哲学系本科毕业后,转入中文系读写作学硕士,后又台湾政治大学攻博。她在《收获》《上海文学》《人民文学》等重要的文学期刊上多有发表,先后出版了《时光,请等一等》《你所不知道的夜晚》《旧时迷宫》等作品,在两岸文学界广受好评。

里，离青年人比较远。数来数去，我们几乎没有任何资源，除了个人化的童年记忆和私密的成长情感，在一种叫做本能写作的经验中，我们拿什么作为暗号，跟读者接头，建立联系？在整个20世纪的中国文学中，表达即存在，存在即合理，从1920年代庐隐、冰心、丁玲到1930年代的萧红、1940年代的张爱玲、1950年代的王蒙以及"文革"之后1980年代以来为我们熟知的一代作家如王安忆、莫言、贾平凹、韩少功、余华，乃至到1990年代的韩东、林白、陈染，青年人对于既成社会的不解与他特殊生命阶段里天然的理想追求应和了大时代的求新求变主题。进入新世纪以来，青年人的惆怅再也找不到时代的节拍了，被时代节拍所边缘的个人也已经展示完毕，好像什么也没剩下。这时路内写了一部长篇小说《少年巴比伦》，他抓住如故乡、成长、工业小城、爱情、理想、人生故事等要素，可小说中"白蓝"这个人物形象最终也没有办法写实，而我始终觉得白蓝的形象是作者写作的一个驱动力，路内不过是使了巧劲。也就是在这样的阅读期待中，我在参编《新世纪十年文学大系》《青春卷》的时候，读到了张怡微的《我真的不想来》。

《我真的不想来》用力生猛，好像已经到达了一个临界点，你不知道小说里的主人翁下一刻会不会"爆炸"，家庭、伦理、知识、传统、青年所有的要素都是我们在现代文学历史中熟悉又敏感的，张怡微把好像是"五四"新文化的话语焦点放置在21世纪的一个上海普通家庭里，你看到这个家庭自外公去世现实的经济处境改变以及由此引发的子女分崩离析，从大家庭分成小家庭，一个个小家庭继续离散，最终养老、恩亲、情谊、亲情都落在道德的语境中，书写也就从大的概念走到了具体的个人。小说中罗清清的紧张非常抓人，学校里学来的任何科学与民主思想知识都解决不了过年家中的跪拜仪式里的情感问题。罗清清因为爱她的外婆和妈妈，她不得不克制和委屈自己。她既看到了小姨的跋扈、自私，也看到她处境的无奈和痛苦，她为母亲不平，又可怜外婆，她始终为血缘中的情感所左右，进退无路。她也不得不为了生计,去向父亲讨要本不在话下的抚养费,她最终没有说出口,她回去怎么应对母亲的询问,她在学校里能够取得非常好的成绩,可她就是解决不了家里的问题,一点办法都没有。她很懂事,可懂事就能够完全理解与包容所有人与事吗?理智上的努力可以控制得了情感上的东西吗?罗清清冷眼看着公交站牌下的父亲反复在皮包里翻找一枚硬币的每一个动作,最后她拿着父亲递过来的十块钱,上了车,刷的是自己的公交卡。所有的爱与不爱都逃避不了彼此之间的经济问题。

张怡微出手就把宏的大概念逼迫进具体的人和事,这篇小说与鲁迅先生的《伤逝》遥相对话,不知道是不是同代人的惺惺相惜,我总觉得罗清清的视角和讲述难度远远超过历史上的鲁迅的子君和涓生,读来,让人很难过。有些时候,真为张怡微的惊心动魄而担忧,她一上来就给自己找了这么大的麻烦,要从本质上来承担揭秘的任务。但也就是在这样的生猛和尖锐里,她写出了一个理想人物。罗清清是这个时代里的理想人物,她身上有着自觉的反省能力,她的挣扎是我们在这个无声时代听到的从生命不知处里爆发出来的呐喊,而且以她的性格来看,她有行动力,像托尔斯泰《复活》里的政治犯,是真正的时代理想型人物。在这篇小说之前,写离异家庭中成长的青年小说很多,这种对家的新的情感是历史性的,可是我们这代人总是处在矛盾里,理想与锋芒不断被消解,现实对理想的质疑严重破坏了一代人的精神自信,背后的茫然无措怎么都表达不出来,没有声音,不被尊重,二次否定。罗清清身上的质疑与反思,斗争与绝望后面,作者居然写出的是人物愤怒的忍让与自觉的包容,我们能够清晰地看到这种生长的过程,它令人极为动容,直逼"克己复礼为仁"古训。她让我们看见花开。

我们这代人从一开始就遇到概念的问题,我们用的都是1990年代生成的概念。概念直接关系到判断。如果说1980年代在当时的历史语境中生成诸如责任、审判、理想、未来、历史等激情概念的话,那么文学中1990年代贡献了精英、私人、日常生活、颓废等带有反思性的概念，比起1980年代对思想的兴趣，1990年代更注重故事，用故事建立新的概念，获得建立在新概念上的新判断，这是1990年代文学扎实的一个重要原因。在今天，如果不建立新的概念，精神的涌动对青年写作者而言无法招架，因为我们没有其他的资源生成我们的判断。我们这一代的情感总是被迫用前辈人的概念去概括，削足适履，越写越苦。1990年代的《叔叔的故事》《废都》《九月寓言》话语与概念概括和表达不了我们今天的问题，我们必须在历史的线索上有所创造。就如韩寒这样与文字亲近的人，他大概是经过了《光荣日》《他的国》《一座城池》三个小说才找到《1988 我想和这个世界谈谈》这样的概念与判断。几乎所有的80一代写作者，你都可以看到他们寻找概念的艰辛路程，某种意义上寻找这个时代我们的概念即是寻找一种与历史、前辈的关系，如张悦然的《一千零一个夜晚》，这样的焦虑不解决，很难开始真正自由的写作。这或可以看成是中国现代文学里的一个传统，那就是代的传统，我们总是要接力，解决与前辈和传统的关系，实际上是要进入一个话语场。我们还不清楚张怡微在《我真的不想来》之前有过多少的尝试，但这篇小说对于书写精神传统问题的解决是彻底的，她直接从自我生命的痛处进入，用文学形成逻辑，反过来全知视角透视生活，最终生成了她讲述中对于一些概念的故事化呈现与展开。我们很难去比附已有的诸种概念，每一代人都需要做的是用这一代人的现实处境为概念赋形。困难在于，我们这代，没有外部大概念的烛照和引领，只能盲人摸象。

"母亲夹了一筷子青菜到罗肃的碗中，说都是快要结婚的人了，还挑食。"（《婚债》）细节是张怡微小说中的另一个特色。她在那些我们都不陌生的常情写作中，打磨的是如何通过细节上诸如人的不动声色的一句话、一个不起眼的动作巧妙地展示人们的生活方式与境遇。对细节的兴味似乎与传统的戏剧有关，有板有眼，于微处生惊澜，这在张怡微身上还不可考，但这种兴趣与上海的关系是确定的。

无论是从历史还是从现有的创作来看，上海作家尤胜于对细节的捕捉。随着这个城市时刻被黄浦江冲刷着点点地流失，它也时刻一滴滴地吸纳汇聚新的成员，以至于在巨大的流动中，它的文化里形成一种急促的东西，它不精致，也不高深，但它就是眼疾手快，在作品中它常是若无其事的一瞥。它或许还与现代有关，如时间的观念、生活的节奏。这东西里面自有吸引年轻女子的地方，张爱玲的白描功夫全赖于此，她对于日常生活细节的兴趣又贪婪又迅速，连她有名的那些比喻也是带有动作性的。张怡微在这方面的功力远远超过她的同代人。
"罗素点了根烟，人整个地沉在了沙发里。"（《婚债》）她老辣的动作在文字里出现一幅又一幅的画面，快速地将读者代入。这些细节填满了她小说的缝隙，作品读来就有了味道。更为重要的是，这些细节既是建立概念的过程，也是从概念到判断的过程。张怡微卖力的地方在于，她把这个过程全部写作为一个成长的过程，她让你看到情理和挣扎，最后让你看到一种变化，认识上的变化或者情感上的变化。

张怡微一直尝试从一个破碎的家庭里，把一个个人拎出来，好好看看，然后用力地去写出每个人的不易，然后再把他们放回去，尽管她最终还是很生气，可是到底有所变化。所以她特别重视这个拎出来与放进去的过程，更是几近苛刻地要求过程有意义。我们也能看到在这样的过程要求中，她尝试过不同的角度，如《我们的隐私》和《私事·而非》里的青春爱情，但她最终习惯和胜任的还是全知视角里中年妇女的角色，她太过自觉地理解和疼惜这个人物，她也愿意团团转地围绕和记录这个人物，她好像跟这样一个家庭主妇的形象一拍即合，最终她好像在用这样一种有生活经验，有进有退，有容量又精明、锋利的中年妇女的世界去在小说中建立一种判断。与这样的"志趣相投"有关，张怡微对日常生活的兴趣远超于我们这代人的实际生活经验，自然，她讲故事就像中年妇女做家务，面团有了，接下来就看当天的口味，但这又是不可学的。

看一个作家怎么结尾，是一件很有意思的事情。在名词泛滥的时代里，张怡微像一个不着急的赶路人一样，把故事翻来覆去地讲，像在练习，又像是寻找新的认识。在这个过程中，我总被她所打动，这是一个心中有你的写作者，她对人始终有着不尽的兴趣，你的阅读有种被关注的紧张。她经常用力很猛，急刹车，但在小说的最后总会告诉你这与她无关，她有闲心，她与人物有距离，她有她对人物的评价。"但是她知道周叔这个人，也并不是坏极。"（《时光，请等一等》）"罗清清觉得很累，她站起身，轻轻推开了厕所的门。黑暗中她望见母亲。她没有吵醒她，真是大好。她无心吵她，大过年的。"（《我真的不想来》）"这以后母亲就极少提及这些伤痛的事，虽然伤痛并未因此而停止。她直至临终，都没有等到袁鹰父亲出狱。她唯一的安慰，便是至少与儿子，好好生活了一阵。"（《东风恶》）都说青年人是最不依不饶的，最容易去打先锋，妥协就是失败。与张怡微小说前半部用力常用力生猛相比，她这些结尾多带有一种体让，这也几乎是小说最动人的一笔，叫一个倔强的、有想法的年轻人去不做作、自觉的而非不得以地带去体谅，很难。她用一种全知的角度把别人的生活放置在一个我们都看得到的故事中，慢慢协调，解说，推动，最终生成一种对人生与人世的认识，恰恰这个认识不落在判断上，而落在情感上。这种体让没有一点将就与凑合的意思，它不妥协，它就是脆生生的，我体让你，我也没办法，但我不是为了原谅你、理解你，它仍然带着年轻人的锐气。

无论是《我真的不想来》里的罗清清，还是《婚债》中的罗素，从小说的结尾往前看，张怡微在这些人物身上都给自己布置了任务，那就是让他们最后的隐忍、包容和成长带有自觉性。事实上，我们还是能看到青年写作者的那种情感上的挣扎，它投射在人物身上就有了种气恼。但是在近期的《不受欢迎的客人》和《春丽的夏》里，张怡微变得游刃有余起来了，她终于暂时摆脱她气恼的人物了。实际上，这两篇小说中的中年人，恰好是那些小说中那个年轻人的父母一辈，这回张怡微直接跳过那个怒气冲冲需要开导的年轻人，摆脱家庭里父母子女的关系，直接来写这些阿姨和叔伯，你能读到一种讲故事的轻松与弹性。她好像随时都可以换个角度来告诉你这些人的生活，与此同时，她也更为容易地写出了很多就事论事的评价，如：

女人的年龄似乎是一道奇妙的槛，一辈子为了要年轻、要好看做尽了稀奇古怪的事，可一旦越过某个神秘的时限，许多东西都没来由地不再相信了，甚至还带有一点超脱的、弃绝的姿仪。

人活着，方方面面都是很难的，尤其是在夏天里。想要支撑一个家，凡事少许细想一想就宛若在文火煎着心，横竖里厢全是摆不平的人情世故、儿女情长。但话说回来，那么多哩哩啦啦的烦心事里，如果不谈到钱，又会舒服一点，亲人之间也是一样的。

在写出春丽这个人物之前，张怡微作品中对类似春丽这样的角色是审慎的、紧张的，难以欣赏的，她把很多生活的劳苦与无奈都写在这样的人物身上，也写出对她不得不的同情，但更多的是种想逃离的冲动。春丽一上来就是个明艳的角色，她会技术性地处理生活，精明，又有着明净的内心，在她的滴水不漏中充满对生活的热情，是一个让你喜欢的有趣的人。我想这种变化得自于张怡微对自己身份的重新确定。春丽之前，她就跟同代的其他青年写作者一样，艰难地把令人无助和气恼的生活放进故事，然后用力地去理解它，排遣自己的苦恼。近期一系列有关台湾的文字中，她给自己找到一个过路人的身份。"我是异乡人，最不缺路过。也许我看不到她很久以后的美好的样子，她也看不到我。因为我一踏上那片土地，就受限于倒计时。但我想，那段无人驾驶的路程，应该会一直留在我的心里。我们去赴约，却开了一个巨大的小差，有一点难过，像梦见对方离开。"（《因为梦见你离开》）从此，她好像少了某种身份上不稳定的焦虑，索性成为一个过路者，无论是对台湾，还是对故乡。这种身份的慢慢寻找，让她能够在《旧时迷宫》里最后黏稠地直陈青春：

更重要的是，我们后来都离开了田林。无声无息。社会阶级日渐明晰，比当时出国潮更为严酷地逆水行舟之后，人们就少了太多造梦的空间和机会。说不上什么欢笑，也没有泪水。有的只是最平常的流逝，哀婉和惆怅。有时候我走在光秃秃的新路上，看到那些戴着红领巾的小学生会很激动的。但我知道，他们什么也不知道。他们知道的，以后的人，也不会再知道。

台湾一定是张怡微书写中的新起点，与上海的流逝相比，台湾多了点山土的固定，或许台湾与大陆隔海相望的距离与关系也是她所中意的，她面对世界终于找到了自己自由又安全的位置，除此之外，她恒久不解的她所恐惧的死亡，也在这段时间反反复复地进入她的讨论，她写《生里沿洄》，以过路者的身份毫无顾忌地把憋了很多年的委屈、思念和无助哭了出来，她甚至能够在《与台湾无关的台风》里，触碰父亲，慢慢地，我们看到，张怡微近期的写作于人于事多了一层不需要太费力的体谅和珍惜。"她父亲为我们整个班级准备了便当，我不敢看他的眼睛，拿了便当就走。他叫住我，说，'妹妹你还有一个养乐多。'我一直记得那句话，从那么无助、哀伤的口中说出来。"（《因为梦见你离开》）这里还有那种始终贯穿在她创作中的克制和自制，我想这一定是她所欣赏的那类人的一种品质，她大概会喜欢川端康成《古都》里的妹妹苗子，因为她喜欢聪明的人。

笛安[1]论

作为创作者，二十岁、三十岁、四十岁走上去，是否有依附于不同的生命阶段的特殊创作现象？作为读者，二十岁、三十岁、四十岁走上去，即便面对同一部作品，读进来的东西必定大有不同。问题一旦如此附会，其预设已经存在。比附于特定生理阶段的书写现象对创作本身有一定的限制，同时对创作又提供了一种特殊的能源支持。如青春，以二十岁的成长经验为关照，人生之三十、四十而后，文学之笔仍可聚焦青春，只是尔时是种有距离的反观：或追述，进入历史时空，带着生命之经验，展开审视；或依托他人，借他者的青春讲他者的故事。如此思路，是否得出，最可能打动青春本身的是写青春的文字，或者说一种在场的书写，来自二十岁当头的写作者呢？当然所谓的"打动"是不准确的表述，此处意指一种来自青春混沌之力的自我表达，它由于没有青春之外的生命参照经验，又纠结在浓得化不开的情绪中，故是一种来自内部的表达，也许幼稚、粗糙，但添加之物少，心机不多，充满限制，有可能意外地直通神秘之境。例外一定是存在的，关于青春在场表达的问题，不可绝对。生命不长，即使走了很远，回头不过昨日与今日。但至少，写你我当下之青春的，破译你我成长情感密码的是你我现实生命同步的一代人。一句那时的流行歌

---

[1] 笛安，李笛安，1983年出生，作家李锐和蒋韵的女儿。山西大学历史系毕业后，留法。作品发表于《收获》《人民文学》等杂志，与同代作家不同的是，她的作品始终有着相对较为广阔的社会信息内容和表达欲望，她试图在血缘、家族、时代、地域、故乡等关键词上围绕成长，思考人生。

词、一块特殊牌子的糖纸，记忆之门，瞬间敞开。以上涉及有关青春的两种表达：在场的青春自我表达和有距离的审视理性表达。本文以笛安的创作为例，讨论"青春书写"的内与外、其时代性与社会性、书写与虚构等问题，进而探讨"青春表达"的可能空间。

一

"五四"新文学的主要读者是当时的青年人，他们基本上是新式教育培养出来的青年学生和知识分子，这在某种程度上决定了以此开创的"新文学"作品与青年即年轻的创作者和年轻的读者之间具有"同声相应"现象。这与"五四"新文化运动的启蒙主张，以及由此逐渐形成的"时代的审美趣味与普遍的关注热点"[1]有重要关系。其中不可忽视的是，"五四"新文学一如市民文学也存有文学对读者的塑造以及读者对文学的塑造这样的问题。[2]以巴金为参考：巴金出生于1904年，当1927年写成中篇《灭亡》时，他只有二十三岁。从相关研究得知，在1930年代中成就巴金名望的不是他从1931年4月18号开始在《时报》上连载的《激流》，而是《灭亡》。《激流》的真正获得影响要到单行本《家》的发行，而整个"1931年前后，巴金的影响主要在文坛和文学青年之间"，从以市民为主要读者的《时报》之连载《激流》而不成功到1940年代"经过戏剧、电影的改编从青年学生走入普通市民之中"以及"1940年代《家》的小说文本赢得的主要还是青年读者"，青年时代的巴金在文坛上聚焦了属于他的青年读者，同时从《激流》到《家》的文学接受体现出"五四"新文学相比市民文学非常有意思的一面，它体现的是中国现代文学里特有的青春现象。正如杨天舒在其《巴金小说的接受研究（1929—1949）》一文中没有论及《寒夜》的接受和影响情况，相比当时评论界和青年读者对于《灭亡》的欣赏，以及由《激流》到《家》再到《激流三部曲》实

---

[1] 杨天舒：《巴金小说的接受研究（1929—1949）》，《中国文学研究》2004年第4期。
[2] 参考李宗刚：《新式教育下的学生和五四文学的发生》，《文学评论》2006年第2期刊。

现的受众超出新文学的新式读者如青年学生和知识分子，而到达市民读者，《寒夜》这部在巴金个人创作历史上展现其成熟风格[1]但却没有获得与前面提及的作品样相应的社会接受效应。其背后当然有复杂的时代原因，但参照中国现代文学史上的其他作家[2]，分析《灭亡》和《家》之于当时的时代和青年情感，会发现整个事件正是上文提及的青春现象的一个明证。它涉及书写的内容和书写的外部时代，而这一切都是围绕"青春"进行的。

放下沉重的社会现实担当，文学的轰动力在于它对社会明天之希望的青年之鼓舞，在于对青年情感的有效表达，一旦表达的效果不佳，文学的时代感召力将受到很大的影响。都说1980年代是文学的年代，现在看来1980年代是青年的年代[3]。如以张新颖在《重返80年代：先锋文学和文学的青春》文章中讨论到的"青春常常和先锋联系在一起"为参考，1990年代文学也不寂寞，因为1990年代以后的文学仍然不断有小先锋，如陈染、林白强烈的女性性别写作及卫慧和棉棉的创作，这些表达跟青春捆绑在一起，以夸张、异样的方式表达着新的时代。问题在于，先锋是个非常有破坏力，但也又很脆弱的东西，它需要假借其他的力量才能延宕其效果，这就是1990年代至今的问题。其实所谓的文学轰动，背后是超越文学的其他力量，各种力量假借文学，形成布道场，展开争鸣。撇开青春表达与文学先锋，仅就青春表达来说，批评家的史学眼光成为可以讨论的一个问题：当年跟

---

[1] 陈国恩：《文本的裂缝与风格的成熟——论巴金的<寒夜>》，《西南民族大学学报·人文社科版》2005年第11期。

[2] 参考陈思和：《从"少年情怀"到"中年危机"——20世纪中国文学研究的一个视角》，《探索与争鸣》2009年第5期。"五四《新青年》文人集团登上文坛，马上就把梁启超、林琴南抛弃了；十年一过，1928年'革命文学'论争中一批激进的马克思主义者出现了，他们首先批判"五四"，批判鲁迅，宣布"五四"已经过时（当时钱杏邨有一篇很著名的文章叫《死去了的阿Q时代》）。再过十年，抗战爆发，新的一代，特别是在延安产生的一批新人，他们倡导新的人物、新的语言、新的形式，用'新'这样的概念来证明1930年代那些著名作家已经过时了。"

[3] 张新颖：《重返80年代：先锋小说和文学的青春》，《南方文坛》2004年第2期。该文从讨论1980年代的先锋小说，而论述到当时的一种"文学的青春"青春现象。

随1980年代文学现场成长而来的,被培养和淬炼了的那一代读者,他们看现在的文学现场,其世风日下之感当然可以理解。其中一点,即是否在传承的过程中,某种类似精神传统的东西受到了阻隔,以此伤害了新的"青春表达",进而也伤害了类似20世纪中国现代书写历史中的文学场。它实际上破坏的正是上文反复提到的青春现象。也许就是因为此种阻隔,如今的青春表达很难冲上来,以此那一代从1980年代过来的文学和文学读者也很难接通当下现场的青春表达。而笔者认为,现代中国文学书写中的青春现象正是知识分子精进精神和时代乾象的文学投射。

二

就"青春表达"和其影响力来说,时代性尤为重要。如《寒夜》不仅是作家个体创作中的杰作,也是具体时代里的高水平代表,可是它的同期接受效果在某些比较之中,显得寂寞。当然这个比较存在种种的问题,回溯历史,当时家国政治社会局面不断生成各种解释,似互相抵消,终不能解决疑惑。如今考察《寒夜》也许就要考察它对当时时代的表达,同时参考1940年代在沦陷区冒出的张爱玲,她将关乎时代社会心理表达的问题投射在青年的人生困惑上,比照之下,提供了我们思考当下文学创作现象的一个空间。今天,出生于1980年代的青年书写者,在动辄十几万册的销量中,已然明星。他们一定表达了青春读者需要的东西,至于表达得如何,那是另外一回事,但其不需要很高起点的共鸣促成了销售的空间。事实上他们除了青春之外到底还在表达着什么,他们又是如何表达得青春都值得在更大的文学视野中讨论。张颐武先生认为,这一代的热销和明星现象后面是"'尿不湿一代'的独特选择",如果对比历史,这是一个快速消费的时代,而此时年轻人已成为"文化消费的主力"。[1]这涉及复杂的时代消费文化问题。我认为,单纯以此作为当下文学的一个解释,还不尽然,

---

[1] 张颐武:《新世纪文学:跨出新文学之后的思考》,《文艺争鸣》2005年第4期。

文学理应有其内在的解释，但因为某种传统的受阻，造成了这一代年轻人的读者受众单一，以至批评界很难尽兴地在文学的领域仅就文学问题对其而展开讨论。也是因为一种受阻，这些表达看似众声喧哗，实则声音稀少。真正令人担忧之处在于，青年书写者一如青年偶像，对他们的读者是有塑造作用的，所以青春的表达效果极有可能造成一代人的精神危机。

同代人对同代人的阅读，重要的是，我们在这些作品中读到了我们在其他作品中读不到的东西。因其表达如此切身，仿若为我们量身定做。理想的青春表达会突破年龄的框架，烛照整个世界，并把具体时代的具体青春传递到不同时代的青春里。在二十岁的写作中，生命成长有如"蜕皮"，它用痛来成就其生命继续所需要的力度和厚度，展示自然生命急速发育成熟时个体与社会正在逐渐打开彼此时候的摩擦，充满紧张。恰"青春"的力不在建立，而在破坏，或者说它常以爆发性的破坏贡献某种建立，从《狂人日记》《沉沦》到朦胧诗喊出"我不相信"，否定的姿态跟青春一拍即合。20世纪中国的现代书写中"青春"常伴"先锋"，如上或可为一种解释。如果社会提供他们以"靶子"，阳刚之气势如破竹。那么，如果"青春"没有了社会提供的"靶子"？到这里，现代文学，没有提供历史可以如上文所述那般，呈现某种参照。

三

青春没有了外在的、由社会提供的"靶子"，青春只有走向对自己的无限抚摸或审视。1990年代的卫慧、棉棉等即是在这种情境下展开的一种黏稠的个体书写，形成一次小先锋。笛安寻找的是另一种表达青春的方式，她展示青春之破坏力转向自身时对人的伤害，探索此时生命在经过拷问之后可能达到的美好：她以残缺作为前提。几乎所有的人物都是孤独的，这种孤独不是来自西方现代小说里那种人生就的孤独宿命和性格表达，是在中国传统的家族血缘伦理生活中以家庭的不完整作为人物性格里重要的缺，以完整的家庭为背景，呈现这些生命幼苗如何成长。她的所谓成长是一种修补，即自己为自己被剥夺了的美好童年创造未来。也即，笛安通过"残缺"，创造了她的人物。以系列小说《西决》和《东霓》为例，东霓、陈嫣、江薏、西决在他们的人生还未展开时，破碎已经存在。[1]年轻的笛安强化这种先天的破碎，无一例外在她的所有作品中，破碎成为人物性格的重要甚至是唯一解释原因：这些人都是因为父母在他们成长里的缺失，而造成他们面对真正属于他们的人生时出现各种暗疾。

　　有时候从旁枝人物更容易找到小说的缝隙，帮助阅读越过讲述者的言不由衷。如《西决》中的陈嫣说出了先天家庭残缺对他们最为重要的一个剥夺："在这个世界上，我不可能心安理得地向任何人提要求，也不可能心安理得地接受任何人给我的东西。以前我以为我找到了你，这个情况可以改变的。但是我发现我错了。所以我想要一个孩子，只有一个孩子才是我真正的、百分之百的亲人。我的孩子可以对我理直气壮地需索无度，我的孩子可以理直气壮地享受所有我对他的好。我要我的孩子像南音一样，因为家里有一个，或者一群他可以完全信任的亲人，所以他就不会像你我一样，带着那么多的怨气和戒心活着。"小说中回应这段话的地方很多，西决讲过："我希望南音永远都不要长大，永远都不要把看别人的脸色当成自然而然的事。"东霓质问过西决，"你有家吗？明明是寄人篱下，还总是张嘴闭嘴地用'一家人'来压我，我看不惯你这副奴才相。"当读者回味这三段话时，三婶的形象塑造背后是这些被伤害的年轻生命说不出来的痛。诸如"我们都从彼此的眼中看见了一种疼痛的东西"，这种东西到底是什么？这里写出的是种在某种伦理道德价值观之下，说不出来的痛。

　　如此伤害，问题已到隐秘深渊。这些看似倔强、乖戾抑或懂事、老成之人以两种极端不同的方式表达生命的高度紧张，在他们这里，任何事情都可能刺痛内心。当南音跟苏远智可以尖利地争吵、分手而

---

[1] 笛安：《西决》，长江文学出版社2009年版；笛安：《东霓》，长江文艺出版社2010年版。

后温暖地拥抱和解时,这些受伤的灵魂却从未停歇过重建信心和建设自己的家的艰苦努力。其中东霓是最紧张的塑造,她身上藏满了秘密(以至到现在为止,笛安还留了空当——雪碧的父亲也就是那个真正改变了东霓人生的男子,我猜想他将在未问世的《南音》中会发挥作用),笛安好像在让她经过重重的人生考验,经过完全是内化到自己身心的求索,而后抵达内心,上演一场内心对整个人的审问,虽这种自审的表达,着实可贵,但目前还没有实现新的开拓或者精神上真正有贡献的掘进,凡到紧张的地方,那股气自然就泄掉了,似乎书写背面缺少一种类似宗教信仰的思想资源,所以故事再次落入俗套。真正落实到创作人物的行动中,这里的虚构并未产生精神上的成果,那么这种虚构行为的意义在哪里?

四

其实我还有一个哥哥。

——《宇宙》

我的弟弟不是人,是一只玩具小熊。二十年来,他是我最亲的弟弟。我发誓要尽我全部的力量来保护他,因为我和他之间,血浓于水。虽然他的身体里没有血,只有棉花——但是这只是细节,可以忽略。

——《请你保佑我》

他是我弟弟。他叫可乐。

——《东霓》

作为写作者的二十岁,笛安的作品中首次集中地展现中国被计划生育的一代成长的孤独。有多少个读者看到那只玩具熊被小主人公认真地对待为弟弟时,心里会没有触动?较之,文学作品里兄弟姊妹大家庭的书写,这种孤单终于被表达了。可怕的是,笛安的创作总是将这种孤单纠结在父母缺席的家庭环境中,以此来看她的第一部长篇《告别天堂》[1]，那些正在长大的孩子仿若是一个个懵懂的天使，于人于事都端着世间本该那般美好的执念。好像由于从小缺了父母的严格管教，少了兄弟姊妹间的争斗，在十三四到十七八岁的年纪里，他们一个个都变得没有烟火气。再有，那个春天总不忘扬沙的北方城市里，"小孩们的人生大都如此：奋斗，为了远离。"所以江东说，"高速公路是我在这个世界上最喜欢的地方。"这种喜欢，同样被西决和东霓这两个无家之人所分享。配合着江东的高速公路的是他从小梦中萦绕的火车站。谁将体察他们的"远离"？这绝不是农民工进城。这些优秀的头脑和美好的灵魂在一个虚幻的类似被启蒙的"远离"情结中，夸大了异乡的美好，这些痛要如何表达。不用等到青春落潮，这些被放逐了的青年心中又会酿出说不尽的乡愁。

　　二十岁的写作者在这样表达。二十岁的读者在这样解读。我深知她说出来的和没有说出来的东西，可是如此近身，它在我身体的某个角落里，她在我成长的某个故事里，在我日日游学试图掩盖让自己忘记的努力里，所以，她说出来的我无力躲避，她没有说出来的，我焦急地想全部网罗。困境在于，同代之人，不说也都能体察，但欲我们一代的青春传递出去，也许有光有青春远远不够。笛安走的是以青春为靶子的青春书写，它像个深渊，它危险之极，是一条艰涩的路，这条路能走多远，说不清楚。但是从另外一条路去看被我们青春照亮的这个世界万象，给我们的青春一个"靶子"，当然它不是"五四"时期的启蒙主题创造的，也不是抗战、新中国成立和改革送给我们的，以此来说时代对于1980年代出生的一代人有些便利，但也有考验，问题就在"靶子"的寻找。

　　通过个案的解读，在现代文学的史学视野中，"青春表达"的可能性成为可以讨论的一个问题。在西方的文化传统中，至少在文学表达里，尤其是进入现代表达，其强调一种个体意识、个体问题。而中国，在整个20世纪的中国文学中，"青春表达"不断冲上前线，其

---

[1] 笛安：《告别天堂》，春风文艺出版社2005年版。

回应的是"共名"的时代主题。这个现象到了1990年代的时候，当一个时代仿若再也难以被"共名"所聚焦时，"青春表达"纷纷走向性别和身体，展开黏稠却贫血的书写，仿若是强调个体的感受。事实上，中国的"青春表达"历来就是与"成长"问题同体，所以其社会性和时代性限制它也成就它。其中也显露了中国的"青春表达"一直没有很好地找到从内部书写"青春"本身的一套话语和思维。那么笛安的贡献就在：其一她抓住"残缺"塑造她的人物，写出了在目前道德价值体系中很难表达的青春的痛，尽管这点上，她夸大了解释力；其二她通过类似单亲家庭抑或独生子女书写，提供了一种中国独特的"孤独"。我以为，"青春"之事玄之又玄，稍瞬即逝，上溯到生命混沌之初，下体时代之沧桑，自带着生命给予个体的元气，故"青春表达"本该寓含着一个民族的精气，也正是如此，20世纪中国文学中的"青春"曾经那般有号召力。以上是从外面的角度讨论"青春表达"，就其表达或者说书写本身来看，如何虚构以及虚构的意义和虚构的价值还需年轻的写作者继续思量。

不彻底的写作[1]
——评《南方有令秧》

尽管这一代人的写作仍然面目不清,但在这个消失了共名主题话语的写作年代里,他们在细碎的写作中逐渐形成一己独特的主题与风格,慢慢地凝聚了自己的读者。在这些写作者中,笛安是一个对写作有着特别要求的作家,几乎在其所有的作品中作为写作者她的意志控制着人物行动的细节,以至她不断变换题材、改换风格,寻找适合表达意志的故事内容。于是继《告别天堂》后,有城市成长三部曲《西决》《东霓》《南音》,也有《请你保佑我》《圆寂》《胡不归》等不一样的中短篇。直至长篇小说《南方有令秧》的出现,笛安通过把故事限制在明朝的历史政治时空中,终于彰显出她特有的写作气质。

自现代文学以来,中国多数作家的诞生与民族的宏大时代相关,他们使得时代给的共同话题在不同的文本中以不同的精神气质赋形。经历了1950到1970年代的高度政治话语之后,1980年代文学所处的时代语境相比20世纪上半期来说,一方面显得更为具体(如从抽象的革命、民主、家国、抗日救亡转变为内容更为具体明确的伤痕、反思、寻根),另一方面也更为活跃(表现为不同主题的快速转换,而彼此又具有某种连贯性和对话性)。1980年代这十年的文学不仅重新梳理、整合了自晚清"民国"——"五四"新文学以来的中国现代

---

[1] "不彻底"语出张定浩诗歌《我喜爱一切不彻底的事物》。

文学中所有的主题、思想和经验，同时又引入和学习了整个西方18至20世纪的经典小说，开启了中国现代文学的一个新的历史时期。其中就作家成长来说，如果将20世纪上半期的群体写作整体视为某种"引领——参与"的模式的话，这一时期作家们是以一种参与时代主流话语的对话状态展开各自的文学写作的，或称为众声喧哗。这种对话性写作紧密包裹他们以及所有的读者，围绕困扰时代现象的重要问题不断发出文学的声音，就在这种对话性的书写中，他们在各自的作品里就写作题材、角度、语言和叙述方式最终呈现出独立的审美眼光和精神维度。1990年代的文学尽管就其时代话语来说，显得更为零散和暧昧，个人化写作喷涌而出，但今天看来，整体1990年代的所有个人化写作仍然是建立在人们对于时代的某种共同感知基础上的，无论是新写实派如池莉的都市小市民系列作品，还是韩东的《我爱美元》，以及魏微、戴来、金仁顺、卫慧等人的作品，更不用说从1980年代就开始写作的贾平凹、王安忆、张炜、阎连科、莫言、余华等作家。1990年代无论是个人化还是独立写作，其仍然能够在不同作家、作品中寻找到一种复调和对话。

1980年代以来文学的这种语境和写作方式，某种程度上培养了写作者的一种书写气质即对文学语境的期待与依赖，以及对文学话语的重视与强调。准确地说，这是一种精英式的写作气质，相比一般写作对于文学才能的要求而言，这种式样的写作更为依赖思想。所谓思想，在时代有着宏大而确定的共同话语时，无论是"引领——参与"性的书写还是对话性的书写模式，文学语境本身就具有相对丰厚的思想资源；而个人化书写时代，时代话语散漫而隐晦甚至趋于碎片化，它本身再难以提供足够的思想能量，此时则要求写作者自我的生命经验和知识结构本身能够提供较为强大的思想能力。从这个角度上理解，1990年代文学中的《叔叔的故事》《活着》《九月寓言》《废都》《长恨歌》《生死疲劳》《日光流年》等整体所达到文学成就远高于现代文学历史上任何一个时期，除了作家自身的文学天分外，更为重要的是这一时期这些作家在其写作生涯中所展示出来的对于历史、现实独特的思考力量。

自1990年代以来，某种明确的、宏大的关系整个时代的话题终于消亡，这种具体历史时期的特殊语境既为中国现代文学的发展提供了更大的空间，作家更容易展示其独特的文学审美能力，从而更为独特、真诚、深刻。与此同时，这种语境一定意义上也带来了文学创作"后继无人"的危机。失去了共同话语以及对话性的写作语境，文学创作对写作者自身的文学天赋以及人文精神能力有了更为苛刻的要求。在这样的写作历史环境下，新世纪以来的这一代年轻写作者们不约而同地断裂文学历史中的那种特有的对于社会问题充满兴趣的传统，从而仅仅依赖自我的文学才能表达一些较为简单的话题或者状态，从而在固定的写作模式和独特的言语风格中占领自己的写作领地，寻找自己的读者群体。

笛安的独特气质就在于她仍然对某种话语充满兴趣，以至于在这个缺乏足够思维资源的写作情势下，话语/意识对小说文本本身造成一定的压抑和伤害。

一

《南方有令秧》仍然是一个青春故事，它着意通过成长的母题处理青春这段时间（令秧十三——三十一岁）。不同于中国现代文学围绕"青春故事"的某种象征传统，笛安在这篇小说里不仅完成了"青春"的内在转向，也获得了观照青春性成长的双重视角。

在以往的文学作品中，我们往往习惯性地将"青春""青年"作为社会的一个群体，以一种"类"的视角去期待、考察，并有所概括。以至于，文学作品中的青年人常常有一种被控制的紧张感，承担着某种社会意义的任务，他们需要在自己有限的生命体验中集中展示社会中某一整体性状态。这种期待在生活高度同质化、思想"无名"的时代里，对于围绕青春的写作，提出了非常高的要求，甚至某种程度上取消了写作"青春"的合法性。显然,就"青春"本身,它所能够给文学提供的书写空间本身有限,在我们的现代文学历史上,集中出现了大量围绕它的创作,主要是因为整个世界现代性语境是一种"破","青春"内在的、不稳定的、新的激情和能量素质适合这种对立性、破坏性的书写。于是,"青春"又往往被放置在一个家族的线索末端,暗喻某种历史性的终结与开端。一旦,有关时代潮流的某种确定性思考消散时,集体性的"青春"视角也许本身可以提供的东西非常模糊,它们常常碎片化地呈现。

《南方有令秧》之前,笛安有过围绕"青春"的多次尝试。我始终期待这个年轻的写作者,她从未放弃过文学书写的紧张感,并始终对某种宏大的外部视角充满兴趣。一方面是对写作怀抱严肃的精神,另一方面她又擅长冗笔。同时代的写作,并不缺乏对于精英立场的坚持,只是有时创作太过精准而失去丰富性。笛安的作品并不经济,她常常像话唠一样,絮絮拉拉将小说塞得满满的。正因为如此,笛安给我们看到了其写作的可能性,理想性的精神指引和本能的叙述兴趣将陪伴这个写作者走出更远的路。

熟悉笛安作品的读者不难发现,《南方有令秧》仍然讨论的是某种"青春"问题。可是这次的写作,笛安通过别样的时空虚构将她所关注的问题暂时性地摆脱了以往对于"青春"紧张的外部视角,搁置了"此时"的语境,从而写作对象获有了某种单纯的内部视角。

首先是一个女性的视角。小说集中写了一个叫令秧的女子,写她从十三岁到三十一岁这段时光。在作者的叙述中,令秧的生命有四个点:出生、上绣楼、出嫁、死亡。小说对着四个点的切分和观照,本身即是一种女性的视角,它要集中地关注女性性别的自然生成和社会规训。令秧的所有故事焦灼在她是一个女性。小说通过在自然生命的线索上,呈现令秧是如何从一个自然生命中的小女孩最终成长为一个对性别有独立认知的成熟女性。脱离了具体的历史语境,我们不仅无从想象令秧的成长,也不能知晓一个女子到底如何内在性地获有她独特的性别意识。这部小说将令秧这么一个女子搁置在历史中的万历年间，通过我们情感想象中对这段历史的某种共同认知，为主人公的塑造安顿了较为固定的外部条件。笛安在这里是反过来的。一般来说，围绕成长的文学写作，常常是以成长本身为一个常态的参照物，以"成长"参照时代，这个"成长"过程中的每一点偶然性都反过来形成某种对时代的个人化写照。《南方有令秧》，反着来。它的兴趣显然在成长本身。更重要的是，它不是一个笼统的"青春"问题，它是书写非常具体的、特殊的"女性"性别成长。这显然是一种内在转向。

围绕令秧，小说里一直有两种关于"成长"的标准对话。一种就是令秧所处的历史语境对于她的成长期待和标准。这是一个非常刻板又无比固定的标准，就是小说设立的时间点（上绣楼—出嫁）。其间又有经年累月的训导和监督。从一个自然状态的女孩长大，她必须获有一个社会身份，这个社会身份，在令秧的历史语境里，首先是嫁出去，其次是可以胜任其出嫁后的社会身份（比如唐简的夫人）。令秧身上又有点独特性的东西，她的生活并不是全部拿出来依附在人们看得到的外部生活线索中，她有一点自己的内心世界，她显得有点"顿"。于是令秧身上引起我们对"成长"的自然状态的想象。这就是小说的第二个视角，我称其为"生命"的角度。

生命视角是对女性视角的一种补充和强化。它围绕小说中的主人公，对女性的社会性别提供了强烈的反思。不仅如此，从自然生命的角度，作者进一步反思个体的生命价值和意义问题，带给小说更大的拓展空间。也就是说，生命的视角即生命本身的自然成长提供给了对令秧其女性性别社会角色塑造的一种反思。

这种不断的比对和反思，又导出有关教育的话题。《南方有令秧》根子上是一篇关于"成长"问题的小说，作者将这样一个母题安顿在令秧身上，通过女子独特的社会和自我生命两种成长的内部对话，引出对"教育"的反思。

令秧首先是自然生命的一个主体，按照常理，她自有符合自然规律的生命节奏，这种大自然的节奏被经验性地总结概括之后，逐渐在具体的历史情境中被抽象为某种整体性的规定，如女子多大年纪要裹脚、许亲、出嫁等等。整体性的社会规定，同时跟社会诸多相关的规定协调，如礼法等，尤其在令秧存在的明朝万历年间，形成强大的律令，最终构成社会性规定对女子异常强大的规训。事实上，历史情境中具体的个人，并不是像我们抽象话语讨论中如此紧张、不自由。我们在小说中可以读到如令秧娘家的嫂子和表姐，以及婆家的云巧、蕙姨娘等女子，大多数具体时代中的人们有着先天和后天的诸种潜质和可能，他们难以有契机和能量足以思考和质疑这种巨大的历史惯性，于是他们显得"自然地"接受了社会对生命的某种外在强制规范，终其一生自得其乐。这种不被质疑的"自然"接受，事实上，是一种"教育"行为。

令秧在这场时代的强制性教育行为中，是很独特的，作者给我们看到或者虚构/假设了这样一个偶然。令秧像大多数人一样，将社会时代对她的规约视作为一种先天性的规约，可能在她母亲还在世的时候，令秧有过一段较为灿烂、单纯的成长时期，当母亲离世之后，她的嫂嫂完全是以社会对一个女子的期待和要求来完成对令秧的日常性关怀和教育。笛安很早就把令秧人生教育中一个关键的角色母亲剔除掉了，取之代之的是她的嫂嫂，显然嫂嫂并没有严苛地当好一个好老师，令秧的生长环境显得更为简单，于是她身上就留了很多空白，后天的教育并没有丝丝入扣地渗入到令秧的生命里，加上令秧先天的某些潜质，她显得有点钝。令秧真正跟别人的不同就在别人看来天经地义却又可以处之泰然、收放自如的规矩，令秧理解得生硬笨拙，她像是一个后进的外来学生，积极、认真、用力。这部分内容，小说不断变换，用他者的眼光逐渐呈现，如唐简"一直到死，他都记得，洞房花烛夜，所有的灯火都熄掉的时候，他和他的新娘宽衣解带，他并没有打算在这第一个夜晚做什么，他不想这么快递为难这孩子。黑暗中，他听到她在身边小心翼翼地问他：'老爷能给我讲讲，京城是什么样子么？'"再如她的第一个引起世人注意的事件："没过多久，休宁县的人们都在传，唐家老爷新娶的十六岁的夫人，进门不到一个月，就做主将一个丫鬟开了脸，正式收在房中成为老爷的侍妾。府里人都唤作'巧姨娘'。"就在她和云巧的这件事情上，令秧是非常快乐的，"因为她总算是有了一个朋友"。也就是说，其实具体时代情境中，社会教育对别人来说虽不轻松，但他们身处其中，深谙其理，自由又不逾矩。于是，等到唐简去世，令秧就会有这样的想法："一个女人，能让朝廷给你立块牌坊，然后让好多男人因着你这块牌坊得了济，好像很了不得，是不是？"以及到了祠堂，宗族里的长老们以各朝各代节烈贞妇的榜样事迹训导她时，她内心就变得很勇敢："死就死吧。既然这么多人需要她死——那可能真的像门婆子说的，不是坏事。虽然说她若真的守到五十岁，也有牌坊可拿——但明摆着的，长老们不相信，也等不及。一具新寡的，十六岁的女尸换来的牌坊更快，也更可靠些。到了阴间，能看见娘，还能看见唐简……"但她终究不敢自尽。在这个点上，我们所理解的某种确定性"教育"开始在令秧身上呈现。在令秧接下来的生命里，她特别认真地做一件事，那就是拿到牌坊，她好像终于找到了生命的价值和意义（教育给予/启发她的一个东西），这是一个她所能找到的，也是时代主流给予女性突破个人有限生命的肯定性评价，是令秧的理想。有关这个东西，它完全是社会性的。令秧是个好学生，当她发现了有可以被肯定的、更有意义的人生时，几乎是奋不顾身的。

但这个过程中，有两件有意味的事情，最终引起我们在这篇小说里思考有关教育的问题。第一件是戏中戏。令秧一面在不近人情地一步步追求着她所能意会到的生命的价值和意义——拿到牌坊，光宗耀祖；一面也不免生出自己在这件事上陷于非真实性境地的矛盾和愧疚情感。笛安给令秧写了一个同谋者，令秧所不便、不能的事情，都交给这个谢舜珲来完成。这个人可谓是令秧的知音，他一眼看出令秧是那种"悔教夫婿觅封侯"的天真烂漫的人，他最终帮令秧虚构了一部《绣玉阁》。这部戏好比是我们今天的人文教育，潜移默化地引导、启发令秧对生命的另一种也是在我们今天看来更为本真的理解。如果我们把前面一种时代里主流的教育称为知识性、观念性教育的话，后一种由谢舜珲创造的戏剧则是一种审美性、情感性的教育。两种教育都归之于西方有关教育即 education 的本意，即 edu- 引出。第二件是令秧爱上唐璞。很难想象没有谢舜珲写的那部《绣玉阁》，令秧是否会心动，发现唐璞，最终迈出异常勇敢的一步，跟唐璞"私会"一起。也很难想象，没有这部戏，唐璞是否继续压抑他对令秧的好感，而不是像小说中那样劳心劳力，最终胆敢示爱。但是当两个如此认真又固执的人，"胆大妄为"地在一起之后，令秧完全颠覆了自己之前对于生命和人生的观念性的理解。我们或可以把这也视作为一种教育对教育的反思。也就是说，小说最终，人物是用人对自然生命本身的再次体认颠覆/否定了某种现成观念对于生命的教育。人涨破了观念对人的束缚，于是，令秧觉得自己内心无比自由。整个过程好比是一个完整的理想上的教育过程。

笛安在这部小说中，由令秧而引出的对某种观念、意识对人形成的教育发出了隐喻性的反思，小说在这条线索上带有浓重的现实批判意味。

二

《南方有令秧》显然是一部历史嫁接的小说，它是用我们现时的视角和意图去想象四百多年前的一段生命故事。笛安为什么把小说放在这样一个时空里？

相比现实主义的小说来说，20世纪以来大量的现代主义小说就小说本身丧失了某种趣味性，表达的欲望压抑了小说的人物，细节不断被重新编排和剪辑，像在把小说引入歧途。可是现实主义在这个历史时期又常常显得容量不够大，或是写作者难以有足够的对生活世界的想象和理解，不容易在现实主义的层面表达某种共性的问题，在小说中承担20世纪某种现代性的后果，如浓重的反思性[1]。20世纪末以来的现实/写实主义小说，呈现了很多独特的小人物，个人性大于社会性，与此同时一些牵涉共同情感的小说往往倾向于书写某种共同的历史记忆。

在笛安的这部小说中，她巧妙地借用真实的历史空间为小说创造了一种想象/叙述的距离。她从我们真实生活的此时，为小说划出一个彼时的空间，于是小说就不同于我们此时的生活，拥有另外一套时间、空间以及道德和礼制。同时，时间和空间所造成的那关于过去的故事，也为小说取得了读者的某种契约性的信任感。

明，万历十七年。多年以后的人们会说那是公元1589年。只不过令秧自己，却是绝对没有机会知道，她是1589年的夏天出嫁的。不知道记忆有没有出错，似乎那年，芒种过了没几天，端午就到了。

小说一开始，"万历十七年令秧的出嫁"在一个具体的历史语境中，围绕令秧划设出三个场景空间：娘家、唐家，以及包裹着两个具体、狭小空间之外的社会话语和权力空间。这中间对于令秧和作者来说，真正重要的空间是娘家绣楼，它不仅仅是一个时间性、仪式性的空间，它是一个女子的心房。进入绣楼，预示着令秧在这个社会上作为一个女子具有了某种存在的"合法性"，她被许了人家，她即将获得自己此生的身份。绣楼，也是一个女子接受学习和自我思考的封闭空间。所以小说其实是从进绣楼的令秧开始写起，也就是从这一开始，令秧处在被叙述的位置上，一面是作者对她的客观处境的描述，一面是作者对令秧一时一地的揣测和评价。绣楼之外，是关于令秧生活的第二个空间，这个空间与其说是唐间家、唐家祠堂等具体的空间，不如说是当时一个普通女子生活的全部外部话语和权力系统。

那么小说的空间就包括两种：一种是随着小说情节推进，跟随

---

[1] [英]安东尼·吉登斯：《现代性的后果》，田禾译，黄平校，译林出版社2011年版。

人物转变的具体空间,如娘家—绣楼—唐简家(夫家);另外一种是具体空间转移变得具有仪式和意义的个人自我与外在权力话语空间,典型如唐简去世后,令秧日常的生活空间和以唐家祠堂为象征意义的礼与法的空间。促使小说中这两种空间转变和融合的正是小说的"时间"。时间赋予自然的、具体的有限空间以意义和张力。

这部小说中有众多声音,如作者的、令秧的、令秧哥嫂的、以及蕙姨娘、老夫人、侯武、小如、祠堂老婆子等等,所有的声音都附和在一个由时间组成的二维空间里:横坐标是人们显见的自然时间,如令秧的十三到三十一岁、三十一岁时的唐简和他的四十六岁、谢舜晖三十六岁时唐璞二十七岁等每个人自己的时间,这部分时间概念内置于人的心理;纵坐标是外部的强制性的历史时间,如小说设定的明朝万历年间,具体所涉及的时间为1574(唐简三十一岁,"踌躇满志")—1605(万历三十三年,令秧离世)。强制的历史时间,不仅仅在情节上作为一种时间节点,如小说中提到的芒种、端午、春节等,也规定了小说中人物关系的纪律,即既成的社会礼制和道德,更重要的是这个历史时间是小说中所有男性的政治背景语境,它是小说成立的最重要的条件,如只有在这样的语境下,才有令秧遇到的唐简,也才有可能遇到谢舜辉。

当作者创设了这样的空间场景和时间轴线,《南方有令秧》就像是一场封闭、完整的戏剧,它随着时间推演,不断地场景转换。这场戏剧只有一个主角,如果夸张一点,甚至可以说它只有一个角色——令秧。其他人都是作为令秧的"他者"而存在,都有一种背向观众的效果,他们不仅通过各种组合构成令秧的生活条件和关系,支撑整个故事,保证情节的合理性,也承担着令秧的讲述者角色身份。

围绕令秧的叙述,小说除了大段的描述性文字和一些令秧的心理呈现外,特别突出的是加入了大量不同视角的补充性叙述,如:

多年以后,当令秧已经成了真个休宁,甚至是整个徽州的传奇,唐璞依然清晰地记得那个三月的清晨。她一瘸一拐地停在他面前,一身缟素，衣襟上留着毒药的污渍，粉黛未施，眼睛不知何故明亮得像是含泪。昨天把她带来的时候，她还不过是饿只能算得上清秀的普通女人而已。可是现在，有一丛翠竹静悄悄从她身后生出来。发髻重新盘过了，不过盘得牵强。她宁静地垂下眼帘，甚至带着微笑，对唐璞道了个万福。屈膝的瞬间她的身子果然重重地趔趄了一下，她也还是宁静地任凭自己出丑——唐璞奇怪，自己为何会如此想要伸手去扶她一把，又为何如此恐惧自己的这个念头。

（谢舜晖）头一次看见她，他便举得，这位夫人是从王江宁的七绝里走下来的。"忽见陌头杨柳色，悔教夫婿觅封侯。"她就是那样的少妇，脸上还有的天真烂漫像蝴蝶那样绚烂地扑闪过去，即使她马上就要成为一个个寡妇，即使她眼睛里全是哀伤和惶恐——她本人还是那抹陌头杨柳色，挡都挡不住的亮光。

唐璞和谢舜晖的这两段，较为典型，集中地补充了这两个年龄、性格不同的男人对令秧的印象。这样的他者视角，对于令秧的写照起到了画龙点睛的作用，并且也勾连形成人物之间的潜层情感关系结构。

有关叙述的技巧上，作者还有一些很有意味的尝试，如在令秧嫁到唐家的第一夜中，即小说第一章第一节的最后一段，突然插入另外一种时间里的叙述，"一直到死，他都记得……黑暗中，他听到她在身边小心翼翼地问他：'老爷能给我讲讲，京城是什么样么？'"很意外，作者会在小说的这个点上，借令秧，来补充唐简的隐秘内心，与此同时也揭露出令秧对"京城"等空间带有浓厚的兴趣，她具有某种可塑性。再有，作者的强势介入，如关于令秧的初夜，笛安加了句"她算是见识过了男人饕餮一般的欲望和衰败，男人也见识过了她牲畜一般的羞耻和无助，于是他们就成了夫妻，于是天亮了。"这算是笛安的冗笔，也是小说中作者的声音。加之，从小说不同空间传来的对令秧的评价，立体地用不同的声音丰富了令秧这个人物形象。

三

我总有一种感觉，《南方有令秧》这部小说，是在写我们这代人。笛安前所未有以一种反思的视角，去思考成长、生命等概念，并由其进一步回看成长过程中所谓的个人理想等教育所带来的问题。令秧短暂的人生，可谓绚烂，从唐简到川少爷、谢舜晖、唐璞，包括三姑娘的丈夫、侯武，以及云巧和蕙姨娘等女伴，几乎所有人都以各自的方式成全她最终走向一种本真的生命。小说又创造了大量的声音，讨论、评价令秧的一切，对她形成某种教育和引导，最终启发她的内心，引出edu- 她天然的东西，她对自己的人生做出自己的判断，感受到自己内心真正的快乐，有所行动，被愿意为此付出代价。

事实上，随着令秧一点点具有"内心"，开始一点点思考，她开始承担一部分的自我叙述，来自作者的叙述也逐渐变得轻松起来，显然等到谢舜晖写的《绣玉阁》出来后，令秧不再给作者插嘴的机会，她独立承担起叙述的角色，整篇小说到这部分显得很安静，所有的声音和视角都褪去了，令秧学会了独立思考，她终于独自为自己的人生做出了选择，并且第一次由衷地快乐。

老夫人是一个非常特殊的角色。从情节的角度，我们在笛安的这部小说中几乎找不到一个多余的人，大部分的人物主要是通过情节来获取自己在小说中具体的角色。与其他人比起来，尽管老夫人虽也参与了情节的推动，如关于娶令秧这件事传说老夫人起了重要作用，再如老夫人的"疯"既"解决"了唐简，也使得令秧在唐家有一个相对宽松、简单的处境，也使得后面的事情具有可能性，显然这些并不是老夫人在小说中存在的原因。老夫人不同于其他人物的情节性，她的存在首先可能是一种合理性，即如果有唐家在唐简过世后有一个"疯"的老夫人，唐家唐简这一支大院就有一个象征意义上的家长，宗族对这一大家子的管控一定程度上是有限的，这才有可能有了令秧、蕙姨娘等后面所有的故事；其次老夫人在小说的主题上也发挥着某种复述和回应作用，即老夫人和前账房的故事。

无论是叙述中的令秧还是在那个时空场里被创造的真实的令秧，当她们都不再需要小说中的其他声音时，令秧通过老夫人的回答最终使得整本书中所有的声音都定在了同一个主题上，这是受限于具体时空的人对生命终极问题的拷问。小说里这些声音的主人们都在通过各自不同的人生，有限地探索生命的意义和价值。令秧不同于云巧、蕙姨娘、连翘等人对于男女关系的体验，也不同于唐璞在这件事上的认识，关键点就在于她是受教育而启发的。如果没有谢舜晖和《绣玉阁》，很难想象当时的令秧会不会在一场丧事中爱上唐璞。小说为我们呈现了完整的令秧，她在当时是有种突出的自由、烂漫的天然性，同时她又特别认真，在她眼里"既然跟人家不一样，总归是自己的错处"，也没有主见，这种特质在社会主流不断规训的过程中，她应该会表现出比较懦弱的一面，甚至会走向极端，完全压抑先天，这在我们的文学长廊里有太多的形象。笛安把令秧放在这样一个大的历史时空中，当时就有可能存在谢舜晖这么一个"闲人"。这个人游离于小说的历史时空，他第一眼看到令秧，就发现了令秧先天里的自由和烂漫，看到"她就是那样的少妇，脸上还有的天真烂漫像蝴蝶那样绚烂地扑闪过去，即使她马上就要成为一个寡妇，即使她眼睛里全是哀伤和惶恐——她本人还是那抹陌头杨柳色，挡都挡不住的亮光。"谢舜晖这个人物是有点苦闷的，某种程度上他又是多情的，他特别像一个隔岸观火的小说家，他发现了令秧，他通过文学化的塑造，帮助令秧虚构出另外一个符合社会道德礼制要求的"唐夫人"的形象。"唐夫人"的角色对于令秧来说，是社会主流文化教育的一种极致。我们在小说中可以读到被谢舜辉文辞塑造的"唐夫人"是如何反过来在现实生活中约束和要求令秧的。这个过程中，唐璞质疑过。唐十一公儿子获任工部主事时，因休宁知县前来结拜，设宴欢庆，谢舜辉席间借蕙姨娘女儿缠足一事，塑造令秧：

　　谢某在唐府打扰多日，一旁看着，心里也实在钦佩唐家夫人的妇德。时时关心着川少爷的功课不说，家里有一位庶出的小姐，前几日到了缠足的时候。小孩子难免顽皮些，不愿意受屈，哭闹不休。哪儿知道夫人深明大义，把这小姐关起来不准进食。夫人的道理是，缠足乃是妇人熟习妇德的第一步，若在缠足的时候便不知顺从，那即是缠完了足也不会懂得意义何在，这样的女儿家长大了也会丢祖宗颜面，不如现在饿死的好。府里自然有人过去劝解，可是夫人说：我一个女人家不懂什么，只知道旧时海瑞大人只因为自己女儿吃了家丁递上来的一块饼，便怪她不该接受男子递上来的东西而任她饿死，既然百姓们嘴里的青天老爷是这么做的，那便一定有他的道理。我照着行，又有何不妥？

　　这是一个虚构的唐夫人。谢舜晖本以为"唐夫人"可以解放真实的令秧，容她可以过上安稳称心的日子。可是谢舜辉还是创造了《绣玉阁》里的文绣，这个女子不仅仅符合时代中恪守妇德的要求，更重要的是她与丈夫的真情打动了令秧。最终令秧真的如谢舜晖所愿成为一个真人。

　　我们这代人1980年代出生，父母大多是50后一代。我们的成长某种意义上很像令秧。现在看来，我们这代人都特别认真、紧张，在意别人对我们的看法，所以我们某种意义上是特别好学的，努力寻找正统，尝试建立自己的合法性，可是我们所接收的教育太过单调、封闭和保守，基本停留在学校和家庭中，我们对于历史的了解少之又少，于是我们这代人很快就迷失了。等到我们真正开始自己的生活，进入社会，组建家庭，我们才逐渐生成我们对人生、社会的独立思考和判断。特别孤独。

中国的贝阿特丽切[1]
——1980年代以来中国文学中出现的一个"姐姐"形象研究

1980年代以来，中国现代文学中出现了一个特殊的女性形象，她特别像但丁《神曲》里的贝阿特丽切。在一些以"我"的精神成长为母题的男性自述文本中，这个女性形象不是作为独立的个体被呈现，她也不是作为两性关系的一个情感元素去等待探索和表达，与此同时她也不承担任何诸如个体解放、人生幸福等抽象的理论任务，她像是但丁的贝阿特丽切，她吸引"我"，她是一个被"我"发现的、不自觉的、"我"的启蒙者形象。这个"她"像是一个姐姐，一个缪斯的形象，可是在1980年代以来的语境中她从哪里来，她是谁，她为什么会跟"我"的精神世界发生关系，她又如何照亮"我"，指引"我"？也就是说，首先此时的中国文学为什么会出现这样一类贝阿特丽切的形象，其次在不同的文本中她们有怎样不同的呈现，再者这个形象身上被投射了哪些特殊的理想和情感，是否成为一时期知识分子精神处境的一种镜照。

---

[1] [意]但丁：《神曲》，花城出版社2000年版。贝阿特丽切（Beatrice），但丁《神曲》中人物。

一 问题的提出

路内的《少年巴比伦》中有一个容易被忽略的却难以为人所忘记的人物形象——白蓝。《少年巴比伦》是一部有归属的小说，它所处理的是一个少年人的精神成长问题，这个问题在我们的现代文学的历史中存在诸多回应，如从最早的觉醒到彷徨到再次觉醒，围绕它几乎每一代的书写始终涉及"启蒙"的问题。在这条历史的长河中，相关作品针对我们的现代性语境在启蒙者、启蒙内容、启蒙方式三个要素之间基本形成某种定势书写：一种是启蒙者和启蒙内容是固定的，作品的差异在于具体的启蒙方式，以巴金的激流三部曲为代表；另一种则主要发生在1940到1970年代的历史书写中，它们多为启蒙的方式的固定的，启蒙者和启蒙内容成为不同文本写作的真正区分，如赵树理的《小二黑结婚》、柳青的《创业史》、杨沫的《青春之歌》等作品。所谓的"定势"，或可以理解为是时代的主流话语情境，作品通过具体的人物、情节去阐释、再现和表达这种时代的共同话语。以此为参照，尽管《少年巴比伦》也是在围绕某种"启蒙"展开的成长性书写，但它呈现启蒙者、启蒙内问题以及启蒙的具体方式在三方面上，通过白蓝这个形象的塑造，对已有的"定势"提出了疑问。

作者试图在重新建立的、确定的听说关系中消解自我精神成长中的启蒙问题：小说设置了一对说者和听者的身份，如男/女、70后/80后、工人/诗人、1990年代的戴城工厂/21世纪上海西区的马路。小说为什么不直接讲一个1990年代戴城少年的成长故事？本文看来"白蓝"的形象决定了小说的叙述结构，追忆的、历史的讲述基本上都是确定的，而路内这部小说却有一个不确定的人物白蓝（这个形象对于叙述者"我"来说非常重要，她是我觉醒然后获得自我认知的重要精神力量）。当所有青春的不确定、不稳定都在历史中落幕为可叙述的内容时，白蓝是既成秩序中唯一漏掉的，也是无法框定的因素，这一不确定所指向的恰好是小说中"我"的精神密码。

白蓝的形象包括其自我形象与白蓝之于"我"的他者形象。与师傅老牛逼、小嚯嘴、阿芳等人物形象一样,白蓝只是工厂的一个人物,大历史的叙述中这样的人物极其容易被忽略。白蓝之于"我"的形象,即作家对这样一个对于第一人称叙述作品中"我"的成长起着关键的引导作用人物的形象塑造和发现,是一个带领"我"走出"中世纪"的光的形象。也就是说,白蓝的重要性是她与"我"的精神性成长有直接关系。这样一个形象原本应该是固定的、明确的,即启蒙者的形象,可是在路内的这部小说中她却相当暧昧。她从北京一所大学肄业之后回到家乡戴城(事实上的戴城与她显见的关系只有她父母身前留下来的一户教师筒子楼宿舍),她最后考取上海的研究生,然后走出"我"生命的视线。白蓝身上具有的忧郁、泼辣气质或许都跟她的身份和经历有关,她与1990年代的工业小城格格不入。她来到戴城的时间大概是1980年代末1990年代初,在1990年代末考取研究生,去上海重新开始她被打断的人生。而当分别几年后,"我"曾在上海与通体名牌的白蓝相遇:

> 新千年的秋天,我在上海郊区的一个宾馆里遇到个女的,她三十岁上下,梳着一个干净利落的抓髻,穿着第RADA的裙子,挎着个香奈尔的小包。当时在电梯上,我觉得她很面熟,我对她说:"白蓝,好久不见。"她从墨镜后面看着我,她看着我,很久之后她说:"你认错人了。"我笑了笑说:"我大概认错了,我记性不太好。"后来有一个外国男人走过来,很亲切地叫她Kisa,并且吻了她的脸。我看得出来,这是一种礼节性的吻。这种吻在我年轻的时候从未有机会表达过。
>
> 她就跟着这个外国男人上了一辆别克商务。
>
> ——路内《少年巴比伦》

我们可以对她有多重猜想,但是从她的经历以及与时代节点的对应,"白蓝"似乎又是一代人/一类人的形象,更为重要的是,她之于"我"是一种不自觉的、启蒙的角色。我们不难想象这样一个形象对于"我"的具体的吸引,但是如果我们不清楚她是谁,我们很难理解

"她"作为启蒙者对于"我"的精神引力以及"我"的被启蒙。

二 马缨花和米兰

作为一个"光"的形象,路内在《少年巴比伦》中写出一个不确定内容的白蓝,她有着类型化的特征即她是通过与我之间自然的情爱关系而产生不自觉的某种类似精神启蒙的后果。白蓝形象背后的疑问即启蒙的内容是什么?这个形象在1980年代以来的文学中有两个参照,即《绿化树》中的马缨花和《动物凶猛》里的米兰。她们都是一种被"我"发现的角色出现,以具体/抽象的关系进入"我"的生活世界,最终在某一特定的时期她们自觉不自觉地关怀"我",保护"我",吸引"我",成为"我"精神成长历程中的一束不自觉的"光"。

张贤亮1984年的这部中篇小说《绿化树》第一次塑造出一个特殊的启蒙者形象——马缨花。无论是来自"五四"新文学传统的启蒙书写还是来自于40年代延安工农主体的新启蒙关系,所谓启蒙者都是代表着大历史、高级的、来自我们所陌生的、抽象的理论代表,启蒙与被启蒙的关系和内容都是确定的。可是马缨花是一个小角色,她在历史和理论的比照下显得微不足道,她与"现代"以来的所有先进概念都无关,她甚至还有着现实生活中的诸多如未婚生子,常年带着儿子靠男人们背地里供养,她的家被人戏称为"美国饭店"等问题,恰好就这样一个意想不到的角色最后却成了"我"生命里的一道"光"。

蔡翔在解读刘震云的《白涡》时曾提出知识分子书写中的"妓女"原型:

这种"妓女"原型不仅出现在《莺莺传》中,出现在《金瓶梅》中,也出现在当代的一些小说中,像《绿化树》中的马缨花,《男人的一半是女人》中的黄久香。

从元稹的《莺莺传》开始,这类母题就一直缠绕着中国知识分子在灵与肉，性爱与道德，个人与社会之间所产生的莫名的烦躁与痛苦。[1]

马缨花和我的关系书写在世俗和现实层面的灵与肉、性爱与道德、个人与社会关系的表达层面上，由于"我"独特的精神要求和马缨花特有的审美维度，作品更为重要地通过马缨花这个象隐约反映了当时知识分子"我"求智的精神路程。马缨花一直按照她的精神信仰修改和创造她和"我"的爱情关系，如她对"我"最初的吸引是她能不断地变换出精细的粮食，在那样饥饿的年代喂养"我"，当"我"一次又一次地吃饱之后本以为（就如所有其他知情者也认为）"我"应该对她有所世俗的承诺时，马缨花只要求"我"讲故事、唱诗歌，她在生活中无私地供养"我"继续念书。马缨花与乡村妇女的嬉戏对骂，她装模作样地借口泥炉子来喊"我"吃东西，她一而再地喊"我"，她对孩子的父亲是谁，她与海喜喜、谢胡子等的关系这些问题的态度颠覆"我"所有的现实认知和道德判断，她的直率、纯朴、简单以及强大的生命能力和生存能力修改了"我"以前知识和信仰构成中的启蒙与被启蒙的关系，最终在马缨花对"我"的等待和付出中，在马缨花对我的爱情里，"我"被启蒙。也就是说，马缨花对"我"的所有好（诚如有的研究者所理解的"在张贤亮的大部分小说文本中，男/女主人公之间的关系是一种超稳定的潜结构，实质上是子/母关系的一种置换"[2]）本身不是结果，书写的重点与其说是一种现实生活里的男女关系，不如说是"我"的内心世界。这种关系导向了有自觉精神要求的"我"的一种成长，即出现了启蒙的关系。这里所谓的"启蒙"就是给你光，你看到你的无知，也让你看到光。

从某种意义上来说，《绿化树》中将马缨花作为一个光的形象是对"五四"新文学传统中启蒙与被启蒙关系的一种颠覆和反转。不仅如此，马缨花之前，我们有着经由男女情爱而实现的启蒙与被启蒙

---

[1] 蔡翔：《母亲与妓女——关于<白涡>》，《读书》1989年第2期。
[2] 李遇春：《拂不去的阴霾——张贤亮小说创作中的死亡心理分析》，《小说评论》2000年第5期。

关系，可是启蒙的内容是确定的、已知的，比如个体生命价值、国家民族责任，马缨花却是一种来自于我们所陌生的、土地的、民间的启蒙。可是马缨花对于"我"的这样一种精神烛照内容仅仅是她的天真灿烂、她的奉献和牺牲、她的爱情吗？马缨花对"我"的"启蒙"内容不是马缨花自己，而是"我"因为马缨花而发生的自我启蒙即我发现了有关于理想、生命、世界的更本质的东西，这些发现未必是确定的，但是它打开了一扇窗子，让光进来，引导我走出去。在这里所呈现的是知识分子在新时代里的自我精神启蒙，这种新的启蒙与历史和时代有关，某种角度上，它颠覆了"五四"以来现代文学中形成的启蒙关系，在这里民间从启蒙的对象地位上转移。而这种启蒙关系的变化又是知识分子"我"主动的作为，也就是说是"我"把那个长久被批判被启蒙的民间重新发现，并看到了它的光彩和力量。

《绿化树》因为马缨花的塑造在1980年代开了一种新的知识分子自我启蒙的书写方式，它为"我"找到一个姐姐（尽管小说中，"我"猜测过马缨花的年纪，"我"二十五岁，"她不会比我大"，但是我们还是把她理解为是一个姐姐，她以姐姐的现实姿态喂养我、关爱我、保护我），这个姐姐的形象本身并不重要，但她一定要在"我"的世界里投射一束光。"姐姐"某种程度上，不过是"我"要求觉醒的精神投射。这是怎样的一个人，她通过什么特质吸引我牵出我的自我觉醒，则是作者对自我精神的真实剖析。

张贤亮在《绿化树》中"我"的这样一种来自于知识分子精英的精神焦虑显然是非常强势的，"我"的精神进取欲望极强，在如此阳刚的精神背景衬托下，马缨花有如山间生命力极强的一朵野花，"我"对于马缨花的发现与赞美最终形成一种高调的、确定的情感基调。与《绿化树》明确的知识分子自我觉醒书写不同，王朔在1991年的《动物凶猛》里透着一股伤感，小说写的是少年情窦初开的一段暗恋，它通过一个中年人对自己少年时期的回忆而展开虚构，这样的叙述角度使得它带有审视和反思的性质，可以理解为"我"在理性地思考一代人的青春成长，在这个过程中"我"假想米兰是一个"姐姐"的角色。王朔的写法与张贤亮完全不同，他在回忆的过程中虚构一段现实从未存在的情爱关系，反思青春的同时，真正呈现中年人"我"此时的一种"去蔽"的精神行动。虚构行为，就如那原路返回要求有所寻找的人所持的火把。

《动物凶猛》复调着两个时间和两种真实。此时的1990年代和少年时期的1970年代；现实中"我"与米兰陌生的关系和回忆中虚构的情爱斗争关系。两种时间上建立的两种真实背后是一个重写历史的结构，现实与被改写之间包含着此时的审视和判断。真实的故事是米兰曾经吸引了"我"，"我"远远地暗恋着她，目睹她与高晋的爱情直到她消失。这种吸引容易被理解，少年情爱的一次自然发生，艳丽的色彩、丰满的身体，以及年长几岁带来的眼界和气魄。重要的是在虚构行为中，"我"对米兰的迷恋有所实际的行动，如"我"去守候、等待、追求，在这个求爱的过程中"我"变得敏感，曾因嫉妒而与其他人恶语相向，最终"我"对米兰实施了强暴。为什么在回忆的虚构中，出现一场强暴？在一个重写的结构中，文本揭示了什么？

米兰在一个追忆结构中被重写或可理解为一个启蒙形象的建立。在1970年代中期的中国，当"我"用自己琢磨出来的万能钥匙偶然进入一间房子，第一次见到她的照片时，"我"犹如中世纪后期的人们看到了古希腊的人体雕塑，那种健康的人类身体所迸发出的强烈的美吸引和震撼了十五岁的"我"：

单人床上铺着一条金鱼戏水的粉色床单，床下有一双红色的塑料拖鞋，墙上斜挂着一把戴布套的琵琶，靠窗有一张桌子和一个竹书架，书架上插着一些陈旧发黄的书，这时我看到了她。我不记得当时房内是否确有一种使人痴迷的馥郁香气，印象里是有的，她在一幅银框的有机玻璃相架内笑吟吟地望着我，香气从她那个方向的某个角落里逸放出来。她十分鲜艳，以至使我明知道那画面上没有花仍有睹视花丛的感觉。我有清楚的印象她穿的是泳装，虽然此事她后来一再否认,说她穿的只不过是条普通的花布连衣裙,而且在我得到那张照片后也证实了这一点,但我还是无法抹煞我的第一印象。为什么我会对她的肩膀、大腿及其皮肤润泽有如此切肤的感受?难道不是只有在夏日的海滩上的阳光下才会造成如此夺目、对比鲜明、高清晰度的强烈效果?[1]

米兰之于"我"是一种从身体而来的精神性想象,它以"姐姐"姿态进入日常生活的层面。如米兰总是以一种姐姐的身份教育"我",提醒"我",甚至是包容、迁就和保护"我"。与此同时,米兰也被"我"在审视青春和历史的过程中,赋予了很多美丽的气质,如她不涂唇膏却娇红欲滴的嘴唇;她也没有于北蓓的叛逆和造作;和长辈关系融洽(其中有一个细节写米兰在"我"家撞到我父亲时她恭敬诚实的态度)等。这种美丽的东西在当时对"我"都具有类似启蒙的作用,"我"由对米兰的好奇和疑惑陷入自我精神的斗争中,也即"我"有了精神上的疑惑。

为什么在那样一个教室和书本、家庭和社会无法给予精神引领和情感关怀的年少时代,"我"给自己创造出一个精神上的明亮的"姐姐",而"我"最终却用欲望去强奸她?

他们使的力量越来越猛,我的脸、肩头都被踢红了。我筋疲力尽地在池中游着,接二连三从跳台上跳下来的人不断再我身后左右溅起高高的水花,'扑通'、'扑通'的落水声此伏彼起。我开始不停地喝水,屡次到水下又挣扎着浮出。他们没有一点罢手的样子,看到我总不靠岸,便咋呼着腰下水灌我,有几个人已经把腿伸进了水池中。

我抽抽搭搭地哭了,边游边绝望地无声饮泣。[2]

无论是故事中被重写和虚构过了的"我"还是现实中无乡的

---

[1] 王朔:《动物凶猛》,《收获》1991年第6期。
[2] 王朔:《动物凶猛》,《收获》1991年第12期。

"我",都在米兰这里看到了残酷和绝望,当回望青春时,"我"看到了曾经最吸引"我"的东西是如何被摧毁,当"我"试图通过故事让自己和别人理解"我"的心情时,"我"把她塑造成为"我"精神上当时能找到的最好的"姐姐",可是"我"和我们最终把她蹂躏了,然后"我"孤单、委屈、绝望地哭泣,毫无办法,无处可逃。

在王朔的小说中,米兰是一个光的形象,她映衬"我"生活世界的黑暗和荒诞。小说中始终复调着真诚和戏谑两种声音:无知无畏和对无知无畏的反思。在一个坚硬无比的、以武力和强权为真理的男性世界里,当少年的"我"好不容易发现如此一个禁闭时代里的亮色时,米兰被叙述得很美好,她既没有道德的说教也不受偏见的污染,她从不放浪形骸却是娇艳健硕,她就像一个缪斯一样引你走向你不知道的、不确定的、孤独的觉醒的路。也许可以这样理解所谓在重写结构里的强暴,其实是"我"对自己和时代最残酷的反省和批判,"我"是如此孱弱和不堪,面对这样一个"光"的引诱,"我"只能去侮辱和损毁她。或许还可以理解为,"我"对我们那时所找到和发现的启蒙形象与资源本身深刻的怀疑。

三 妓女与圣母

如果我们继续借用"启蒙"这个词的话,张贤亮的马缨花是用她的实际行动和真实性情启蒙"我",王朔则是塑造出一个模糊的光的形象,这个形象具有明显的假象色彩以至于作者最后亲自将它揉碎。相比来说,前一个形象(马缨花)还是有着具体的启蒙内容,而米兰则只是一个自我启蒙的精神投影。也就是说,尽管马缨花对"我"的启蒙内容不是马缨花自己(如她身上独特的品质,她的人格力量等等),说到底这还是"我"的自我启蒙,但是相比米兰,马缨花仍然有着具体的启蒙内容,米兰就是一束光,她不是去照路,而是照出"我"的粗鄙、无知、孱弱和可悲。不管怎样,这个"姐姐"的形象永远关联的是"我"的精神状态,她是"我"内心自我觉醒的一个象，她本身可挖掘的内容极其有限，但她是"我"或者直接说是知识分子在"无名"时代里自我觉醒需要的一个形象，她在引导我、照亮我、启发"我"的同时，陪伴我、温暖我、关爱我。那么这样一个姐姐的形象就具有了某种德行，它契合知识分子自我精神觉醒的要求，马缨花身上来自于大地的、民间的那种美德、能量和米兰来自于人本身的美都符合，可是在韩寒的《1988 我想和这个世界谈谈》中，"姐姐"首先是一个妓女的角色。

《1988 我想和这个世界谈谈》是一篇目的性很强的小说，它要比《绿化树》和《动物凶猛》更为直接，它写一个人的"觉醒"历程。与之前几部小说不同的是，韩寒的这部小说里"我"的觉醒似乎不是直接因为这个女性形象带来的光，"我"已经在觉醒的路上，"我"偶像的英雄形象破灭，"我"的理想和爱情都被现实所粉碎，"我"想学着那些曾经热血的人去跟这个社会去抗争，这个女性形象所针对的"觉醒"之后的问题？也就是说《1988 我想和这个世界谈谈》中，"我"不需要投射一个"姐姐"的形象在2010年的时候告诉"我"的无知、幼稚以及"我"生存世界的荒蛮，上一代青春的热血故事早已成为"我"这一代窥视的一个内心据点，现在需要讨论的不再是如何被启蒙的问题，而是当"我"确实醒过来之后去做什么。

韩寒小说中的这个妓女，特别像是此时来帮助"我"的"圣母"：

我缓缓地转过头去，珊珊依然高高的站在原地，伸出手拉着窗帘，最顶上无法严合的那个部分透出最后一丝光芒，正好勾勒了她一个金边。随着窗帘微微的颤动，她的光芒忽暗忽亮。[1]

这个女子身体里孕育着一个新的生命。腹中的小生命给了她一个现实的任务，那就是准备成为一个母亲，像一个母亲那样抚育即将出世的孩子，并为他谋划一生。最终因为经济的原因，如找不到孩子

---

[1] 韩寒：《1988 我想和这个世界谈谈》，国际文化出版公司2010年版，第8页。

的父亲，也找不到一个喜欢的男人，再加上健康的原因（她得了艾滋），或许还有她与"我"之间曾经发生的肉体的、精神的关系等，两年后她腹中的孩子辗转被送到我手中。这个好像意外派来的任务传递到我这里，最终是派给我的。因为这个孩子，"我"真正上路，真正地去跟这个世界谈谈。在这个过程中，"我"仍然在精神斗争。

"我"本来计划开着这辆被我朋友改装的"1988"去遥远的监狱里接朋友的骨灰，这个过程中，看得见的"启蒙"和"觉醒"已经了然，好像只能到此为止了。如果没有怀孕妓女的加入，这个过程里我们仍然可以看到社会的那么多令你气愤、绝望却又毫无办法的点点滴滴，所有这些东西都是以极其个人化的面貌袭击你、伤害你，最终如果不能吞噬你就要毁灭你，你也无法跟这个庞大肌体里的每个具体的个人去商量和讨论。可是这个女子形象进来之后，她不断地打岔，她以她的故事以及她和"我"之间微妙的关系逐渐地在"我"精神绝望的底色上附加内容，她这样一个被公安局罚光了所有储蓄的、丢了饭碗的、找不到男人的孕妇该如何实现她的理想——生下她的孩子，又要如何抚养孩子长大。她给"我"带来了实际的问题，这些问题总是吸引我莫名地想对她有所帮助。这个过程中，两个人一度想彼此甩开，后来再次相遇之后，也极力地彼此提醒他们之间毫无感情他们不过是曾经的一次嫖客与妓女的关系，但也就在这一路上，他们不断讲故事，情感逐渐发生变化，渐渐地互相开始欣赏对方。最终，"我"收到了一个孩子。当我们觉得这个世界根本不应该诞生一个婴儿的时候，倔强的、患病的妓女硬是用她全部的生命给世界生出了一个"属于全世界的孩子"。这个孩子像是这个世界唯一的一个新生希望，于是，"我"再也不是在精神层面上等待启蒙，然后去呐喊，"我"因为这个生命必须跟这个世界谈一谈，以父亲的名义，身体力行。

这个叫珊珊、田芳或者娜娜的女子，似乎就是要在"我"觉醒之后的彷徨时期带着一个婴儿来给"我"任务，"我"所有的故事几乎都能在她的故事中找到另一种对应，偶像、理想、爱情和激情。她同样像是一个姐姐的形象，尽管她那么弱，可是她在不经意中陪伴了我，疏导了我，同时送给"我"一个最好的行动理由。好像上面给人间派了一个任务，它先借由妓女的身体，然后转向我的精神世界，她是母亲，"我"是父亲。那么"我"最终喜欢上她了吗？

我仰望阳台，娜娜从这些植物前走过，对我笑笑。我向她挥挥手。她虽不漂亮，但此刻她真像走在舞台上的明星，也许是哪天大自然光打得好，楼转角墙壁上开的一扇窗正好将光芒折在她的身上。[1]

这是娜娜留给"我"的最后一个画面，从此她就消失了。两年后，她将她一生中最重要、最宝贵的东西——孩子，送给了"我"。这个孩子，是娜娜生命的全部目的和意义。

与《绿化树》中"我"对马缨花的感情和《动物凶猛》中"我"对米兰的迷恋所不同的是，《1988 我想和这个世界谈谈》中的"我"不是在精神关系的层面解决"启蒙"的问题，而是行动的层面去做点什么，于此"我"对娜娜从路程上的帮助，到最终接过她留下来的孩子，或可理解为是一种与前两篇小说中"我"与"姐姐"关系模式相近的一种书写方式。在韩寒的这篇小说中，娜娜，就是我们所讨论的这样一个"我"的"姐姐"形象，她的到来就是为了帮助"我"这样一个无路觉醒的人，给我一条路，使得世界还有希望之说。

四 姐姐

海子写于1988年的《日记》：

姐姐，今夜在德令哈，夜色笼罩
姐姐，今夜我只有戈壁
草原尽头我两手空空
悲痛时握不住一滴泪滴

---

[1] 韩寒：《1988 我想和这个世界谈谈》，国际文化出版公司2010年版，第209—210页。

姐姐,今夜我在德令哈

这是雨水中一座荒凉的城

除了那些路过的和居住的

德令哈……今夜

这是惟一的,最后的,抒情

这是惟一的,最后的,草原

我把石头还给石头

让胜利的胜利

今夜青稞只属于她自己

一切都在生长

今夜我只有美丽的戈壁,空空

姐姐,今夜我不关心人类,我只想你[1]

  这首诗歌中的"姐姐"完全可以理解为作者的一种精神呼唤和渴望,呼唤背后隐藏着他内心的绝望和恐惧。对"姐姐"的情感映照的是作者对于世界的否定和批判。也就说"姐姐"某种意义上正是知识分子"我"内心对世界的一个正面投影和成像,她是作家塑造和虚构出来用以对抗和反思他对于世界的否定、批判以及绝望。显然"姐姐"在海子这里最后只能存在于抒情层面,他无力在这个形象上面发掘更大的精神力量,相适应地,他对社会时代的否定和批判也就更为绝望。

  为什么会是一个"姐姐"的形象?某种意义上,这个形象本身是不重要,她完全是为了呈现"我"的精神要求而存在,所以她可以是有具体内容的马缨花,也可以是符号化的米兰,但她不是王小波小说中的陈清扬,也不是张炜作品中的刘蜜蜡。《黄金时代》里的陈清扬本身即是书写的对象,她与王二势均力敌,更为重要的是她们俩没有从具体的现实生活走向形而上的精神发问。诚如张炜在"在《我的田

---

[1] 参见海子:《海子诗全集》,西川编,作家出版社2009年版,第487—488页。

园》中,曾经写道:'一个人要真正地走向孤单,也许必需一种奇特经历,必需遭遇异性。'"[1]张炜小说中类似的"我"从未有过精神上的软弱,他着实是一个硬汉,无论是刘蜜蜡还是美蒂她们是硬汉遭遇的对象,而非精神世界的"发现",她们始终停留在现实世界里,更多地成为现实世界中的一种符号和隐喻。"姐姐"形象首先是存在于那些有精神反思和觉醒要求的知识分子内在书写文本中,她处理的更多的是知识分子精神世界里的虚像问题。她与被书写的知识分子之间构成某种具有张力的情爱关系,并以此作为精神关系的发生。她恰恰不是苏轼的"此心安处是吾乡",不负责解决实际的问题,而是一个缪斯的角色。

作为觉醒者的一个"光"的形象,"姐姐"应该提供/被塑造出"光"的内容。《少年巴比伦》和《1988 我想和这个世界谈谈》实际上在触碰同一个历史时间点,而"姐姐"这样一个形象很难去对应于历史上的那个点,不像韩寒对这个时间点的多角色处理,路内把所有历史的信息挤压到白蓝身上,显然因为这个原因,路内小说中的"我"并没有真正地完成或者说实现启蒙意义上个体的精神自觉。围绕此时中国的贝阿特丽切形象来看,《绿化树》《动物凶猛》《少年巴比伦》和《1988 我想和这个世界谈谈》在情感的趋同中,又因时间展示了不同的选择。我们在最早的《绿化树》里,看到了确定性的、来自于大地的"善",这种"善"带给我的启蒙意义是显而易见的,在外在思想和信仰崩塌之后,"我"回到民间,展示知识分子个人化的对于时代、文化、国家的反思。1990年代中,《动物凶猛》在延续这种个人化的精神书写风格时,用虚构的方式对历史复调,表达作者隐秘的愤怒、悲伤、无助,这其中的怀疑和破灭几乎颠覆了任何理想性的东西。将近二十年之后同龄的《少年巴比伦》和《1988 我想和这个世界谈谈》则是围绕1980和1990年代的历史转变,陈述一代人对于历史前身的不解的兴趣和困惑,以及面向此时与未来新的选择、

---

[1] 转引自张业松:《张炜论:硬汉及其遭遇》,《文艺争鸣》1993年第4期。

态度以及意志。从一条线索上看，韩寒的写作将这种情感向前推进了一步，《1988 我想和这个世界谈谈》不在启蒙的精神层面上去寻找答案，它直接要找到行动，某种意义上，此时已经不寄托、不相信任何的所谓的精神启蒙，必须从实际的现实生活中去讨论一切的现实问题。

"姐姐"所能带来的情感上的安慰、审美上的愉悦，以及精神上的力量是要求觉醒者所希望得到的。这样一个形象，某种程度上，完全来自于精神层面，她几乎不涉及日常生活的情感和伦理，她仅仅是知识分子在找不到直接的、强大的、有效的启蒙理论时，自己创造的一个角色。她的性情、气质以及身份和地位几乎是依着知识分子自我寻找和自我启蒙的需要而设定。她和"我"的关系以及她的命运，在不同时期、不同作家那里，显示着不同的精神信仰和现实状态。这个"姐姐"是一个求智的、觉醒的形象投射，她身上包容着知识分子在具体时代里的软弱、孤独一面，也承担着知识分子不放弃、不妥协的精进精神，她是知识分子自我书写中审美性的精神陪伴。

附录
迟子建研究三篇

尖锐的性别对抗和深沉的人生悲凉
——浅析迟子建的《逝川》

一 童话的视角

阿甲村是一个逝川边上的小渔村，故事的主人公吉喜就是生活在这个村子里的。小说跳跃在吉喜人生五十年两头的生活中。五十年前，她最吸引阿甲渔民的是尖锐的牙齿和吃鱼的表情。五十年后，她区别于众人的是鱼鳞般的目光。历经半个世纪，吉喜都没有改变别人对她与鱼的想象。但这种相关的变化之中尽是些穿心的悲凉。鱼的灵动和幻妙一步步离开了吉喜，只有鱼鳞落在了她年老的目光中。美人鱼老了。四十岁之前的中年，吉喜喜欢上了唱歌，歌声会把渔民们的安慰带来。过了四十的吉喜开始了自我的救赎和安顿。她不再唱了，平静地迎接着一根根白发，也平静地开始了接生的历程。

三段人生对于吉喜是分割的。最前面时，她是阿甲快乐美丽的精灵。这个精灵是逝川边上最美丽的一颗星。她拥有着仙女和公主的外貌，身体里植着强大的生命力，她又是生活中一个能干的渔女。年轻的吉喜是阿甲的一个公主，这将她与其他女性的世界割裂开来。

那时的渔民若是有害病而茶饭不思的，就想着看看吉喜吃生鱼的表情，吉喜尖锐的牙齿嚼着雪亮的鳞片和嫩白的鱼肉，发出奇妙的音乐声。害病的渔民就有了吃东西的欲望。

在这个过程中，吉喜已经被无意识地视为平常人之外的精灵。精灵与上帝或者其他神秘的力量有着某些关联，所以它是高于世俗人生的。但高并不一定意味着幸福。

　　人一旦有了感情生活的要求，生活就会变得丰富。美丽的吉喜在逝川是注定要邂逅爱情的。胡会就是打开她这扇生活之门的男人。可是这个高高在上的精灵，对于男人来说，并不轻松。胡会是这么说的："你太能了，你什么都会，你能挑起门户过日子，男人在你的屋檐下会慢慢丧失生活能力的，你能过了头"。胡会不是站在他个体的角度上，而是从男人的立场把吉喜排除在他们的生活之外。胡会没有娶吉喜。"吉喜的歌声像炊烟一样在阿甲的渔村弥漫，男人们就像是听到了泪鱼的哭声一样心如刀绞。"吉喜开始了她的第二段人生。过了青春，吉喜用歌声在表达着内心，同时这也是一种证明她自己存在的方式。小说没有正面描写歌声，但它一定是美的，虽然吉喜心中是苦涩的。男人们用一遍遍地唤"吉喜吉喜"来打断和阻止她的歌声。听到男人嘴里的呼唤，吉喜显出小鸟依人的可人神态，她在那片刻是安顿和踏实的。与泪鱼一样，泪鱼呜呜过境时，渔夫们将它们揽进网里，渔妇们则唤着"不哭不哭"，一条条蓝幽幽的泪鱼就很安服地停止了叫人听着悲伤的呜呜。

　　吉喜与泪鱼交汇了。看看生活在阿甲村旁边的那个童话世界。逝川是条神奇的河。所谓的神奇和童话有一方面的意思是相对于人的日常生活阅历而言。阿甲村的渔民们不知它的源头在哪，但它永远是"水平如镜，即使盛夏的暴雨时节也不呈现波涛汹涌的气象，只不过袅袅的水雾不绝如缕地从河面向两岸的林带蔓延"。袅袅的水雾营造的是仙境。逝川在时时滋养着它岸边的林带。阿甲是逝川的一个点，就像是人整个生命中的一个小小路口。逝川的故事在这里只属于阿甲，就是说逝川的全部意义只对于阿甲存在。初冬的第一场雪一定会令泪鱼如期而至，上帝或者其他宗教的力量仿若安排了每年的这次拜访。每年的初雪后，蓝幽幽的泪鱼呜呜泣过阿甲。泪鱼长得就像蓝精灵，"红色的鳍，蓝色的鳞片"。蓝色永远是梦的颜色，梦蕴藏着故事。蓝精灵就是逝川的一个梦，梦是只有在童话世界里才有安身的地方。泪鱼在阿甲的初雪后得到了安抚，可吉喜自己最终却无法享用泪鱼那样的待遇。逝川边上的林带在雾气下总是一片苍茫。它边上的阿甲渔村也可爱得异常。雪中的房屋"像一颗颗被糖腌制的蜜枣"。那个找人接生孩子的男人，"头发上落上厚厚一层雪，像是顶着一张雪白的面饼，而他的两只耳朵被冻得跟山楂一样鲜艳"。吉喜就更不用说了，透过逝川的水气，她也是个蓝精灵。向她求爱的胡会，一会是个蚂蚁，一会又成了只青蛙，一会则变成哈巴狗和老虎，他从逝川的上游来到阿甲的吉喜面前。除了美人鱼的吉喜外，阿甲的其他女人是一棵棵黑桦树，她们"大都有着高高的眉骨，厚厚的单眼皮，肥肥的嘴唇。她们走路时发出咚咚的响声，有极强的生育能力，而且食量惊人。"吉喜的生命力在于自我完成，她样样能干，但黑桦树的生命力在于自我复制，她们能够强大的生育。美人鱼因为轻灵细嫩而精灵。它是浮在天上的。黑桦树则枝繁根深，浸在阿甲的土地上。在逝川肥沃的世界里，吉喜和其他渔妇是两种不同的存在方式。

阿甲村是现实的，迟子建却是用一个逝川的童话来看这个现实的小村子。所以村里的人和故事都被统摄在童话的象征中。逝川绵长平静，那是吉喜的爱情。逝川的源头就是胡会走向吉喜的地方。吉喜离开来自逝川源头的胡会，歌唱着过了中年。而歌声是能够包容和概括人类生活的所有酸甜苦辣。歌唱的抒发和交流方式从远古的祖先就开始了。吉喜的歌唱阶段是她与现实进行磨合和调试的阶段，她在这个时期慢慢地寻找着自我。泪鱼呜呜地游过阿甲。为什么选择初冬里的第一场雪？那是因为吉喜与胡会的爱情沸水在他们那仅有的一次交媾后，水蒸气冷凝了。冷凝后的水蒸气降临在吉喜的人生里，成了初冬的第一场雪。美人鱼在这场雪后开始了一生的泪水。阿甲的村民们信奉着那个传说，"泪鱼下来的时候，如果哪户没有捕到它，无一所获，那么这家的主人就会遭灾"。渔民忙着将泪鱼揽入网里，渔妇们则哄着哭泣的泪鱼。每年的这个时候，阿甲就陷入了一种"宗教的氛围"中。人们对于吉喜都是怀着愧疚的，尤其是那些男人们。他们将吉喜排除在家庭组成之外，娶了别的女人，在这个意义上他们的妻子也似乎有抱愧的意思。为什么泪鱼每年只来一次呢？因为这样的泪鱼其实不单只是吉喜。逝川边上在童话之外的视野里，有无数个阿甲，有无数个受伤的精灵。虽然这些精灵生命有限，但逝川的无限承纳了无限延绵的蓝精灵。

二 一天的故事

吉喜的一天因为情感的不断回荡，荡出了跨越半个世纪的故事。冬天初雪的凌晨以一种惊梦的方式把吉喜带到了故事的这一天来。她开始为泪鱼的到来而准备。这已经是半个世纪后的吉喜了。年轻时她嚼生鱼，中年后她唱歌，现在苍老的吉喜是常常地自言自语。

这是一次不同于以往的接生。停止了唱歌后，吉喜在阿甲由天上的精灵降落成为地上的神。年轻时，她嚼着生鱼的样子就可以令这个渔村获得旺盛的生命气息，那时的她在时时救赎着渔民们。在一个意义的层面上，吉喜的青春生产维持着一代渔民的青春。当时其他女人只能自我复制地生育，她却在群体层面抚育性地生产。迟子建在描写到阿甲一带的渔妇时，童话的视野里构造出一个大地地母的形象。与地母相比，吉喜只是一个飞翔飘忽的精灵，她无法参与到世俗的人类"生产"中，所以只是个给予别人幸福并在伤心地旁观这幸福的人。

吉喜的这种给予在她的人生上也经历了有意味的发展。从幸福而有所期待的给予到主动而无望的自我参与。与她从对外的歌唱到经常自言自语一样，这是种受伤后向内的回归和向外的挣扎。她的抒发指向了自我，同时也是对世界的一种指向。歌声令男人们急促不安，自言自语多是对上帝的诅咒。童话的雾气中，迟子建向读者表现出吉喜的诅咒是无目的的、无意识的，但恰是这种不自觉的、无意识的"骂上帝"显示出吉喜对世界姿态上的大转变：由敞开的热爱到沉静下的寂寞。

打乱这一天的不是别人，就是那个割断吉喜青春的胡会的儿子。他的女人要生产了。几层命运叠合在这个接生的故事中。吉喜当初没被胡会接进门的原因是胡会认为她太能了，男人在她的生活下会萎缩。胡会要找的只是个能生养的一般女人。但如今，能够成全胡会最终对世上牵挂的却还是吉喜。胡会有遗言说见了他的重孙后，他就能彻底地告别这个世界了。有意思的是，是吉喜将他的第四代带到了这个世界。另一个命运是从吉喜接生史上看，这对龙凤胎降临在泪鱼经过阿甲的夜里。涉及这个充满宗教氛围的时刻，它意味着吉喜生活意义上的某一个终结。在这次的捕泪鱼中，她缺席了。从胡刀媳妇口中我们能够得知吉喜对于整个村庄捕泪鱼时是如何的重要。吉喜是和泪鱼一样的蓝色精灵，对于阿甲都有着宗教性的意义。为了给胡会接生重孙，吉喜没能够按着阿甲村的传说捕到泪鱼。这对她是个巨大的打击，并不是单纯的恐惧传说的应验，其实是长久以来的悲凉在那瞬间的失落中暴发了。这一次吉喜是被整个阿甲再次重重地"排除"了。她是多么想参与到正常的生活中。在经历了被男人世界里伦常的排除后，她是努力地实行着自我救赎——接生。吉喜这个有能耐的女人一生没有生养，但在她的后半生里却不断地为阿甲的渔妇们接生。每次接生中，她"羡慕分娩者有那极其幸福痛苦的一瞬"。羡慕中，她是在一点一滴地努力参与到别人的幸福中，直至胡会的重孙出生时，"吉喜终于看见了一个婴孩的脑袋像只熟透的苹果一样微微显露出来，这颗成熟的果实呈现出醉醺醺的神态，吉喜的心一阵欢愉"。在这一次中，吉喜真正地实现了自己的参与。前面提到，也就是因为这次接生她失去了泪鱼，在一个空间里被阿甲再次地排除出去，但从这次的接生来看，她真正实现了由漂浮的精灵转变为地上的神。神是可以参与到凡人的喜怒哀乐中的，神是可以有一点根基的。所以今晚的吉喜痛快地流泪了。当流着泪的吉喜走向逝川时，逝川里的泪鱼却宁静了。年富力强的生命离她远去了，吉喜就像那条被岁月剥蚀了的美人鱼，只剩下些许的鱼鳞。青春不再。而当她嘶哑的嗓音拒绝了她的歌唱时，中年也不在了。吉喜的眼泪弥漫在逝川。

故事中，迟子健用"弥漫"来把握声音、泪水、雾气，这些对象其实都是作为感情的承载而实现它们的意义。"弥漫"意味着节奏的冗长和缓解，也意味着失去任何控制的无节制，所以这样的状态下，情感是异常得深邃。因为一旦将有限的人生放置在无限中，任何东西都显得特别的单薄和渺小。对于一个充实的人生来说，无限会让它更加意识到小人生里的踏实安稳，但对于像吉喜这样飘过的人生，无限意味着空荡的凄凉。

所以说生命对于孤苦苍老的吉喜是不公平的。比较起渔民渔妇合家归去的背影和他们对异己的神的安慰，吉喜"很想赞美一句上帝，可说出的仍是诅咒的话"。

三 尖锐的性别对抗和深沉的人生悲凉

小说的结尾这样描写到吉喜，"她跪伏在岸边，喘着粗气，用瘦骨嶙峋的手将一条条丰满的泪鱼放回逝川"。对比那五十年前的吉喜，这种人生的悲凉是越出具体个人生活的深沉的悲凉。吉喜是因为完美而烦被男性拒绝，疏离于日常家庭伦理生活。在吉喜年轻的时候，她是他们视野里的女神，滋养着男性的精神生活。这些阿甲的渔民们把吉喜捧得高高的，成为阿甲村上漂浮起来的一个美丽精灵。她被冠上了所有男性想象中的美好象征。也同时在这个过程中，男性即渔民们将吉喜定义为他们生活里的"异己"，所以吉喜是被排除在阿甲的普通伦常生活之外的。胡会对于吉喜的拒绝是这一过程的高潮。女神有权利在男性中挑选自己的爱情，能够享有这份爱情的男人是幸运的，甚至可以说是骄傲的，但她却没办法战胜一个个极其普通的只会生孩子的女人而真正拥有她的爱情。在惯常的思维中，一个没有家庭的女人是一叶浮萍。浮萍当然是美丽的，但却不是任何女人心底愿意选择的。在这里，人类最起码的生育能力战胜了完美，吉喜因为爱情而丰富，也因为被抛弃而开始了枯萎的岁月。中年时，她的歌声总让男人们受不了。所以他们一遍遍地唤着她的名字去"安慰"吉喜。男人世界将吉喜搁置在精灵的天上，又用爱情去羁绊了她，所以这个吉喜成为一个不自由的精灵，上上不去下下不来，内心是被束缚的。四十之后的她，开始接受自己真实的不幸，也开始了正视它，所以实行不断地自我救赎。不再歌唱，而是自言自语，在无意识中学着像个粗鲁的村妇一样咒骂上帝。这个行为是她人生悲苦发展过程中令人惊心触目的一瞥。接生本身就是个充满故事的事情。就是接生让吉喜从一个男性的精神精灵转变成一个渔村的神（其实这个转变也是不得已的，年老的吉喜是不可能再成为能够安慰男性的精灵，只能是通过其他方式来证明着自己的存在，接生就是这许多种可能中的一个而已）。于迎接一个新生命的到来，这具有人类的宗教情绪，它的意义辐射在多方面。而这时的吉喜是通过帮助阿甲人把后代带出到世界上来哺育这个村庄的。男性世界的最根本崇拜就是生殖崇拜，吉喜这时自觉不自觉地成为这个世界中不可或缺的角色。从精神层面回到了现实生活中。对于吉喜自身来说，后半生经历着不停地迎接别人生命的程序和意识自身生命力的日益衰弱。就是说，人的生命力衰弱是不可避免的，但是生育让人的生命在另一个个体上延续。吉喜的生命无法得到延续，这仍然可以归结到她被男性排除出他们选择的伦理空间外。

在吉喜没有捕到泪鱼的那个夜晚，"她惊讶地发现木盆的清水里竟游着十几条美丽的蓝色泪鱼"，这是阿甲村民们对这个神的安慰。可是，这时的吉喜不再是中年了，她不再容易满足或者说是接受这样的安慰了，"她很想赞美一句上帝，可说出的仍是诅咒的话"，显然在那时，她内心是非常希望自己能够接受这样的安慰而平静下来。吉喜的深沉之痛无法这样就能平息。放完泪鱼的渔民们，一家一伙地走向他们温暖的房子，吉喜是确确实实被从高空中摔了下来。没有了青春，没有了爱情，也无法拥有生命的延续，所以这是一个垂老女性的人生遗憾。她的人生是未完成的，面对逝川的无限，吉喜的时间已经不多了。

　　是谁耽误了吉喜的人生，而逝川一路下去，又有多少个这样的吉喜。当把有限的生命与无限的世界比照在一起时，悲凉是从骨子里一点一滴地渗出来的。何况这个有限的生命还有那么多本应该经历的幸福被无情地蹉跎了呢？

　　迟子建选择了童话的视角去看人生的悲苦。童话让离我们太近的人生得到了距离上的沉寂，所以它能营造出厚重和深刻。这里透出了一位细腻作家胸怀中波涛澎湃的人类关怀。吉喜是个多么喜庆和吉祥的中国名字啊，可命运总是不那么如愿。

由"灯"开启的隐喻世界
——解读《花牤子的春天》

> 真正可以被创造的东西是故事及其同类文字，我们（作者和读者两者）只要以恰当的途径使用这些材料，就能够变某种不存在的世界为存在的世界。
>
> ——热奈特

《花牤子的春天》是迟子建发表于《佛山文艺》2007年第3期的一个中篇。小说以隐喻作为故事的结构方式。本文着力通过对小说进行文本分析，来解读作者在虚构的文字和故事之上所创造的隐喻世界。小说围绕一个叫花牤子的男子展开，讲述了在他经历的几个现实春天里，内心对春天代表的种种诸如温暖这样些感觉的丢失和寻找。我把作者虚构的故事分成五个部分："灯"、"祭"（一）、"门"的寻找、"祭"（二）、继续寻找，进而梳理在文本中创造的隐喻世界。

一 "灯"

当花牤子还是小孩子的时候，他就喜欢看女人的身体。家庭生活里女人的缺失给他创造了一个可以去感受女人的距离，以致他能够从女性身体上碰到生活中的"神灯"。"神灯"，既是说他不知道怎么用现实的因素来解释"灯"的来源，又包含着对"灯"巨大力量的暗示。用"神"这个字来修饰"灯",隐含着民间对"天"的敬意这样一种精神状态,呈现的是某种民间原始的隐喻思维,这是民间对世界进行阐释的一个方法和形式。在这种认识方式里,蕴涵着民间趋利避害的本能。凡是不能解释的他们都本能地把这些归到"天"和"神"。作者在创造故事逻辑的时候启用的是另一套的隐喻模式——在有目的的虚构和想象下,超越现实物质层面,创造一个精神里的国度。

"神灯"来自"天"。"天"帮花牤子照亮他寻找有意思的生活之路。它的出现会使得花牤子产生使生命为之一震的牵引力。"天"在通过女性的身体谕旨花牤子去寻找。女性孕育生命的过程就是一个将新鲜的生命从"天"带到人间的过程。作者在隐喻的书写里,把生殖器(生命降生的"门")和胸部(新生命获得养料的"门")作为照亮寻找有意思的生活之灯,暗指这个寻找有重生的意思,并且引出了寻找的就是一个"门"。这个过程就是花牤子被选择的过程。那"灯"所照亮的黑暗是种什么呢?

首先故事里有这样一段描写:"花牤子打小就喜欢看女人的奶子和屁股,看见它们,就像穷苦的人望见了神灯,满心欢喜,双目生辉"。这就是"灯"的神奇之处:它把花牤子从现实的世界引到一个隐喻的世界(虚构的世界),这样花牤子就参与到另一个故事建构的框架里了。在追溯青岗的来历时,写到:"大概由于祖辈人曾饲养牤牛的习惯吧,爱管男人叫牤子"。她在暗示:男人也像牤牛一样是青岗的养育者,也需要有像自然中牤牛那样的力量和品格。得出的意思是:从牤牛到人是自然力的一个衰退过程,自然力最基本的就是生殖活力。那么女人身体给花牤子照亮的东西就是生殖的力量——人类创造的力量。"穷苦人"见到"神灯"兴奋是基于"神灯"能让他们不再贫苦。"神灯"的设置是作者用来解释现实里为什么会出现花牤子的原因。

这里不妨我们再来分析一下"花牤子"命名中的"花"意象。命名是一个意义获得的过程。花牤子区别于青岗这么多牤子的地方就被人定为"花"。自然中，花是大地上最为绚烂的物质，为人所热爱。说高小牤子"花"，在现实的层面里是说他迷恋众多女性；隐喻的世界里，花牤子对女性来自本能的身体冲动本身就像是自然中的一次交合。在后者的视野中，花牤子的"花"就被审美化了。"花"搁置在现实——隐喻两个世界里，产生出两种甚至互相冲突的意思来。性在人世经常被"异化"：自然里的交合本来是对生命创造的肯定，是对自然本身的创造，蕴涵着超越自然的力量；人世间把性看似复杂化了，要把它放置在人为设定的道德体系里，从群体的道德来看，性是危险的，实质上是把性简单化了——它直接的后果就是成了一种娱乐。所以，自然里的性，在人间被"异化"了。"异化"毕竟没有改变本质的东西，所以才会在现实生活中产生花牤子这样的"痴呆"。这体现为现实里禁忌——诱惑的紧张对立。而大自然的生命力在花朵上是种极端的表现：花是生命力在展现最绚丽的一刻，强烈却短暂，比拟在人身上，花牤子对于美的最高一刻欣赏就是占有它。花牤子在强烈地占有女性的时候，交合就成了那刻自然里的一朵正在开放的花，再加上春天是花的季节，这就解释了小说题目"花牤子的春天"里凝固着的隐喻信息。

　　虚构的隐喻文本里，花牤子成为一个大自然的精灵。精灵有灵异的精髓在身体里，不受现实世界世俗的规范，是活在人间的尤物，它是作者通过虚构象征世界创造出来的。精灵的故事一定是发生在象征世界和现实世界世俗规范的碰撞上，离开两者中的任一个，精灵也就无法存在。作者通过象征世界复杂交错的暗示和比拟来把花牤子精灵化。重新来看这个过程：青岗所敬所祭的"天"降了一盏"神灯"照亮了花牤子的眼睛，让他得以窥探天地之间生命力的来源——女性的身体（美的诱惑）带来的自然交合。自从他窥探到这个世俗世界里的"乐子"，他就无法去忍受"禁忌"。"禁忌"是建立在土地上现实世俗世界的规范上的，精灵是大自然的创造物而不是人类自己的创造物，"神灯"把高小牤子创造成花牤子，创造的实质就是给了他感受自然魅惑的能力。世俗的规范必然无力抗衡自然的魅惑，世俗的规范在现实社会里具有强大的根基，是生活秩序的潜在指挥者和群体认同的基础和标准。成年后，花牤子对紫云、小寡妇和陈六嫂子的"性行为"产生的直接后果就是家里的东西一次次地被搬走（世俗规范在反面被施行）。在这个时候，高老牤子出于生存的考虑，要带着花牤子出逃到森林中——森林是人类最初的居住地，采伐森林也就是回到人类远祖，重新开辟家园。

"灯"照明了一段的世界奥秘，花牤子是要在现实中得以生存的，生存的道路就从这次被俗世放逐后开始寻找。

二 "祭"（一）

故事里说青岗人有祭天的习俗，他们"敬奉给天的，都是素净芬芳的事物"。这就是在解释"神灯"时所论的民间隐喻行为。"祭天"是民间隐喻思维体系里包含着的功利一面的直接展示。

作者早就酝酿好了一次阴谋的祭祀：神灯点化了小男孩，让他去触摸世俗的花朵，采撷灵气，这其实就是给上天最素净芬芳的祭祀品。可为此花牤子被世俗驱逐，为此上天为自己安排的祭祀品也就被世俗给拒绝了。现实的可能性实现了隐喻世界得以完整的可能——把花牤子送到森林——地上对"天"设置的祭坛。花牤子来到这个天地间的祭坛是要伐木——砍伐祭坛里的蜡烛。他砍伐"天"的蜡烛，天必须把他身上最好的东西留下来弥补——男人的繁衍创造能力。花牤子在森林里完成了一次虚构里的对"天"的无保留祭祀。就像《圣经》里，耶和华不选择身体有残疾的人一样，"天"把它曾给花牤子点的那盏灯彻底熄灭，并且将他遗弃——花牤子"开始大把大把地掉头发，面色变白，声音变细，而且腰也弯了，伐木时连锯都拉不动"。对"天"的祭实现的回报就是给他把返乡的门打开了。也可以是说，虚构世界里把"门"对他关上了，现实世界就向他打开了的"门"。

这就是一次"天"对花牤子的收回，是把原先在一个凡人身上注入的精灵之气收回上天。就仿佛神话传说里抽天骨的故事，被抽取天骨后，仙变成肉身的人，但是以极大的痛苦和内伤为代价。花牤子不再是受"天"宠爱的精灵，但也无法还原到世俗的凡人，回青岗的现实"大门"为他父子所打开了，从此花牤子就开始了对自己生存理由的寻找。事实上，在俗世的寻找就是他进行人生的苦修。

三 "门"的寻找

花牤子精灵的身份被收回了，再也无法轻盈，所以就必须在地上扎根，找到自己生活的合理性。"门"就是这样一个合理性。

电的来到曾让花牤子心里暖起来，以为找到了活下去的依凭，他开始用电磨磨面。电送到青岗是科技的因素给大地带来的欣喜，是人类征服自然的一个力量，但却被证明是脆弱的。因为紫云的死又把牤子拉到了以前他充满生命勃发力的记忆，紫云的死也就可以说是让花牤子又跟着紫云死了一次。故事描绘了一幅对照的画面：以前的紫云是"脸蛋鼓鼓的，睫毛长长的，大眼睛忽闪忽闪的，梳着两条又粗又亮的长辫子，喜欢咯咯地笑"；当她来磨面时已经变成"齐耳短发，发丝干涩，两鬓斑白，额头和眼角都有深深的皱纹"。花牤子使紫云失了身，这件事又直接导致了她后来不幸的婚姻和生活，那么他对眼前这个生命力在生活里仿佛顷刻流逝的女性是怀着愧疚的，这种愧疚的情感含混着他对自己生命力失去后的痛苦和尴尬。身体的残缺带来的是对自身存在价值的怀疑。紫云最后是用花牤子磨的面来撑死自己的——这个事实让刚把磨面认定是自我存在理由的花牤子一下子又失去了刚刚抓住的点扎入土地的根基，陷入虚无。他让这个活生生的女性变成枯井，又是他磨的面把最后的枯井也埋葬，那他进行磨面这样的创造就是无意义的，花牤子又回到了为什么而活下去的寻找上来。每到花牤子似乎无路可走的时候，"天"就会放一只无形的手来拨弄俗世——给花牤子指出一条路。这条路被设置的前提是：花牤子的寻找——苦修。

四 "祭"（二）

当花牤子重新开始磨面的时候，手被电磨吞噬了。这是对"天"在隐喻层面的又一次祭祀。祭仍然是要用"素净芬芳"的东西，第一次是用牤子充满旺盛生命力的生殖器，这次是用他灵巧的手。花牤子磨面时就是一副现实世界里所无法承纳的景致："电磨旋转着，麸皮飞扬，麦香味在星光下飘扬"。迟子建在不断地虚构她这个隐喻事件时，已经一步步地培养了读者对大地上美的东西产生害怕丢失的担忧和恐惧。经过紫云的事件，花牤子再次面临寻找一个活下去的依凭。第一次祭就是跟"天"的告别，花牤子在森林（祭坛）里砍伐树木（蜡烛）。"天"收了他本身能施展的所有生命力，自此以后他就不得不不开始找寻外界可以支撑的生命力。"电"具有强大的动力，但它给予花牤子的杀伤力远大于创造的力量，把花牤子本来打算作为今后生活依凭的一只手给夺去。"霜来了，天气越来越凉。有一天晚上，高老牤子蒸了一条咸鱼……酒后他拎着一把铁镐进了灶房，开始砸电磨"。高老牤子和电磨一起宣告了生命的终止。两次"祭"的直接施行者分别是"伐木"和"电"。有意味的是它们所代表的都是人类要征服自然的一个力量。在这个点上，迟子建就用非常实证的步骤和逻辑来支撑她所要营造的隐喻空间。

父亲用他的生命把这个花牤子人生中"天"的口子堵上了——让隐喻世界再也找不到花牤子，设在现实生活里的祭坛被父亲永久地破坏了。这次表面上是父亲力图用生命来截断隐喻世界对花牤子的逼迫，深层的是父亲放弃对花牤子生命的鼓励和规劝，他的角色要退出舞台。当初为了保住仅存的房子，高老牤子带领儿子出走到森林，想让儿子躲开"天"在他身上施的魅惑，结果把儿子的半条命给没了。带着儿子回到青岗后，高老牤子为了帮助儿子活下去灌输给花牤子的是：要给爹养老送终。紫云死去后，花牤子绝食，高老牤子用这个世俗的道德压力使得年轻人回来尝试活下去。可最终当儿子连干手艺活的手也没了时，高老牤子是绝望了。所以他最后对是对"天"的蔑视和愤恨，在反抗的同时也结束了自己。从此，花牤子彻底告别了隐喻世界，独自面对现实世界，开始了新的寻找。这个寻找的过程是非常痛苦的，从高老牤子的放弃和绝望就可以证明。

五　继续寻找

就在他内心斗争还有什么值得他活着的时候，有一个念头暂时稳住了他：得给故去的爹娘上坟，所以"就觉得自己死不起"。活着只是为了留一个躯体能在道德意义上履行责任。无论如何，毕竟他再一次在挣扎中找到一扇门："花牤子接过小乳牤子的那一刻，等于接过了一盏灯"。科技无法暖起他的心来，可人却在他心里点了一盏灯。电的到来，帮花牤子在那段时间找回了活着的办法。而这盏灯的找到是帮他更深一层次地找到了生命的吸引。"没想到女人的奶子，娃娃的笑脸，也是这世上的灯啊。有这么好的东西在，我断不可寻死了"！从"死不起"到"断不可寻死"，这盏灯比隐喻世界里的"神灯"还强大，那个"灯"只是照亮他的眼睛，开了一扇窥探天地的窗子，而从人家手里接过来的这盏灯是把花牤子自己给照亮了，它不仅是亮，更是把人给温暖了。手指是连心的，一个小生命交代在花牤子这个残疾的怀抱里（一只手没了），就是生命鲜活的力量在点燃一只行将残灭的蜡烛。徐老牤子把小孩子递到花牤子手中的时候不单单是一个幼小新生的生命传在花牤子差点结束的生命里，而且还有隐性的群体价值认同在传递着信息，花牤子被这个群体信任和接纳了。所以这个时候花牤子不仅找回了牤子本身的生命力量，还有就是牤子这个群体命名的身份认同。这个断了翅膀的精灵终于在地上找到了根。根意味着他在现实世界里的小乳牤子本身以及他隐藏着的众多意义成了花牤子幸福生活的全部源泉。

这是一次加冕的仪式——"天"将一个人子降临在花牤子的生活中。

现实里，这个叫乳牤子的男孩是徐老牤子的独子，花牤子就从接过小孩那一瞬间就开始担忧他这盏灯会因为徐老牤子的回来而被夺走。"那天花牤子背着小乳牤子，正在祭坛前烧香，看见徐老牤子翩然归来，他立时腿就软了，手一抖，香火从他手中滑落，断了"，花牤子在这个幼小生命里燃起的不光是对自己生命的肯定，还有对自己生命能够延续的寄托。人似乎无法生活在一个不确定的环境里，所以要寻找尽多的确定因素来保证明天，这个小男孩在花牤子的意识里可能已经植下"养儿防老"的愿望。可徐老牤子不久后还是回来了，花牤子觉得"生命中好不容易盼来了一盏灯，可它说没又没了"。"花牤子悲凉极了，觉得这个春天跟冬天一样的寒冷"。

故事发展了大半的时候是以诱惑力的形式呈现于青岗的，这里的男性也要学着别的村庄的人去外面打工挣钱，把土地留给妇女开垦。这是一次对土地的疏离。外出的男人选出花牤子帮他们看家。花牤子不属于男人也不属于女人，不会对他们的妻子构成威胁，也可以监守他们的妻子和那几个男人；作者又通过早就设置好的"民间选举传统"，借小乳牤子之手把花牤子推举为"民间村长"。所以他做这件事情，在表面的逻辑看来，是非他不可的。这与徐老牤子把小乳牤子托付花牤子是不完全相同的。那次就像是一次封圣，徐老牤子把孩子交到花牤子的怀里就仿佛把圣杯交给他，并且行的是祭天的仪式。这次是一场群体性的祭祀活动，他们把自己的心愿和要求说给花牤子，许诺着对花牤子的回馈，这就是民间意义上的祭的仪式。在接下来的故事中，一个受了天谴的人在履行着大地的职责：女人要规矩；庄稼要生长。

在男人们出走打工的第一年，花牤子尽心竭力地履行他的职责——看好女人，盯好三个预设的危险对象，管好庄稼。这一年男人们归来都很满意，对花牤子也甚是感激。第二年回来时，就出了点事情，外面大世界把脏病通过男人给带了回来。花牤子为此大受打击，他心里的价值判断标准是无法认可这样的事情：把女人好好看管着，可男人却在外面不安分。花牤子自己珍惜的生命兴头就这样被浇了盆冷水,所以那次看到陈六嫂和徐老牤子又奔一起的时候,他只是绕到小乳牤子家里说家当要被人拎走了。前面的几次,花牤子的打击总是有点来自莫名的外力,而这次故事是一点一点地把一个经受人生几次打击又几次寻找新活路的生命的这样一个衰退和无奈的过程在人事中展开来。当外面的男人来青岗架线的时候,花牤子觉察出"青岗到了最危难的时候了"。他奋力在守护着自己的职责,这时候已经不是为了男人们的嘱托,而是他作为一个土地的守护者。这一年男人们回来时,发现奶牤子的媳妇竟然怀孕了。外出打工倍受克扣的愤怒,庄稼的萎靡,让青岗爆发了一次群体的复仇行为——"花牤子站不起来了,他浑身酸痛,满脸是血,一路爬回家,尾随他的,只有两条呜呜叫着的狗"。文本进行追溯性的解释,说当时不是花牤子的失责,奶牤子的媳妇多半是在回娘家的时候发生了什么事情导致怀孕。但反观男人们交给花牤子的这个责任,它本身就是充满着荒谬性的。夫妻双方性的忠实居然要靠一个失去阳刚的受难者来监守。

之前,花牤子是被俗世所放逐,这一次他是完全地被驱逐。所有的"门"都关闭了,他的故事在现实世界里结束了,在隐喻的世界里,他可能走的路就是继续苦修。那他不断地被剥夺,不断地寻找,最终所有的意义是什么呢?他的修行给他在俗世里留一个火种——小乳牤子:"民间选举"时候,由这个小孩指派他成为"村长";在他躺下的四天里,这个小孩每天设法给他送来一个馒头。这个火种预示着无限的可能和希望。作家在无法去布置一只手对花牤子再次指引时,给了他一颗种子。

六 隐喻世界

现实世界是花牤子及所有村民共同组成和建立的青岗,它参照现实生活中的人和事来虚构一个封闭的故事场所。它可以看作是现实生活中的一个角落,或者说一个缩影。作者在现实生活中选择她的人物，根据一些人事又创造出一个作者自己的故事。经过艰苦的创作过程，这个被虚构出来的世界其实就已经产生两个层面：一个是关涉人类现实生活的现实世界，故事进行中的所有原则和故事发生的起点都在这个世界里，也就是在现实世界这个表层创作者和读者以及虚构作者与读者及被创作的人物之间能够直接"意会"彼此，进行沟通。

在创作一个故事时，必然要面对的就是如何去解决在设置人物与现实世界时碰到的难题，比如说：花牤子因为强奸妇女而使家中濒临倾家荡产的地步，那为什么他要强奸呢？迟子建没有简单把他归到道德里的恶。她是要在这之间搭一座有逻辑关系的桥，首先她把花牤子设置成一个自小失母的男孩，但如果仅仅这样的话，他迷恋女性身体还是绕在现实世界里，还是要陷入世俗道德的领地——被判强奸犯，故事就成了关于一个强奸犯的故事了。作家的兴趣显然不在这里。她跳出现实世界这个层面，转到一个虚拟的世界，为花牤子找到了一种现实世界无法解释的力量来设置故事的逻辑——天。她把对天的信仰加入到青岗日常的现实生活中，比如最直接的就是：在每年春耕之前，这里的人们要祭天。也可以说在这里她是借用了民间本身就有的隐喻思维。她就在这里创造出一个看上去非常自然的世界，它不遵循现实世界的任何我们读者和故事中的人所谙熟的逻辑，也可以说，这个世界本身就是无逻辑性的，它的出现也是为了用它的无逻辑性来解释现实中我们因为无法正常解释而简单对之进行否定的东西。青岗认为花牤子不正常，所以紫云家里不同意把她嫁个花牤子。作者创造了一个信仰的层面之后，就能合理地解释花牤子的来历了：是天用灯来开启了地上的花牤子，从这个口子上，天这个外世界不断地被丰富。青岗命名男性为牤子，牤牛是青岗历史的记忆，久远的东西因为时间而变得模糊，也就神秘，所以加入了那个天世界。到后来紫云来找花牤子磨面有个场景："把床单被罩使劲抖搂着，掸开褶痕，一条条地挂在晒衣绳上，挂得满满的，层层叠叠的，好像给高家的院子修了一面墙"。"墙"是一个家族的土工，有建设的意义。紫云用生命的最后时光去参与花牤子家里的建设，可以看作是她死前对自己未过却又觉得是自己本应该过的生活的一次自我弥补，这就是我为什么定义为"隐喻的世界"。

通过对一个"隐喻世界"的建构，小说真正地成为一个独立的个体。现实世界中有很多问题，这些问题很难就在现实世界本身去解决。贴着现实生活进行虚构的小说其旨意就不是要解决什么，也不是表现什么，只是作家就这个现实生活中吸取元素创造一个故事。这个故事里人物本身又产生一种故事中的现实生活，也会碰到那么多的问题，无论结局怎么样，总是贴着现实的所有可能性去生活。

迟子建的这个故事呢？她不是这种的，不是要去创造一个虚构的现实故事，而是从现实里抓点元素去支撑一个完全远离这个圈子的故事。这样做就可以成为童话。童话不是对生活的平行贴近捕捉，它是捕捉一个点，用这个点作为创造的支点和基础来虚构一个自足的逻辑世界，人物是不同的，人物都是经过修辞的，就是在现实逻辑故事中，找到一个现实无法去拥有的超然逻辑勾连经过修辞的任务，那就是在文本之后创造出一个隐喻世界，它是对现实生活很多无法解释的一种回应。所以迟子建这样的小说就是去告诉你该怎么办，比如花牤子就是该是去寻找。其中一个震撼心灵的抒写：花牤子是个不断被剥夺的角色，可也在这个同时，他却能给俗世一点一点地献出一些东西来。

这就是诗意的创造，它里面蕴满了一位小说家的力量。在整个布局、设计的过程中全是她个人对于现实合理逻辑的寻找。生活能用逻辑去看待时，它就能被理解了，但这个仿若童话的建构是以什么来保持它的自足和完整，甚至是张力呢？这就要倚赖作者对于现实的理解和生活的感情。迟子建是这样写的："花牤子接过乳牤子那一刻，等于接过了一盏灯"。一个孩子就是一盏给人希望和寄托的灯。创作者在文本上所打开的隐喻世界就是对于暧昧的现实生活所做的画龙点睛。

从"原点"虚构来考量迟子建小说创作中的人物形象

好作品能够创造生命体。长久的阅读经验使得我们认定大体量的作家是通过创造生命体来亲近读者。重读迟子建的长篇小说《额尔古纳河右岸》,它的历史时空和思想容量不禁让我思索迟子建写了那么多的故事,为什么只呈现出一个生命体[1]:一个女人,而且有关这个女人的呈现也并未明晰,很难为普通读者所记忆。对这个问题,篇幅和格局不失为一种解释,却也未必尽然。

迟子建总是在选定自然生命的一个阶段去灌注生命能量,然后设置时空,再往上写人,往下触碰时代。这在她早期的创作中尤为明显。她甚至有点太过轻易地仰仗人的生理年龄,并以此作为看世界的眼睛,比如老人和小孩在她早期作品中的视角与表情基本是固定的。对自然生命的仰仗更重要的体现在她通过一系列作品所虚构出的一个女人的生命。这个女人在作品里有着童年、少年、青年、中年直到暮年余光。暮年是人生的终点,但不是女子生命的最后一站,因为迟子建的做法是让自然生命中的暮年去接续虚构作品中的童年、少年、

---

[1] 这里我并不是在强调迟子建没有呈现出更多的生命体,也就是所谓的人物形象,我的思考点在,首先迟子建的呈现是一个生命体,其次她是用她近三十年大量的创作来合力逐渐呈现这个生命体。对具体的角色分析,我指称为人物形象的分析,综合来谈,我更倾向于用生命体来指代。当然,一个作家的优秀与否绝不是用生命体数量去考察的,甚至可以说二者是无关的。所以"一个"并不是问题的关键,关键在于我对"一个"背后的成就历程的思考兴趣。

青年、中年……这么一条生命线而继续往前走。它可以看作是作家刻意的营造的"生命轮回"。其生命能量的集散不断撞击作家当下的创作，且这个生命是在叩击现实生活中逐渐明晰，当它在作家的艺术生涯中越来越强大时，它叩击现实的力就越来越足。

小说中的人是桥，它渡读者和作者进一个艺术的世界。如果故事对人物缺乏给养，将无法立起人物形象。人—物—形—象，实包含四个方面，或者说四个层次，而非是单指一个对象。对人物形象的解析到底有几分几层能够达到对"人"的了解？其中作品本身的容量也限制了对"人"的探讨。从这个方面来谈，作家论在文学研究中相当重要，它的格局相当之大，它是一条让批评家走进作家艺术世界的路，我认为唯有在那个世界里，作家和批评家才有机会得到沟通，不光是作家和批评家，任何读者想要在作品中得到给养，也必须到达那里。从那里开始，自觉地审视生与死的问题，艺术的探讨从那里才可能沟通生命。物—形—象是到达"人"的梯子，有时这个梯子也未必需要，因为读者未必能突破梯子本身的迷障，作者也未必篇篇都设置出好的梯子，可梯子毕竟是梯子，没有它，到底不行！本文就先从梯子进入，来分析迟子建笔下的人物（男人女人和孩子），从梯子到"人"，再返回来看路途上那些风景，由这样的途径试着来论述迟子建创作中的存在的"同一人"[1]特点。

进一步说，有关"人物形象"的解读，本文试图尝试这样的一种方法：人，乃是一撇一捺写就之人，是本体；物是属性，可指时空；

---

[1] "同一人"是我对迟子建近期研究得出的一个观点。它是：在迟子建的艺术创作中，只存在一个人物的塑造，她是一个女人，这是一个在迟子建创作中有成长的女人，她有自然生命中的儿童、少女、青年女子、中年女人、老妇人不同的自然年龄，她有不同的名字，不同的故事包裹，有不同的容貌和历史时空，但她是同一个"人"，她的心性完全是一个人的；不仅如此，另一方面，迟子建创作中塑造的男性形象，基本上也是围绕这个女人来写的，就是说，迟子建的艺术创作中，所有的角色写来写去，到目前写的是同一个人，一个随着作家创作生涯慢慢地承载历史厚度的女人。"同一人"提供了历史的延续性，提供了作家创作的发展轨迹，提供了我们进入迟子建虚构世界的一把钥匙。

形是身体，指性别和年龄；象是容貌，面部的信息透露内心的秘密，身体的特征隐喻命运的设置。物—形—象，合起来是梯子，是从形而下到达形而上的路径。物—形—象提供故事，它滋养人，也剥削人。

一　渔樵[1]

渔樵二字概括了迟子建笔下人物的空间域和时间轴。

渔、樵首先是生存方式，解决了人的物质给养，同时渔、樵各自后面都是一种生活和思维方式，还有与自然的关系。这三方面包括进去，时空就都具备了。迟子建已有的创作没有超出渔樵提供的历史和场域的，她围绕着人类生命起源的那个点编织故事，这是迟子建的特殊之处。这正是有些评论文章所讨论的迟子建创作中的童话情结，乃至所谓的"温情"之所在。围绕渔樵的原点写作[2]，她试图不断扩张或者说获得故事设置上的自由度，在其1990年左右的一组作品显示出作家的那种走出"原点"限制的倾向，如《遥度相思》《怀想时节》《炉火依然》《与水同行》《香坊》等，而这些作品基本上不太成功。有意味的是，迟子建的作品似乎并未太多或者说明显地受到当时文坛上思潮等的影响，我归之为这是其"原点"辐射的结果，就是说，同时代的很多作家，少有这么一个像是其心灵之"铆"的那种影响到其创作的"原点"。当然，有一批小镇系列小说在文坛慢慢出现，比如苏童的"枫杨树"，再晚一点还有鲁敏的"东坝"等，有这么一些作家是以小地方为场景集中虚构不同的故事，这些故事可以彼

---

[1]　渔樵：有关渔樵解读受上海社会科学院张文江先生的启发，张先生在对此有精到的论述，有《马致远<套数·秋思>讲记》《渔樵象释》等文章。同时参考了胡兰成先生在《今生今世》（台湾远景出版社2009年5月版）中的《渔樵闲话》一章。本文只是借用"渔樵"这个名词，来解读迟子建创作材料里的两大块：渔民和牧民，同时期望渔樵的象能够开掘作品所创造的思想深度。

[2]　原点写作是指迟子建到目前为止的写作没有走出"渔樵"的经纬之外，基本上她的作品仍然在其自我建构的渔樵时空里展开。她的"渔樵"写作最为典型的是《逝川》和《额尔古纳河右岸》，前者是渔，后者是樵，要说明的是渔樵本身的历史丰厚了她具体的作品，那种悠远到仿若是传说的阅读感受并未只是来自作者在故事设置上对时间的设定。

此互相解读，仿若是读邻里之间的八卦。这些与迟子建的不同在于：迟子建写的是人，而它们像在为一个地方作传。

"原点"事实上就是迟子建艺术创作生命力的"铆"。2007年5月，《当代作家评论》杂志在大连举办了一场关于《启蒙时代》的作品研讨会，迟子建在会上发表了她关于"不看"的观点。她借助两个感想谈"不看"：一位俄国作家让她思考在这个世界上一个作家能否忠实于自己的灵魂，由这点她针对王安忆创作中"变"的特征，指出"千变万化中有一个东西不变是挺好的"；在青岛听到白先勇说："站在樱花树下，像入禅样的。"她认为"不看"也是挺好的，"不看"是为了强调心灵世界所能提供的滋养，所以她建议王安忆可以少"看"点。迟子建不要太多的信息量的背后是她的写作观。作家写作观的成型会受到很多方面的影响，比如天资，其中在创作给她制造的困难或者说提供的机会，也许会占更大的分量。写作观对写作者一定有所束缚，同时作家一点点创造的艺术世界对作家反过来也会施力，而对于那个世界，很多作家未必自觉，这反过来又会影响她的写作观。

地域上的渔，比如《鱼骨》《逝川》《白银那》等都是写小渔村，无论名字，迟子建把它们都写得像一条鱼。其中，《逝川》是最美丽的一篇，它把现实的信息量压到极低，然后用对大自然的比拟来刻画人物，这些人物特别像是自然的气凝得紧些而后凑出来的形状，似乎再吹一口气，他们就又都散了。这篇小说是用人的社会关系和人与自然的现实与隐喻关系合起来建造出一个三维空间，最后，三个关系产生作用力终于把那个叫吉喜的女人推到神的位置，超出这个三维。这个路径非常有意思。分析《逝川》，完全可以找到迟子建的思路，她是怎么让一个人不断被剥夺俗世的幸福，然后又是如何把这个人推往高处，那是一个沟通天与人的"萨满"。这也就是后来《额尔古纳河右岸》里的一条路子。《逝川》是迟子建写渔的一个静态的、封闭的标本，我坚持认为这篇小说对于解读迟子建所有作品都有帮助，当代文学因为有了这篇作品，其想象力的丰沛和优美已经达到一个高度——美的高度。《鱼骨》的写作要更早一些，它在迟子建的创作中较早奠定下故事中女人和男人的一个关系模式。参考她近两年的作品，如《鬼魅丹青》《塔里的风雪夜》，男女的模式仍然在那里。她写的不是浓烈的爱情，而是男女之间的亲情。《逝川》写了小渔村里生命的延续：吉喜苍老的手上托住新生的婴儿，这本身就是一个仪式。《鱼骨》写的是一对不孕的夫妻，在血脉的断层，如何解决延续生命的问题。《白银那》直接写到葬礼，葬礼过后，白银那却在渔村之外的世界里有了生命，因为女教师在心里永远地想念着它。这都涉及一个自然生命的问题。该问题一定会在迟子建日后的创作中以另外的故事来继续，其实在写樵的故事中，关于自然生命的思考一直是故事的核心，几乎所有的故事都充满了"延续生命"或者说"保持生活方式"的焦虑。

樵的故事基本上是围绕鄂伦春族等部落人群去写的。鄂伦春族人（在《额尔古纳河右岸》中讲述的是鄂温克族）的故事却比迟子建笔下的其他故事有烟火气，如果说渔的故事里的人物像精灵，那樵的故事里的人物才有人间气。新世纪以来，迟子建的小说越来越"朴茂"，她采用简单的故事情节，讲男女之间的情事，她让小说里的人物获得强大的生命力，她挖掘生活里给予普通生命昂扬的一种精神，写那些故事好像是在山坡上唱山歌，美丽不失厚重。这里的关键词是男女情事。两性的紧张与和谐提供给迟子建近些年来持续不断的创作灵感，《野炊图》《一坛猪油》《解冻》等核心都在这里，以至处理两性关系已成为她最近几篇小说最最有看点的地方，在那个关节上，她会出其不意，会带来对生命重新审视的兴趣和信心来。这一条路径，其实是从鄂伦春等族人的故事来的，比如《树下》《微风入林》一直到《额尔古纳河右岸》。迟子建1980年代的很多作品都在童话或者寓言的路子上，它成就了迟子建艺术世界里的轻灵、优美的童话气质，同时对她也是局限，突破局限的路子正是樵。这样说下去，渔和樵本来就越说越有意思，渔有水气，樵有火气，渔樵合起来成就了文学中现在的迟子建。在渔的那里，她是借封闭的童话（《逝川》）来成就历史时间；樵是借鄂伦春族近似原始或者说自足、封闭的生活来完满樵的历史内涵。除此之外，鄂伦春等族的故事给与了迟子建大的自由，包括想象力方面，还有就是它有大的空间去容纳对现实紧张的设置，比如说，现代化进程对这样一种原始林地生活的压榨，少数民族汉化的危机，以及对我们当下生活的直接批判等等，这就是迟子建犀利的批判力所在。她在借助对一种散失来批判现实生活中流行的关于"前进"的逻辑。同时，有关信仰、文化、人伦亲情的极度肯定将这些故事中的人物再次推向神的境地。可以看出，迟子建写的还是那些故事，可是故事里的人越来越厚重，故事面对现实也越来越犀利，她正在从那个封闭的童话世界里走出来，带着多少年来在里面积蓄的力量。而《微风入林》里透露出一个信息是，樵的世界确确实实是个能救治现实生活里的疲软病症，因为它健康，它其实已经跳出健康与病态这个层面。仿佛樵的世界是世界委顿之前的那个人类世界，站在山下看它，它是昂扬的，它给人对生命的热情。这种情感从《树下》那个小姑娘对鄂伦春族少年的思慕就已开始。后来的小说里，迟子建有一部分笔力用在关注那个樵的世界自身的处境。

　　樵的书写里有两个问题需要点出：萨满和性。萨满是从内部看樵世界的精神，性是从山下看山上，从外面打量和想象。而它们正好是生命的两端，就是精神性和生物性，两个指向都是维持生命。可见，迟子建小说中生命意识的浓烈，她正是从这里接通萧红的艺术世界。退一步，萨满是在用不同的时空形式写吉喜的故事，不过力量更大。而性的书写直接带来迟子建近年来虚构两性关系上的大突破。在她早期作品中，儿童视角为评论者所乐此不疲地不断言说，其实它很长时间是迟子建创作中的便利也是障碍，需要研究的不是儿童视角这个现象而是后面的内容，儿童视角本身就是个策略，它所能提供的资源并不多，其深度也有限，仅有的一点便利，着实大大阻碍了作家对人生的挖掘。让迟子建释放能量的阶梯是樵故事中的性。在这之后，迟子建故事里性是一派坦荡。这种将性写到坦荡的境地需要气魄，不仅如此，她还能够跳出性来写性，性就作为生命的一个重要内容出现在作品中，而不是单薄地把性作为一个可以灌注作家思想的形式，这点上迟子建拥有了她独特的一面。把性写得有内容，也是她对当代文学的很大的一点启发。

二 形

男女关系的设置使迟子建的小说越来越好看，在这些故事中男人是"渡"那个女人的一个竹筏。这一节将讨论迟子建作品里的女人以及在她们生命里划过的那些男人们。

两性关系最物质的地方在于性，而这在迟子建的早期创作中是缺失的。这个问题本文将从对迟子建创作中女人的成长问题的分析来论述。她最开始以儿童的眼睛进入创作，她面向的似乎是一个人的童年记忆资料，并对这些记忆资源的仰仗比较黏稠。其中《沉睡的大固其固》在其早期创作中非常优秀。"大固其固"表露了迟子建已经开始走出自我关注的小圈子，走向新文学的现实主义传统。作品取一个传说给小女孩理解人世间说不出口甚至是不易察觉和理解的深情。小女孩是把这个世界童话化了，因为她的童话，世界就获有轻灵，同时它是镌刻在小女孩成长记忆里的故事，有小女孩血缘里的痛，它势必要在小女孩漫漫的人生路上发挥作用，所以它亦好比是迟子建为其日后创作而撒下的一粒种子。从近年迟子建的创作看，这篇小说所提供的信息要丰富于《北极村童话》。因为小说是用鄂伦春的因素来发展想象力的，如小镇的名字叫大固其固，它给予了小女孩想象童话世界所需要的神秘感，也给予了媪高娘讲述故事的时间跨度，它用河流将小镇导向开阔的大自然，不仅如此它还提供了鱼的物象，以上几点都是在作家后来的创作中产生重要影响的方面。"大固其固"（鄂伦春族语言），不论它在小说设置上的"前史"还是说迟子建设置出来的它的正名，就其字面来看"固"乃是铆钉人生的状态，那里就是小女孩的故乡。故乡之故是用来离开的，女孩长大了，故乡就只在她的记忆里。从对故乡情愫的描写到《逝川》里抽象出一个基本封闭的阿甲渔村再到《花牤子的春天》里对经济发展中农村现状的犀利批判以及对人生命尊严的审视和思考展示出一条相对清晰的有关迟子建创作的道路。需要考察的是她在用谁来为情愫赋形？

最先是一个小女孩。她天生就是揭秘者，她的眼睛是用来化解隔阂、发现美，最后提供一幅童话的图画。就连现实里相当紧张、敏感的题材如《花瓣饭》都被小女孩看出另外一个世界来。那个世界的特性是恒定。现实里的风吹草动为恒定的世界制造了故事，并凭借这个故事去掘一条路子以便刺探恒定的世界。后来小女孩的身形不见了，只是一双眸子在教你看那个由其擦亮的世界。迟子建的小说很容易直接抽象为一个仪式，然后被赋予很多意义，这在上文已提到。《清水洗尘》中那个叫天灶的男孩基本上是按照对女性世界书写而设定的，这是写作上的便利，天灶是对那些小女孩眼睛的一个补充，即使用了男孩讲述，但作品总留着缝隙让人看见那个女孩子天真又有点狡黠的眸子。孩子的眼睛在迟子建的创作中，至今发挥着重要作用。《鬼魅丹青》里，迟子建硬是拉出一个孩子来看那些欲求解释事实而不能缺的画面。但总体来说，她在创作中对这双眸子的依赖在逐渐放开。

从上面的分析中可以导出迟子建的另一条线：是老妇人形象。本文在试图说明她的作品中有一个小女孩成长的故事：从小孩的眼睛到初涉人世再到老妇人，可以讨论的是，到底人物的心性在人世间里到底有多大的发展？有关老妇人在迟子建最初创作中就出现了，如前文分析的《沉睡的大固其固》。在迟子建的创作中，人物的性格基本是稳定的，这点是我讨论她作品"同一人"的切入点，所以《沉睡的大固其固》里媪高娘的塑造完全可以是后面《北极村童话》《吉亚大叔和他的墓场》，以及《布基兰小镇的腊八夜》中的形象。只不过《吉亚大叔和他的墓场》中是男身。迟子建笔下的老妇人多是要用双手接新生命的那个人，媪高娘是、吉喜更是，这里的吉亚呢，恰是一个为生命终点守护的看墓人。老妇人们像是一地的庇护神，守护子孙，主生育。而吉亚呢，却是怜香惜玉，庇护女人。正是男身[1]将女性理想中渴望的守护给托了出来，它一方面侧写出女子们天生的美丽，另一方面又是老妇人心性里可能发不出来的那种现象界的、对世界的庇护。吉亚对那个屈死女子的塑像亦如一个封神的仪式。后来吉喜故事即《逝川》中缺少的物质仪式，在这里已经写毕。如果吉亚的塑造还不完全是从女性的角度，那《亲亲土豆》则是确凿的证明。后者中名为秦山的男人着实把女性给写灵动了。迟子建的有些作品里，不是她在写女人，而是作品里的男人来写女人，写出来的是女性内心温柔又坚韧的那一面。《亲亲土豆》最后写"还跟我的脚呀？"这是大场面的壮阔，有了这一笔，后面出现《野炊图》里小年轻和那个大姐的故事就不足奇怪。再比如《腊月宰猪》所有的限制和条件都带有天然的合理性，无论是齐家的受尊重，还是齐大嘴急着想给家里续个女人以及受到的集体拒绝，还是南方女人带有悲壮决绝姿态的来到和出走，当故事最终落实到"鞋"这个物象上时，小说就具有了开放的对话性。

上文从自然生命阶段和性别借用两个角度梳理迟子建创作中"同一人"现象。"同一人"并非是理解上的一个时空中定格了的人的多面向，而是是在历史中不断受打压又不断重新站来继续走向生命那端的一种生存品格。这个问题用仪式最能解读：花牤子因为托着那个小生命而感觉自己找到一盏黑暗中的灯[2]，灯的作用不止于光亮，它能激发人内心对生的渴望，哪怕仅一点点渴望，没有灯，人也可以走下去。

又如《鬼魅丹青》里，写的是两个女人的角力，看作是一个女

---

[1] 男身，在我的理解为迟子建是借用男身来强化和突出神性角色中的某些要素。某种意义上，他们和吉喜在迟子建的创作中可理解为是一种角色。

[2] 迟子建：《花牤子的春天》，《佛山文艺》2007年3期。"花牤子接过乳牤子那一刻，等于接过了一盏灯。"

人的两面也未必不对，一面是她以之光亮于世的，一面是被另一面所压制的。另一篇小说《世界上所有的夜晚》中也有这么两个女人，它好像是用"伤"来写"伤"，最后那个女子走啊走，放了一盏河灯，这是种寄寓，对于一篇虚构作品来说，其人物的伤痛等等基本上没有"发展"，事实上迟子建的不少作品在这个问题上都有共性，就是说，到结尾时少了一口气，我认为《鬼魅丹青》里这口气稍稍足了。好作家她就是有这样的能量，给你期待。《鬼魅丹青》里，其笔端经营出来的氤氲，胸中的大气，以及故事里两个仿佛是一人两面两身的女子，写得那么好，在这里，大伤大痛成为福报，是一贴补药，消化过后，整个生命的质感就出来了。

可是，再这样写下去，迟子建笔下的女人会是什么样子的？细心的读者可以排除很多离谱的猜测，可是到底这个女人已经到了今天，她是神，又是小女子，她沧桑又孤寂，她有能量却又着实单薄，迟子建要给她一个出路呀，俗世毕竟是她的家，应该把家还给她。作家似乎在逃避着什么。

三 象

迟子建笔下的人物像"精灵"，"精灵"像是被风干了的人，个个怀揣着不言的伤痛，轻轻地游走在俗世。它还是在用孩子的眼睛无所忌讳地把隔阂破除，把人拉近，讲门背后的故事，而这些故事讲来讲去都是些伤心的故事。如果把"精灵"的写作压到一个需要出路的境地，迟子建找了两条路：残疾和动物。

残疾在文学创作中本身就是一层意义，它用"缺"来为思想腾出空间，由于这一点，很多初学者特别热衷于写残疾的生理症状，用得不好，只会蛮横地往上面添加隐喻意义，寒酸、别扭。创作需要对生命有敬畏之心，让一个生命在你的笔下残缺不应该是一件很轻松的事情。剥夺了他，你要给予他些什么，否则，小说的理想在哪里？隐喻是多层次理解作品的钥匙，好的隐喻会将读者带入最严肃、严密的哲学思考中，它抽象时空，能通玄关。好的隐喻层层高，它在神秘的丛林中。坏的隐喻，直露生硬，应该避免。评论文章从隐喻下手解读文本时，最好的是能极大地把好小说里的精华用直白的方式点出来，它同时是对作品的二次创作，它刺激读者的想象力，不停地解读，创作将不停地进行下去，这是一种深度解读的途径，但也最为容易过度阐释。残疾本身并没有多少隐喻的空间，它需要意象去组合，在小说中生出两个场域，即现实的世界和隐喻的世界。如她小说中的"仪式"不是直接铺排的，而是阅读中自然抽象出来的，这种效果的前提是作者压缩了故事的信息量，单用骨干支撑故事时，故事很容易被抽象。迟子建好像一名通神的法师，她想方设法地要拉拉天，把故事讲成立体的，故事通了三界。残疾是她在人世制造的缺口，它直指人生命的意义和价值。《盲人报摊》《雪坝下的新娘》和《采浆果的人》，都是在身体有所限制的生命里去创造美好人生，这些作品迟子建写得都很美，她的想法和意图也比较明晰，不圆满的地方是故事之为故事发挥得不够。

　　残疾后面的生命抒写其实是包容在迟子建对女人的塑造上，比如《起舞》。再以媪高娘等人物形象说起，会发现其实这种生命的性格一直没有改变，它一出场就是完整的，无论身形是男是女，无论是幼女还是老妇人，其生命观惊人地雷同。残疾虚构还包括一些性格上的特殊刻画，如《一匹马两个人》里面的儿子形象。儿子的性格跟马的心智连在一起，勾陈出迟子建笔下那个女人眼里所看到的世界。马是她作品中经常出现的动物，主要是出现在描写鄂伦春族人生活的笔墨里，马之外，迟子建还常写狗、鱼、驴、鸽子等。动物在她那里是绝对通人性的，并且是解读故事的玄关。似乎迟子建但凡在小说里设置物象或者隐喻，故事就特别需要解读，需要再解释。比如吉喜和泪鱼（泪鱼虽说是迟子建创造的童话里的鱼，这里还是将其作为鱼类来看，这篇小说可参考汉乐府《枯鱼过河泣》）两者是能够互相解读的，尤其是在《逝川》里，两者的关系完全象征化。像《一匹马两个人》这样的作品，它现实环境里的信息量比较大，比如时代因素，所以马的解读上就有了丰富性，但本质的一点是，马就是当一种人性来写，它无言，却最最忠实、长久地守候它的主人。还有《腊月宰猪》里齐小放的那头驴等等。迟子建在创作中相信这些无言动物提供给人世的安全感。《鬼魅丹青》里的鸽子，它们极度聪明，却永远不能发声成言，只有用身体的蛮力去表达，这篇小说里，她写道那个男孩完全是出于对鸽子的怜惜而编造谎言。

从无言的生理局限来说，动物相对人类也是一种残疾。迟子建的艺术世界里，有一条很明显，她信任被剥夺的人生后面有更为有力或者说可靠的东西在。这些东西一起把作家的艺术世界点缀出来。

在渔樵的场域中，迟子建的原点书写，用众生相表达她艺术世界中关于"人"的认识。在这条路上，她像一个拿着画板聆听神音的女孩。再往上走，她能走到哪里，出路也许在下面，在时代的声色里。

后记

这是我的第一本书。这本书中最早的篇目写在2006年，那时我刚考上硕士，最近的章节完成于2015年初秋，此时大部分时间我单独呆在自己的书桌旁，或是照顾孩子，偶尔走上讲台。这是一本历时十年的书。这十年对于我来说无比重要，我开始学会思考开始拥有灵魂。这本书，完整地记录了这一过程。

在我读博士期间，我的导师鼓励我们敢于研究正在快速边缘的当下的文学创作。这个过程，并不轻松。大量的阅读，从理论的角度，进展缓慢。我们对于文学原本的解释力在这个历史语境中似乎捉襟见肘，严重滞后于创作本身。2010年夏初，复旦大学和哈佛大学围绕新世纪文学十年举办研讨会，召集了众多研究者和创作者。会上我就自己有关这一时期文学的阅读感受做了总结，并提出文学中的"无子"设置，得到前辈们的鼓励。我先将这个问题写成了我的博士论文，总觉得不尽然，当我结束学业，告别我的老师们之后，身负多重角色，逐步开始进入真正的生活时，我对它又有了新的思考，有关这个问题才最终在这本书里，和盘托出。

这本书稚嫩又执拗，从我的老师最初电讯我准备结集开始，到写后记此刻，我曾几次退缩。我的师兄金理虽平时少言，在这个过程中一再地鼓励我，督促我不要放弃。过了三十岁，我很怕遭遇"成长"这个词，觉得它难免矫情。可这本中，所有的不足，都是我成长的明证。

这些年里，我几乎把生命中所有重要的人，都遇见了。我出生自黄土高原，我家在晋西北的一个县城，我们那里的人，从小就教育孩子要读书走出去，远离贫瘠的土地。我在那里度过了幸福的童年，也习得了终身受用的最基本的为人的道理。高考志愿上，我只填了上海一间大学的注册会计专业，因为当时我以为所谓的知识改变命运，就是知识帮助我们赚钱，帮我们过上物质上更加优渥的生活。我觉得命运真的很眷顾我，它将我在十七岁的时候拦了一下。那年，我没有考进会计系，当时我有两个选择，兰州大学的哲学系和南昌大学的中文系。我不喜欢语文，特别害怕回答阅读理解中的中心思想一类问题，我更喜欢较为客观的数学和充满未知的物理。机缘巧合，我们小时候没什么精神生活，等到家里开始安装有线电视后，我们都喜欢窝在家里看电视剧，也不知道我什么时候看过一个关于知青督促二代通过高考返城的连续剧，那部戏里有个镜头就是江西的南昌大学，主人公最终没有如父母所愿回到上海，父母费劲周折，她还是考回了父辈插队的江西。画面中，南昌大学郁郁葱葱，是我对遥远南方的想象。就是这么偶然的一个因缘，我选择了去南昌大学读中文系。我一直对张爱玲的作品充满感情，那是因为在大一的时候，我读到她的《传奇》，第一次觉得文学如此神奇，世间竟然有这么一个人能够如此拨弄我的内心，离我这么近，甚至让我发现我自己。后来我把图书馆和附近书店里所有能找到的相关的书，一一读过。我的文学兴趣，从这里开始。江西像一个边地，民风淳厚，人与人之间的关系较为单纯，我远离家乡，只从书中受教，没有过早地为生机筹谋，性子随之也钝了起来。为了能够继续读书，我后来考入了复旦大学中文系，读现当代文学。

我这些年，非常幸运，就是因为，我能够见到、认识他们，并投其门下。准备考研期间，我读到一本论文集，张新颖老师的《栖居与游牧之地》，里面讨论到普通话对于文学的压抑和剥削，至今都记得那个阴冷的南方下午，我多么兴奋，我发现文学评论还可以这样，好玩。好玩这个词，到今天我还在用，我觉得它沟通的是人生的至乐。张老师是一个极其聪明的人，他也非常爽快。后来，在我考取研究生后，他把我推荐给王安忆教授，于是我才有机会结识我的王老师。王老师是我遇到过的最认真的老师，我不才，她就整理了好多书目给我。王老师每周来学校，都问我，读了什么，它说的是什么。那三年，无论我私下怎么读，老师一问，我就呆了。文学是一个慢工。现在才越来越感受到那几年王老师是如何一点点培养我的文学审美能力的。除了大书目，老师还会定期从家里扛很多她看过的期刊给我，里面有些篇目上夹了彩色的纸条，叮嘱我好好读。慢慢地，我终于开始知道什么是好小说，好小说为什么好。那几年，除了课程篇目，我完整地跟着王老师阅读了托尔斯泰、陀思妥耶夫斯基、雨果、狄更斯、简奥斯汀等，为我日后谈论小说打下基础。毕业很久，我随时都能想起王老师讲小说的样子。

三年之后，王老师把我托给了陈思和教授。陈老师接下我，当了我的博士导师。贾植芳大先生走了后，陈老师在复旦的3108说，他有两个父亲，一个是生养他的父亲，另一个是贾先生，他精神上的父亲。贾先生说，人这个字，一撇一捺，很难写。老先生把非常珍贵的东西传给陈老师，陈老师尽力传给我们。这三年，陈老师带着我们从巴金开始读，讨论胡风，重读鲁迅，一方面坚持文本细读，另一方面又开拓文学史的视野，理解"五四"新文学所开创的知识分子精神传统。有关"人"的问题，是跟老师读书期间，思考最多的问题。

求学期间，我还有一个运气，王老师和陈老师把我送到张文江先生身边听课。将近四年，每个周五食堂垫点肚子，然后匆匆从复旦邯郸校区坐公交到虹口足球场，再换一辆公交，到先生斜土路附近的家中。春夏秋冬，上海市井的四季，就这么看过去。如果哪次时间充裕，偶尔还会跳下车来买个路边烧饼。后来上海地铁8号线通了，路途时间节省了不少，一起上课的同学也习惯约着一起走。路上我们常聊些什么。我无论如何都不会忘掉他们那个时候的样子。就在那些午后，我在张老师家，听他讲《庄子》《学记》《维摩诘经》《史记》《论语》《毕达哥拉斯传》，还有《动物庄园》等，受益匪浅。不仅是知识本身，在那个安静的客厅里，我也头一次开始思考时间和空间，世界变得完全不一样。

毕业后，我离开上海，来到苏州，开始教书生涯。一个人站在讲台上。上海就像我的灯塔。我不善言辞，从来没有一个机会，很好地告诉我的老师们，我内心有多么感激他们的出现和不弃，在此以向他们致谢。感谢我的博士后导师王尧教授，这几年，得先生谆谆教诲，倾心相助，这份恩情不敢随口谈及。感谢我家乡的出版社北岳文艺出版社，感谢未曾谋面却一直信任、支持我的续小强先生和我的编辑老师高海霞女士。那些在我生命中陪伴过的师友们，一并谢过。

感谢我的家人。